JOHN GRISHAM

Américain, John Grisham est né en 1955 dans l'Arkansas. Il exerce pendant dix ans la profession d'avocat, tout en écrivant des thrillers à ses heures perdues. Il publie en 1989 son premier roman, *Non coupable*, mais c'est en 1991, avec *La firme*, qu'il rencontre le succès. Depuis, *L'affaire Pélican* (1992), *Le couloir de la mort* (1994), *L'idéaliste* (1995), *Le maître du jeu* (1996) et *L'associé* (1999) ont contribué à faire de lui la figure de proue du « legal thriller ». Mettant à profit son expérience du barreau, il nous dévoile les rouages du monde judiciaire, et aborde par ce biais les problèmes de fond de la société américaine. Aux États-Unis, où il représente un véritable phénomène éditorial, la vente de ses livres se compte en millions d'exemplaires et ses droits d'adaptation font l'objet d'enchères faramineuses auprès des producteurs de cinéma (*La firme, L'affaire Pélican*). *L'accusé*, dont les droits d'adaptation cinématographique ont été retenus par George Clooney, est paru aux éditions Robert Laffont en 2007. Il a également publié chez le même éditeur *Le contrat* (2008), *La revanche* (2008) et son dernier ouvrage, *L'infiltré* (2009).

Marié, père de deux enfants, John Grisham est l'un des auteurs les plus lus dans le monde.

LA REVANCHE

JOHN GRISHAM

LA REVANCHE

*Traduit de l'américain
par Johan-Frédérik Hel Guedj*

ROBERT LAFFONT

Titre original : PLAYING FOR PIZZA
© 2007 Belfry Holdings, Inc.,
Traduction française : 2008 Éditions Robert Laffont, S.A., Paris,
(édition originale : ISBN 978-0-385-52500-8
Doubleday Random House, Inc., New York)
ISBN : 978-2-266-19486-0

Ce livre est dédié à mon éditeur de toujours, Stephen Rubin, grand amoureux de tout ce qui touche à l'Italie – opéra, cuisine, vin, mode, langue et culture. Mais peut-être pas du calcio.

1.

C'était un lit d'hôpital, cela au moins semblait une certitude, même si cette certitude était fluctuante et floue. Un lit étroit et dur, aux barreaux métalliques, luisants, dressés de part et d'autre comme des sentinelles, interdisant toute évasion. Les draps étaient unis et très blancs. Sanitaires. La chambre était sombre, mais la lumière du soleil tentait de s'y faufiler à travers les stores qui masquaient la fenêtre.

Il referma les yeux ; même ça, c'était douloureux. Puis il les rouvrit et réussit à garder les paupières entrouvertes une longue minute silencieuse ou presque, et à fixer le regard sur son petit univers brumeux, le temps d'y voir plus net. Il était allongé sur le dos et immobilisé par des draps bordés de près. Il remarqua une ligne de perfusion qui pendait sur sa gauche et descendait jusqu'à sa main, avant de disparaître en hauteur quelque part derrière lui. Et puis il y eut une voix, lointaine, dehors, dans le couloir. Ensuite, il commit l'erreur d'essayer de bouger la tête, rien qu'un léger changement de position, et cela ne marcha pas du tout. De cuisants éclairs de douleur lui transpercèrent le crâne et la nuque, et il lâcha un gémissement sonore.

– Rick. Tu es réveillé ?

La voix lui était familière ; elle ne tarda pas à s'accompagner d'un visage. Il sentit une respiration, tout près de lui.

– Arnie ? fit-il, d'une voix enrouée et un peu faiblarde, avant de déglutir.

– C'est moi, Rick, Dieu merci, tu es réveillé.

Son agent, toujours présent dans les moments importants.

– Où suis-je, Arnie ?

– Tu es à l'hôpital, Rick.

– Ça, j'ai pigé. Mais pourquoi ?

– Tu t'es réveillé quand ?

Son visiteur finit par trouver un interrupteur, et une lampe s'alluma au chevet du lit.

– Je n'en sais rien. Il y a quelques minutes.

– Et comment te sens-tu ?

– Comme si quelqu'un m'avait écrasé le crâne.

– C'était pas loin. Tu vas t'en remettre, fais-moi confiance.

Fais-moi confiance, fais-moi confiance. Combien de fois avait-il entendu son agent le prier de lui faire confiance ? À dire vrai, il ne s'était jamais vraiment fié à lui et, en cet instant, ne voyait pas de raison valable de s'y mettre. Qu'en savait-il, son agent, des traumatismes crâniens ou de toutes les blessures fatales qu'on avait pu lui infliger ?

Rick referma les yeux et respira profondément.

– Que s'est-il passé ? demanda-t-il sur un ton feutré.

Arnie hésita et se lissa son crâne chauve du plat de la main. Il jeta un coup d'œil à sa montre, quatre heures de l'après-midi, donc son client était resté dans le cirage pendant vingt-quatre heures ou presque. Pas assez longtemps, songea-t-il, attristé.

– Quel est ton tout dernier souvenir ? lui demanda-t-il et, s'accoudant avec précaution à la rambarde du lit, il se pencha en avant.

Après un silence, Rick réussit à lui répondre.

– Je me souviens de Bannister fonçant sur moi.

L'agent fit claquer ses lèvres.

– Non, Rick. Ça, c'était ta deuxième commotion cérébrale, il y a deux ans, à Dallas, quand tu jouais avec les Cowboys.

Ce souvenir arracha un gémissement à Rick, souvenir qui n'avait rien de plaisant non plus pour Arnie : son client se tenait accroupi au bord de la ligne de touche, les yeux vissés sur une certaine pom-pom girl quand l'action de jeu avait déboulé de son côté, et il s'était retrouvé privé de son casque, écrabouillé par le pack, une tonne de muscles en vol plané. Deux semaines plus tard, Dallas le virait et se trouvait un autre quarterback d'équipe troisième.

– L'année dernière, Rick, tu jouais à Seattle, et maintenant tu es à Cleveland, avec les Browns, tu te souviens ?

Rick se souvenait, et gémit encore un peu plus fort.

– Quel jour on est ? demanda-t-il, les yeux ouverts, cette fois.

– Lundi. Le match a eu lieu hier. Tu en as retenu quelque chose ? – Il eut aussitôt envie d'ajouter : « À tout prendre, il vaudrait mieux pas. » – Je vais aller te chercher une infirmière. Elles attendaient ton réveil.

– Pas encore, Arnie. Dis-moi un peu. Qu'est-il arrivé ?

– Tu as tenté une passe, et tu t'es retrouvé pris en sandwich. Purcell a déboulé en blitz sur le côté le plus dégarni de l'attaque et il t'a démonté la tête. Tu ne l'as pas vu venir, tu ne l'as pas vu repartir.

– Pourquoi j'ai joué ce match ?

Alors ça, c'était une excellente question, de celles qui déchaînaient la controverse dans toutes les émissions de sport de la totalité des stations de radio de Cleveland et de la partie septentrionale du Middle-West. Que venait-il faire, lui, dans ce match ? Que fabriquait-il dans cette équipe ? Mais d'où sortait-il ce zouave, à la fin, nom de Dieu ?

– On en reparlera plus tard, proposa l'agent, et Rick se sentit trop faible pour protester.

Non sans se faire fortement prier, son cerveau endolori fut parcouru d'un léger frémissement, il tenta de se secouer, de se sortir du coma et de vraiment se réveiller. Les Browns. Le Browns Stadium, par un dimanche après-midi très froid, devant une affluence record. Les play-off, les matches de barrage, non, mieux encore – le match du championnat AFC, pour le titre.

Le terrain était gelé, aussi dur que du béton, et à peu près aussi froid.

Une infirmière se trouvait dans la chambre, et Arnie eut ce commentaire :

– Je crois qu'il a réagi un bon coup, là.

– C'est formidable, fit-elle sans trop d'enthousiasme. Je vais chercher un médecin.

C'était dit avec encore moins d'enthousiasme.

Rick la regarda sortir, sans bouger la tête. Les phalanges de l'agent craquèrent, il s'apprêtait à déguerpir.

– Bon, Rick, il faut que j'y aille, moi.

– Bien sûr, Arnie. Merci.

– Sans problème. Écoute, il n'y a pas de manière commode de te dire ça, alors je ne vais pas y aller par quatre chemins. Les Browns ont appelé ce matin... c'était Wacker... et, enfin, ils t'ont libéré de tes engagements.

C'était presque devenu un rituel annuel, désormais, cette rupture de contrat dans l'intersaison.

– Je suis désolé, fit Arnie, mais uniquement parce qu'il s'y sentait obligé.

– Appelle les autres équipes, suggéra Rick – et ce n'était certainement pas la première fois qu'il prononçait ces paroles-là, lui non plus.

– Ce ne sera pas nécessaire. Ils sont déjà tous en train de m'appeler.

– Super.

– Pas vraiment. S'ils m'appellent, c'est pour me prévenir de ne pas les appeler. Je crains que l'on n'approche du bout de la route, mon garçon.

C'était le bout de la route, aucun doute, mais son agent était incapable d'une telle franchise. Demain, peut-être. Huit équipes en six ans. Seuls les Toronto Argonauts avaient osé prolonger son contrat pour une seconde saison. Toutes les équipes avaient besoin d'un remplaçant pour leur quarterback remplaçant et, dans ce rôle, Rick était parfait. En revanche, dès qu'il s'aventurait sur le terrain, les ennuis commençaient.

– Faut que je me grouille, insista l'autre en consultant de nouveau sa montre. Surtout, écoute-moi, rends-toi service, laisse-moi cette télévision éteinte. Ils ne font pas dans la dentelle, surtout sur ESPN.

Il le gratifia d'une petite tape sur le genou et fila. Devant la porte, deux vigiles de sécurité, deux costauds assis sur des chaises pliantes, s'efforçaient de rester éveillés.

Arnie fit une halte à la permanence des infirmières et s'entretint avec le médecin, qui se rendit ensuite au bout du couloir, passa devant les vigiles de la sécurité et entra dans la chambre du footballeur. Il avait vis-à-vis de ses patients une attitude dénuée de chaleur humaine – un rapide contrôle des éléments essentiels, sans beaucoup de conversation. Un suivi neurologique à prévoir. Encore une commotion cérébrale somme toute assez standard, la troisième, à ce jour, n'est-ce pas ?

– Je crois, admit Rick.

– Jamais envisagé de vous choisir un autre métier ? s'enquit le praticien.

– Non.

Ce serait peut-être indiqué, songea le médecin, et pas seulement à cause de l'hématome que vous avez au cerveau. Trois de vos passes interceptées en onze minutes, voilà un signe clair que le football n'est pas votre vocation. Deux infirmières firent une apparition silencieuse, s'occupèrent des prélèvements et de remplir les fiches du dossier médical. Ni l'une ni l'autre n'adressa un mot au patient, et pourtant, il s'agissait d'un sportif professionnel, célibataire, qui avait un corps dur et ferme, et remarquablement belle allure. Mais elles n'y prêtèrent pas la moindre attention, en cet instant où cela lui aurait pourtant fait le plus grand bien.

Dès qu'il fut de nouveau seul, il se mit à la recherche de la télécommande, avec un luxe de précautions. Une grande télévision murale était fixée dans l'angle. Il avait envisagé de zapper directement sur ESPN, mais s'en abstint. Chaque mouvement était douloureux, et pas seulement dans le crâne et la nuque. Une douleur aussi tranchante qu'une lame de couteau l'assaillait dans le bas du dos. Il avait des élancements dans un coude, l'autre, le gauche, pas celui qui exécutait ses passes.

Il n'aurait pas été pris en sandwich, par hasard ? Il avait l'impression de s'être fait aplatir par un camion chargé de ciment.

L'infirmière était de retour, avec un plateau et quelques comprimés posés dessus.

– Où est la télécommande ? demanda-t-il.

– Euh, la télévision est cassée.

– Arnie a débranché la prise, hein, c'est ça ?

– Quelle prise ?

– Celle de la télé.

– Qui est ce Arnie ? fit-elle, perplexe, en s'affairant avec une aiguille de taille assez respectable.

– C'est quoi, ce truc ? s'écria-t-il, inquiet, oubliant son agent une seconde.

– De la Vicodine. Ça va vous aider à trouver le sommeil.

– Je suis fatigué de dormir.

– Ce sont les instructions du docteur, d'accord ? Il vous faut du repos, et pas qu'un peu.

Elle pompa le contenu de la fiole de Vicodine dans la poche de transfusion et en surveilla le contenu, ce liquide translucide, un court moment.

– Vous êtes une fana des Browns ? lui demanda Rick.

– Mon mari, oui.

– Il était au match, hier ?

– Oui.

– C'était si nul que ça ?

– Vous devriez plutôt penser à autre chose.

À son réveil, Arnie était de retour, assis sur une chaise au chevet du lit, en train de lire le *Cleveland Post*. En bas de la première page, Rick discernait vaguement le titre : « Les supporters envahissent l'hôpital. »

– Quoi ! s'écria-t-il avec toute la fermeté possible.

L'autre rabattit le quotidien et se leva d'un bond.

– Est-ce que ça va, mon garçon ?

– À merveille, Arnie. Quel jour on est ?

– Mardi, mardi début de matinée. Comment te sens-tu, mon vieux ?

– Donne-moi ce journal.

– Qu'est-ce que tu veux savoir ?

– Qu'est-ce qui se passe, Arnie ?

– Qu'est-ce que tu veux savoir ?

– Tout.

– Tu as regardé la télévision ?

– Non. Tu m'as débranché la prise. Raconte-moi, Arnie.

L'agent fit craquer ses phalanges, puis approcha lentement de la fenêtre et entrouvrit le store, à peine. Il scruta au travers des lames, comme si les ennuis étaient là, dehors, derrière la vitre.

– Hier, des hooligans ont débarqué ici, et ils ont provoqué un incident. Les flics ont traité ça correctement, ils en ont arrêté une dizaine, à peu près. Juste une bande de voyous. Des supporters des Browns.

– Ils étaient combien ?

– Le journal parle d'une vingtaine de types. Des ivrognes, rien d'autre.

– Et pourquoi sont-ils venus ici, Arnie ? On est entre nous, là, toi et moi... l'agent et le joueur. La porte est fermée. Éclaire un peu ma lanterne, tu veux.

– Ils ont découvert où tu étais. Ces jours-ci, il y a un tas de gens qui seraient ravis de te tirer dessus. Tu as reçu une centaine de menaces de mort. Les gens sont en rogne. Même moi, ils me menacent. – L'agent s'adossa au mur, avec une lueur satisfaite dans le regard, car sa vie valait maintenant assez cher pour mériter des menaces. – Tu n'as toujours aucun souvenir de rien ?

– Non.

– Les Browns mènent dix-sept à rien, avec onze minutes à jouer. Au bout du troisième quart temps,

16

les Broncos totalisent quatre-vingt-un yards en attaque et trois, compte avec moi, trois premiers downs. Ça ne te rappelle rien ?

– Rien.

– Ben Marroon joue quarterback parce que Nagle s'est fait un claquage au premier quart temps.

– Maintenant, ça, je me souviens.

– Avec onze minutes à jouer, Marroon se fait étendre sur un placage hors temps réglementaire. Ils le sortent sur une civière. Personne ne s'en inquiète, la défense des Browns serait capable d'arrêter les chars du général Patton. Tu entres sur le terrain, on joue la troisième tentative en attaque, et douze yards à parcourir, tu exécutes une passe superbe pour Sweeney qui, comme de juste, joue dans l'équipe d'en face, chez les Broncos, et quarante yards plus tard il se retrouve dans votre zone d'en-but. Ça réveille quelques souvenirs, chez toi, non ?

Rick ferma lentement les yeux.

– Non.

– Ne te donne pas trop de mal. Les deux équipes dégagent au pied, et ensuite les Broncos perdent le ballon. Il reste six minutes de jeu, c'est la troisième tentative pour un gain de huit yards, tu t'éloignes de la ligne de scrimmage et tu exécutes une passe pour Bryce, qui revient au centre du terrain pour la réception, mais la balle est trop haute et elle est interceptée par un joueur au maillot blanc, peux pas me souvenir de son nom mais il sait courir, celui-là, et il court, jusqu'au bout. Dix-sept à quatorze. La boutique commence à chauffer, plus de quatre-vingt mille clients dans les tribunes. Quelques minutes plus tôt, ils fêtaient la victoire. Leur premier Super Bowl de l'histoire, la totale. Les Broncos jouent leur coup de pied de remise en jeu, l'attaque des Browns avance par la course trois fois de suite parce que Cooley n'est pas disposé à lancer la balle, et donc les Browns dégagent au pied. Du moins ils essaient. Perte du ballon au départ de l'action, sur un snap, remise en jeu entre les jambes du centre pour le quarterback, les Broncos le récupèrent sur la ligne des trente-quatre yards des Browns, ce qui ne leur pose aucun problème puisqu'en trois actions de jeu, la défense des Browns, qui est vraiment, vraiment en pétard à ce stade, les refoule de quinze yards, hors de portée de l'en-but, ce qui leur interdit de botter pour trois points entre les poteaux. Les Broncos dégagent au pied, tu prends le relais sur ta ligne des six yards et, dans les quatre minutes qui suivent, tu réussis à fourrer la balle au milieu de la ligne défensive. Cette poussée cale en milieu de terrain, troisième tentative et toujours dix yards de progression pour garder l'offensive, quarante secondes à jouer. Les Browns ont peur de jouer la passe et encore plus peur de dégager au pied. Je ne sais pas ce que Cooley t'envoie comme instructions, mais tu recules encore, tu tires un boulet de canon vers le couloir de droite pour Bryce, qui est très démarqué. En plein dans le mille.

Rick essaya de s'asseoir et, l'espace d'un instant, il en oublia ses blessures.

– Je ne me souviens toujours pas.

– En plein dans le mille, mais beaucoup trop fort. La balle a frappé Bryce en pleine poitrine, elle a rebondi, et Goodson s'en est emparé, pour partir au galop vers la terre promise. Les Browns perdent vingt et un à dix-sept. Tu es sur le sol, presque scié en deux. Ils te placent sur une civière, et pendant qu'on te conduit hors du terrain, la moitié de la foule siffle et l'autre moitié se déchaîne de bonheur.

Un sacré boucan, jamais rien entendu de pareil. Deux soûlards sautent des tribunes et se précipitent sur la civière… ils t'auraient tué… mais la sécurité s'interpose. Une jolie bagarre s'ensuit, et ça aussi, on en parle dans tous les talk-shows.

Rick s'était affaissé, ratatiné dans son lit, plus bas que jamais, les yeux fermés et la respiration franchement laborieuse. Les migraines étaient de retour, ainsi que les douleurs aiguës dans la nuque et tout le long de la colonne vertébrale. Où étaient les médicaments ?

« Désolé, fiston », fit Arnie. La chambre était plus jolie dans l'obscurité, donc il ferma le store et retourna en position, sur sa chaise, avec son journal. Son client avait l'air d'un mort.

Les médecins étaient disposés à le laisser sortir, mais l'agent de Dockery les avait fermement contredits, il avait encore besoin de quelques jours de repos et de protection. C'étaient les Browns qui payaient les vigiles de sécurité, et cela ne les enchantait guère. L'équipe couvrait également les frais médicaux, et elle ne tarderait pas à s'en plaindre.

Et puis Arnie en avait marre, lui aussi. La carrière de son quarterback, si l'on pouvait encore parler de carrière, était terminée. Son agent touchait une commission de cinq pour cent, et cinq pour cent du salaire de Rick ne suffisaient pas à couvrir ses frais.

– Tu es réveillé, Rick ?

– Oui, fit l'autre, les yeux toujours clos.

– Alors écoute-moi, d'accord ?

– J'écoute.

– La partie la plus difficile de mon métier consiste à expliquer à un joueur qu'il est temps de raccrocher. Tu as joué toute ta vie, tu ne connais rien d'autre, tu ne rêves de rien d'autre. Personne n'est jamais prêt à raccrocher. Mais, Rick, mon vieux pote, il est temps de s'en tenir là. Tu n'as pas d'autre choix.

– J'ai vingt-huit ans, Arnie, reprit Rick, les yeux ouverts. – Des yeux très tristes. – Qu'est-ce que tu suggères, qu'est-ce que je dois faire ?

– Un tas de gars se mettent entraîneurs. Ou dans l'immobilier. Toi, tu as su te montrer malin… tu as passé ta licence.

– Mon diplôme d'éducation physique, Arnie. Cela veut dire que je peux me dégotter un poste de prof, enseigner le volley-ball à des élèves de sixième pour quarante mille dollars par an. Je ne suis pas prêt à ça.

Arnie se leva et contourna le pied du lit, comme plongé dans ses pensées.

– Pourquoi tu ne rentres pas chez toi, tu t'accordes un peu de repos, et tu y réfléchis ?

– Chez moi ? C'est où, chez moi ? J'ai vécu dans tellement d'endroits différents.

– Chez toi, c'est dans l'Iowa, Rick. Ils t'aiment encore, là-bas. – Il ajouta en pensée : Et là où vraiment ils t'adorent, c'est à Denver, mais il eut la sagesse de garder cette dernière réflexion pour lui.

L'idée de se montrer dans les rues de Davenport, Iowa, terrifiait Rick, et il laissa échapper un gémissement contenu. Vu la manière de jouer de la gloire locale, la ville devait se sentir plutôt humiliée. Houlà. Il pensa à ses pauvres parents, referma les yeux.

Arnie jeta un œil à sa montre et, sans raison particulière, remarqua l'absence de fleurs dans la chambre ou même de ces petites cartes qui vous souhaitent un prompt rétablissement. Les infirmières lui avaient expliqué que pas un ami n'était venu, aucun de ses coéquipiers, personne qui soit lié de près ou de loin aux Cleveland Browns.

– Faut que je file, fiston. Je repasserai demain.

En sortant, il lança le journal d'un geste nonchalant sur le lit de Dockery. Dès que la porte se fut refermée derrière lui, Rick l'attrapa, et le regretta aussitôt.

Selon la police, un groupe d'une cinquantaine de types avait organisé une manifestation, un véritable chahut devant l'hôpital. Les choses avaient tourné au vinaigre quand une équipe de tournage d'un journal télévisé s'était mise à filmer. Une fenêtre avait été fracassée, et quelques supporters, les plus ivres, avaient déboulé à l'accueil des urgences, pour venir chercher Rick Dockery, disaient-ils. On en avait appréhendé huit. Une grande photo – en première page, sous le pli central – montrait le groupe avant ces arrestations. Deux pancartes rudimentaires étaient clairement lisibles : « Débranchez-le ! » et : « Légalisez l'euthanasie. »

Les choses empirèrent. Le *Post* avait un journaliste sportif notoire, un dénommé Charley Cray, un méchant pisse-copie dont le journalisme agressif était la spécialité. Juste assez malin pour se montrer crédible, Cray était très lu parce qu'il se délectait des faux pas et des points faibles des athlètes professionnels qui gagnaient des millions sans être pour autant parfaits. Il était expert en tout et ne manquait jamais une occasion de décocher un coup bas. Sa chronique du mardi – en première page du cahier Sports – débutait par ce titre : « Dockery pourrait-il décrocher une première place historique au hit-parade des andouilles ? »

Connaissant Cray, il ne faisait aucun doute que Rick Dockery décrocherait cette première place.

Sa chronique, bien documentée et rédigée avec férocité, était construite autour des plus grands craquages, des plus grandes déconfitures et des plus grandes capilotades de l'histoire du sport. Il évoquait cette balle qui avait ricoché sur le gant puis sur la jambe de Bill Buckner, offrant course gagnante à l'équipe adverse, lors des World Series de 1986. Ou Jackie Smith lâchant une passe décisive qui lui aurait permis de marquer, dans le Super Bowl XIII, et ainsi de suite.

Mais, et Cray ne se privait pas de le hurler à ses lecteurs, ce n'étaient là que de simples actions de jeu isolées.

M. Dockery, en revanche, en avait aligné trois – Comptez-les ! –, trois passes épouvantables en seulement onze minutes. C'est pourquoi il méritait clairement et sans conteste le titre de Première Andouille de l'histoire du sport professionnel. Le verdict était incontesté, et Cray défiait quiconque de lui soutenir le contraire.

Rick jeta le journal contre le mur et réclama un autre comprimé. Dans l'obscurité, seul, la porte close, il attendit qu'opère la magie du médicament, qu'il l'assomme pour de bon avant, avec un peu d'espoir, de l'emporter pour l'éternité.

Il se laissa glisser plus bas dans son lit, remonta le drap sur sa tête, et fondit en larmes.

2.

Il neigeait et Arnie était fatigué de Cleveland. Il était à l'aéroport, il attendait un vol pour Las Vegas, sa ville natale et, tout en sachant qu'il commettait une erreur, il appela un petit vice-président des Arizona Cardinals.

Pour le moment, et sans compter Rick Dockery, Arnie avait sept joueurs dans le championnat NFL et quatre au Canada. Si on le poussait à l'admettre, il avouerait qu'il était un agent du milieu du tableau qui nourrissait évidemment l'ambition de grimper les échelons. Multiplier les coups de fil pour Rick Dockery n'allait pas contribuer à sa crédibilité. En cette heure lamentable, Rick était sans conteste le joueur des États-Unis dont on parlait le plus, mais c'était le genre de renommée dont un agent se passait volontiers. Le vice-président fut poli, mais bref, et Arnie était impatient de raccrocher.

Arnie se rendit au bar, prit un verre, et réussit à trouver un siège loin de toute télévision, car le seul sujet dont tout le monde se repaissait à Cleveland, c'était ces trois interceptions d'un quarterback dont personne ne savait même qu'il faisait partie de l'équipe. Les Browns avaient traversé la saison avec une attaque qui piétinait mais dotés d'une défense intraitable, de celles qui faisaient voler les records en éclat à force de céder si peu de yards et de points. Ils n'avaient perdu qu'une seule fois et, à chaque victoire, la ville, sevrée de Super Bowl, se laissait séduire par ses bons vieux perdants si sympathiques. Subitement, en une saison brève et rapide, les Browns étaient devenus des tueurs.

S'ils avaient gagné le dimanche précédent, leur adversaire au Super Bowl aurait été les Minnesota Vikings, une équipe qu'ils avaient contrée et mise en déroute au mois de novembre précédent.

La ville tout entière percevait déjà l'avant-goût suave d'un titre de champion.

Et tout cela s'était évaporé en onze minutes d'horreur pure.

Arnie commanda un deuxième verre. À la table voisine, deux représentants de commerce se saoulaient en savourant l'effondrement des Browns. Ils étaient de Detroit.

Le sujet brûlant du jour, c'était le congédiement du directeur général des Browns, Clyde Wacker, un homme salué encore comme un génie le samedi d'avant, mais devenu désormais le parfait bouc émissaire. Il fallait virer quelqu'un, et pas seulement Rick Dockery. Quand il fut finalement établi que Wacker avait signé le contrat de Rick en dehors de la période des transferts, en octobre dernier, le propriétaire du club l'avait licencié. L'exécution s'était déroulée en public – une grande conférence de presse, des mines renfrognées, des promesses de ne plus plaisanter sur la discipline, etc. Les Browns reviendraient en force !

L'agent avait rencontré Rick durant sa dernière année d'études secondaires, dans l'Iowa, à la fin d'une saison qui avait débuté de manière très prometteuse avant de décliner et de se transformer en championnat de troisième série. Rick avait entamé ses deux dernières saisons au poste de quarterback, et il semblait assez taillé pour un jeu d'attaque ouvert, fait de grands pas de recul et de passes longues, si rare au sein des équipes du Big Ten. Il lui arrivait d'être brillant – de « lire » les défenses, de froidement reculer depuis la ligne de scrimmage, la ligne de mêlée, sans céder à la pression adverse et de projeter la balle avec une vélocité incroyable. Il possédait un bras effarant, sans aucun doute le meilleur de la génération montante. Il était capable de lancer loin et fort, avec une rapidité d'exécution proprement explosive. Mais il se révélait trop inconstant pour être fiable, et quand, lors du dernier tour, l'équipe de Buffalo l'avait sélectionné, cela aurait dû être perçu comme le signe clair qu'il avait plutôt intérêt à poursuivre une maîtrise ou à décrocher une licence de courtier en Bourse.

Au lieu de quoi, il avait rejoint Toronto pour deux saisons minables, avant d'être renvoyé d'équipe en équipe au sein du championnat NFL. Avec son bras formidable, Rick était tout juste bon à figurer dans le roster, l'effectif de l'équipe, sur le banc des remplaçants. Toutes les équipes ont besoin d'un quarterback de troisième rang. Lors des épreuves de sélection, et il y en avait eu une flopée, il sidérait souvent les entraîneurs avec ce bras-là. Un jour, à Kansas City, Arnie l'avait vu lancer une balle à quatre-vingts yards, puis, quelques minutes plus tard, balancer un boulet de canon à 145 kilomètres à l'heure.

Mais son agent savait ce que la majorité des entraîneurs soupçonnait désormais fortement. Rick avait peur du contact. Pas du contact accidentel, pas du plaquage rapide et indolore d'un quart arrière en pleine course. Ce que Rick redoutait, et non sans raisons, c'était les bloqueurs de la défense et le blitz, le pressing violent des linebackers sur le quarterback.

Dans chaque match, il arrivait qu'un quart arrière ait un receveur démarqué, avec une fraction de seconde pour lui lancer le ballon, et qu'un joueur de ligne foudroyant, sans personne pour le bloquer, monte à l'assaut de la poche, cette barrière de protection que les linemen formaient autour du quarterback. Ce dernier était alors confronté à un choix. Il pouvait serrer les dents, accepter de se sacrifier physiquement, placer son équipe avant tout le reste, lancer ce foutu ballon, mener l'action, et se faire écrabouiller, ou se le caler sous l'aisselle, cavaler, et prier pour survivre juste assez longtemps – jusqu'à l'action suivante. Depuis qu'Arnie le regardait jouer, Rick Dockery n'avait jamais, pas une fois, placé l'équipe avant tout le reste. Au premier signe de plaquage derrière la ligne d'avantage, avant qu'il ait pu effectuer sa passe, Rick flanchait et détalait le long de la ligne de touche.

Sujet aux commotions cérébrales comme il l'était, il est vrai qu'on ne pouvait pas vraiment lui en vouloir.

Arnie appela un neveu du propriétaire des Rams, qui commença par un glacial :

– J'espère que ce n'est pas au sujet de Dockery.

– Eh bien, si, osa-t-il quand même répondre.

– La réponse est non, bordel.

Depuis dimanche, il s'était entretenu avec à peu près la moitié des équipes de la NFL. La réponse des Rams était assez attendue. Rick ignorait encore à quel point sa pauvre petite carrière était grillée.

L'œil posé sur un écran fixé au mur, Arnie constata que son vol était retardé. Encore un coup de fil, il se l'était juré. Encore un dernier effort pour dénicher un boulot à Rick, et ensuite il s'occuperait de ses autres joueurs.

Son couple de clients était de Portland. Madame avait beau s'appeler Webb et arborer cette peau pâle des Suédoises, tous deux revendiquaient leur sang italien, et ils étaient emballés à l'idée de revoir ce cher et vieux pays qui était à l'origine de tant de choses. Ils parlaient six mots de la langue chacun, et encore, ils les prononçaient très mal. Sam les soupçonnait de s'être procuré un guide de voyage à l'aéroport et d'avoir mémorisé quelques expressions de base au-dessus de l'Atlantique. Lors de leur précédent voyage en Italie, leur chauffeur et guide avait été un autochtone à l'anglais « épouvantable », et ils avaient donc insisté, cette fois, pour avoir un Américain, un bon Yankee capable de leur réserver leurs repas et de leur trouver des billets. Au bout de deux journées passées avec eux, Sam était tout près de les renvoyer à Portland.

Sam n'était ni chauffeur ni guide. En revanche, il était tout ce qu'il y a de plus américain, et comme son métier était mal payé, lorsque ses compatriotes avaient besoin de quelqu'un pour leur tenir la main, il lui arrivait de travailler au noir.

Il attendait dehors, dans la voiture, pendant que le couple dînait interminablement chez Lazzaro, vieille trattoria du centre-ville. Il faisait froid, il neigeait un peu. Tout en buvant un café serré, il repensait à son équipe, comme d'habitude. Son téléphone portable le fit sursauter. L'appel venait des États-Unis.

– Allô.

– Sam Russo, je vous prie.

L'entrée en matière était plutôt sèche.

– Lui-même.

– Russo, l'entraîneur ?

– Oui, c'est moi.

L'auteur de l'appel se présenta : un certain Arnie Machinchose, une espèce d'agent, précisa-t-il, qui prétendait avoir été directeur de l'équipe de football de Bucknell en 1988, quelques années après que Sam lui-même y avait joué. Comme ils étaient tous les deux passés par Bucknell, ils trouvèrent rapidement un terrain commun et, au bout de quelques minutes de Vous-Connaissez-Untel-et-Untel, on était déjà en des termes amicaux. C'était tellement sympa, pour Sam, de bavarder avec un ancien de son lycée, même si c'était un complet inconnu.

Et il était rare que des agents le contactent.

Arnie en vint au fait.

– Bien sûr que j'ai regardé les play-offs, répondit Sam.

– Eh bien, je représente Rick Dockery et, enfin, voilà, les Browns lui rendent sa liberté, expliqua Arnie.

Pas surprenant, songea Sam, mais il continua d'écouter.

– Et il ne ferme aucune porte, il n'exclut rien. J'ai entendu la rumeur, comme quoi il vous faut un quarterback.

Sam faillit en laisser tomber son téléphone. Un vrai quart arrière du championnat NFL à Parme ?

– Ce n'est pas une rumeur, rectifia-t-il. Le mien est parti la semaine dernière, il a accepté un poste d'entraîneur quelque part dans le nord de l'État de New York. Nous adorerions avoir Rick Dockery chez nous. Il s'en sort ? Je veux dire, au plan physique ?

– Bien sûr, juste un peu cabossé, mais il est prêt à repartir.

– Et il a envie de jouer en Italie ?

– Possible. Nous n'en avons pas encore discuté, vous savez, il est toujours à l'hôpital, mais nous examinons toutes les éventualités. Je vais être franc : il a besoin de changer de décor.

– Vous connaissez le jeu, par ici ? s'enquit Sam Russo, assez tendu. C'est du bon football, mais on est loin de la NFL, et des Big Ten. Je veux dire, ces gars-là ne sont pas des professionnels au vrai sens du terme.

– Ils ont quel niveau ?

– J'en sais rien. Difficile à évaluer. Jamais entendu parler d'un lycée qui s'appelle Washington and Lee, dans le Sud, en Virginie ? Un lycée sympa, du bon football, en division III ?

– Oui, bien sûr.

– Ils sont venus par ici l'an dernier, pendant leur pause de printemps, et on les a rencontrés en scrimmage, deux fois, un match d'entraînement en conditions réelles, scénarisé par les deux entraîneurs, sans compter les points. On a fait à peu près jeu égal.

– La division III, hein ? fit Arnie d'une voix qui avait nettement perdu de son entrain.

Mais bon, Rick avait besoin d'un football qui soit plus tranquille. Encore une commotion cérébrale et il pouvait en conserver de vraies séquelles au cerveau, de celles qui lui avaient déjà valu tant de quolibets. À dire vrai, Arnie s'en moquait. Encore un ou deux coups de téléphone et Rick Dockery appartiendrait au passé.

– Écoutez, Arnie, reprit Sam, et cette fois il était sérieux. La minute de vérité. On parle d'un club de sport amateur, ici, un cran au-dessus, à la rigueur. Chaque équipe de série A reçoit trois joueurs américains, qui perçoivent en général des défraiements pour leurs repas et une partie de leur loyer, le cas échéant. Quoi qu'il en soit, en règle générale, les quarterbacks sont américains, et ils touchent un petit salaire. Le reste de l'effectif est composé d'une bande d'Italiens coriaces qui jouent parce qu'ils adorent le foot. S'ils ont de la chance et si le propriétaire du club est bien luné, après le match, ils ont droit à une pizza et de la bière. Cela se joue dans un tableau en huit matches, avec play-offs, et ensuite une chance de disputer le Super Bowl à l'italienne. Notre terrain est vieux, mais joliment aménagé, bien entretenu, avec des gradins pour trois mille spectateurs – il nous arrive même de les remplir lors des gros matches. Nous avons des sponsors, des uniformes chics, mais aucun contrat de diffusion avec aucune chaîne de télévision, et pas vraiment d'argent. Nous sommes en plein cœur du royaume du foot européen. Le foot américain n'est suivi que par quelques fondus.

– Comment vous avez abouti là-bas ?

– J'aime l'Italie. Mes grands-parents ont émigré de cette région, se sont installés à Baltimore, où j'ai grandi. Mais j'ai plein de cousins par ici. Ma femme est italienne, et tout ça. C'est un endroit merveilleux à vivre. On ne gagne pas un sou en entraînant une équipe de football américain, mais on se marre.

– Alors comme ça, les entraîneurs sont payés ?

– Oui, si l'on peut dire.

– Il y a d'autres relégués du championnat NFL, parmi vous ?

– À l'occasion, on accueille une âme perdue qui rêve de sa bague en or, son anneau du Super Bowl, avec son nom et celui de son équipe gravés dessus. Mais la plupart de ces Américains sont de petits joueurs des ligues universitaires, ils aiment le jeu et ils ont le sens de l'aventure.

– Combien pouvez-vous payer mon gars ?

– Laissez-moi consulter le propriétaire du club.

– Faites, et pour ma part, je vais me tourner vers mon client.

Après avoir échangé une dernière anecdote de la période Bucknell, ils raccrochèrent. Sam revint à son café. Un quarterback du championnat NFL qui viendrait jouer au football américain en Italie ? C'était difficile à imaginer, mais pas sans précédent. Deux ans auparavant, les Bologna Warriors s'étaient alignés dans le Super Bowl *italiano* avec un quarterback âgé de quarante ans qui avait jadis brièvement joué à Oakland. Il avait déclaré forfait au bout de deux saisons, était reparti au Canada.

Sam baissa le chauffage de la voiture de quelques degrés et se repassa dans la tête les minutes finales du match des Broncos contre les Browns. Dans son souvenir, jamais il n'avait vu un joueur être si complètement à l'origine d'une défaite, et sceller sa perte alors que son équipe avait si manifestement partie gagnée. En voyant Dockery que l'on transportait hors du terrain, il avait presque applaudi, lui aussi.

Néanmoins, l'idée de l'entraîner à Parme était bougrement captivante.

3.

Certes, chez Rick, boucler ses bagages et partir était une espèce de rituel, mais le départ de Cleveland fut quand même un peu plus stressant que les autres. Quelqu'un avait découvert qu'il avait loué un appartement au septième étage d'un immeuble de verre, près du lac, et deux types, deux journaleux miteux armés d'appareils photo, rôdaient autour de la loge du gardien quand il arriva au volant de sa Tahoe noire. Il se gara au sous-sol, fonça vers l'ascenseur. Quand il ouvrit sa porte, le téléphone de la cuisine sonnait. C'était Charley Cray en personne, qui lui laissa un message sucré sur son répondeur.

Trois heures plus tard, le monospace était rempli à ras bord de vêtements, de clubs de golf et d'une chaîne stéréo. Treize voyages en ascenseur – il les compta –, et sa nuque, ses épaules lui faisaient un mal de chien. Sa tête encore endolorie le lançait et les antalgiques n'aidaient pas beaucoup. Rick n'était pas censé conduire sous traitement, mais il prit quand même le volant.

Il s'en allait, il fuyait cet appartement et tout le mobilier de location qu'il contenait, il fuyait Cleveland, les Browns, et leurs terrifiants supporters. Il décampait, ailleurs. Il ne savait pas trop où.

Concernant l'appartement, il avait eu la sagesse de ne signer que pour six mois. Depuis l'université, il avait vécu toute sa vie dans les baux à court terme et les meubles loués ; il avait appris à ne pas trop accumuler d'affaires.

Il affronta le trafic du centre-ville, jeta un dernier coup d'œil dans le rétro, sur la ligne des toits de Cleveland. Bon débarras. Partir l'électrisait. Il se jura de ne jamais revenir, à moins, évidemment, de jouer contre les Browns, mais enfin, il s'était promis de ne plus penser à l'avenir. En tout cas, pas avant une semaine.

En fonçant à travers la banlieue, il dut admettre que Cleveland était sans aucun doute plus heureuse de son départ qu'il ne l'était lui-même.

Il s'en allait à la dérive vers l'ouest, grosso modo dans la direction de l'Iowa, sans le moindre enthousiasme, car il n'était pas ravi de rentrer au bercail. Il avait appelé ses parents, depuis l'hôpital, une fois. Sa mère l'avait questionné au sujet de sa tête et l'avait supplié d'arrêter de jouer. Son père avait voulu comprendre quelle mouche l'avait piqué quand il avait exécuté cette dernière passe.

– Comment ça va, à Davenport ? avait-il fini par lui demander.

Ils savaient tous les deux ce qu'il entendait par là. Sa curiosité ne portait pas sur l'état de l'économie locale.

– Pas trop bien, avait avoué son père.

Un bulletin météo attira son attention. Grosses chutes de neige vers l'ouest, blizzard dans l'Iowa : Rick ne fut pas mécontent de virer à gauche et de se diriger vers le sud.

Une heure plus tard, son téléphone portable sonnait. C'était Arnie, à Las Vegas, l'air beaucoup plus joyeux que précédemment.

– Où tu es, fiston ?

– Je suis sorti de Cleveland.

– Dieu merci. Tu rentres chez toi ?

– Non, je roule, c'est tout, plein sud. Je vais peut-être aller en Floride, jouer un peu au golf.

– Super idée. Comment va ta tête ?

– Bien.

– Plus abîmée qu'avant ? insista Arnie avec un rire faux.

Cette réplique très comique, Rick l'avait entendue au moins cent fois.

– Grave.

– Écoute, fiston, je suis sur un coup, ici. Une place dans un roster, un poste garanti sur la feuille de match. Des pom-pom girls superbes. Tu as envie d'en savoir plus ?

Rick répéta lentement, convaincu d'avoir mal compris les détails. La Vicodine imbibait encore quelques régions trop tendres de sa cervelle.

– OK, dit-il enfin.

– Je viens de discuter avec l'entraîneur principal des Panthers. Ils vont te proposer un contrat, tout de suite, avec effet immédiat, sans poser de questions. Ce n'est pas une grosse somme, mais c'est un boulot. Tu seras toujours quarterback, le quarterback titulaire ! Affaire conclue. Tout dépend de toi, mon coco.

– Les Panthers ?

– Tu as saisi. Les Parma Panthers.

Il y eut un long silence, Rick se débattait avec ses notions de géographie. À l'évidence, c'était une formation d'un championnat secondaire, un de ces championnats de péquenauds tellement loin de la NFL qu'il y avait de quoi rigoler. Et ce n'était sûrement pas non plus de l'arena ball, du foot en salle, la spécialité des joueurs en fin de parcours ou provisoirement relégués. Arnie se garderait bien d'envisager ce style de proposition.

Mais il était incapable de situer Parme.

– Tu m'as dit les Carolina Panthers, Arnie ?

– Écoute-moi, Rick. Les Parma Panthers.

Il y avait certes un Parma dans la périphérie de Cleveland. Tout cela restait décidément très confus.

– OK, Arnie, désolé pour les lésions cérébrales, mais pourquoi tu ne me dis pas exactement où ça se trouve, ce Parma ?

– C'est dans le nord de l'Italie, à environ une heure de Milan.

– C'est où, Milan ?

– C'est aussi dans le nord de l'Italie. Je vais t'acheter un atlas. En tout cas…

– Le football de là-bas, c'est du calcio, Arnie. Il y a erreur de sport.

– Écoute-moi. Ils ont quelques championnats solidement établis, en Europe. En Allemagne, en Autriche, en Italie, c'est du sérieux. Ça pourrait être amusant. Qu'est devenu ton goût de l'aventure ?

La tête de Rick se remit à le lancer, il lui fallait un comprimé. Mais il était déjà défoncé et il n'avait franchement pas intérêt à se faire arrêter pour conduite en état d'ivresse médicamenteuse. Le flic allait inspecter son permis avant de sortir les menottes ou même sa matraque, pourquoi pas.

– Je ne crois pas, fit-il.

– Tu devrais tenter le coup, Rick, dételer pendant une année, aller jouer en Europe, que cette histoire se tasse. Je vais te dire, fiston, ça ne m'embête pas du tout de passer quelques coups de fil, mais pour le moment, ça craint, ça craint vraiment.

– Je n'ai pas envie d'en savoir plus, Arnie. Écoute, on en reparle plus tard. Ma tête me fait un mal de chien.

– D'accord, fiston. On en cause demain, mais il faut se décider vite. L'équipe de Parme cherche un quarterback. Leur saison démarre bientôt et ils sont prêts à tout. Je veux dire, pas prêts à signer avec n'importe qui, mais...

– J'ai pigé, Arnie. Plus tard.

– Tu as entendu parler du parmesan, le fromage ?

– Évidemment.

– C'est là qu'ils le fabriquent. À Parme. Tu piges ?

– Si j'avais des envies de fromage, j'irais à Green Bay, lâcha Rick, et il se trouva plutôt malin, en dépit des médocs.

Green Bay, Wisconsin, le pays du fromage, la terre des Packers – douze fois vainqueurs du championnat, un palmarès inégalé.

– J'ai appelé les Packers, mais ils n'ont pas rappelé.

– J'ai pas envie d'entendre ça.

Dans le restauroute d'une aire de repos pour poids lourds, près de Mansfield, il s'installa au fond d'un box et commanda des frites avec un Coca. Les mots imprimés sur le menu lui semblaient un peu flous, mais ça ne l'empêcha pas de prendre un autre comprimé, à cause de cette douleur du côté des cervicales. À l'hôpital, dès qu'il avait pu rallumer la télévision, il avait finalement commis l'erreur de revoir les temps forts du match sur ESPN. À la vue de son corps martelé de coups, effondré sur la pelouse en une masse informe, il s'était senti imploser.

Deux camionneurs, à une table voisine, lui lancèrent des regards à la dérobée. Ah, génial. Et pourquoi je n'ai pas pensé à mettre une casquette et des lunettes de soleil ?

Ils chuchotèrent et pointèrent du doigt; des regards se tournèrent vers lui, d'abord curieux, puis franchement hostiles. Rick avait envie de se lever, mais la Vicodine, elle, n'était pas de cet avis, elle lui soufflait : « Mais non, ne t'énerve pas, un peu de calme, voyons. » Il commanda une autre assiette de frites et essaya d'appeler ses parents. Soit ils étaient sortis, soit ils ne voulaient pas décrocher. Il appela un ami de la fac, à Boca Raton, en Floride, pour s'assurer d'avoir un endroit où habiter durant ces quelques jours.

Quelque chose faisait rigoler les camionneurs. Il s'efforça de les ignorer.

Il griffonna des chiffres sur une serviette en papier blanc. Pour les play-offs, les Browns lui devaient 50 000 dollars (l'équipe les lui verserait sûrement). Il lui restait à peu près 40 000 dollars en banque, à Davenport. En raison de sa vie de nomade, il n'avait jamais acheté aucun bien immobilier. Le monospace était en leasing – pour 700 dollars mensuels. Il ne possédait pas d'autres actifs. Il étudia ces chiffres. À vue de nez, il pourrait s'en tirer avec 80 000 dollars, dans le meilleur des cas.

Quitter le métier avec trois commotions cérébrales et 80 000 dollars, ce n'était pas si mal. Dans le championnat NFL, le running back moyen durait trois ans, se retirait avec toutes sortes de blessures aux jambes, et en devait 500 000.

Les mécomptes financiers de Rick résultaient d'investissements désastreux. Avec l'un de ses équipiers de l'Iowa, ils avaient essayé de s'accaparer le marché des stations de lavage de voiture à Des Moines. Les procès s'étaient succédé, et son nom figurait encore sur les dossiers de prêts bancaires. Il possédait le tiers des parts d'un restaurant mexicain à Fort Worth, et les deux autres propriétaires, d'anciens amis, lui réclamaient une augmentation de capital à cor et à cri. La dernière fois qu'il avait dîné là-bas, leurs burritos l'avaient rendu malade.

Avec l'aide d'Arnie, il était parvenu à s'éviter la faillite – la presse aurait eu des gros titres encore plus brutaux –, mais les dettes s'étaient accumulées.

Un camionneur d'assez grand gabarit, avec une panse gigantesque de buveur de bière, s'approcha, s'arrêta, et ricana au nez de Rick. Il arborait la totale – les épaisses côtelettes, la casquette du routier, le cure-dents pendu aux lèvres.

– T'es Dockery, toi, hein ?

L'espace d'une fraction de seconde, Rick eut envie de nier, puis il décida simplement de faire comme s'il n'était pas là.

– Tu crains, t'es au courant, non ? s'écria le camionneur d'une voix forte, et pour que toute l'assistance en profite. Tu craignais déjà dans l'Iowa, et tu crains toujours.

Il y eut des rires gras, dans le fond de la salle.

Un coup joliment placé dans sa panse à bière, et le mec serait à terre, à miauler. Le seul fait d'y penser suffit à l'attrister. Les gros titres – pourquoi se souciait-il tant des gros titres ? – seraient parfaits. « Dockery impliqué dans une rixe avec des routiers. » Et, bien sûr, les lecteurs pencheraient du côté des routiers. Charley Cray jouerait sur du velours.

Rick se contenta de sourire à sa serviette et tint sa langue.

– Pourquoi tu déménages pas à Denver ? Ils t'adorent, là-bas, je parie.

Nouveaux éclats de rire.

Rick ajouta quelques chiffres dénués de signification à son addition et fit mine de n'avoir rien entendu. En fin de compte, le camionneur s'éloigna, l'air très fanfaron, maintenant. Ce n'est pas tous les jours que vous avez l'occasion de rembarrer un quarterback du championnat NFL.

Il prit l'Interstate 71 en direction de Columbus, patrie des Buckeyes. Là, voici quelques années, ce n'était donc pas si vieux, devant cent mille fans, par une splendide après-midi d'automne, il avait sorti quatre passes décisives conduisant à l'essai et dépiauté la défense avec une précision chirurgicale. Il avait été sacré Joueur des Big Ten de la Semaine. D'autres honneurs devaient suivre. L'avenir était si lumineux qu'il l'avait aveuglé.

Trois heures plus tard, il s'arrêta pour prendre de l'essence et repéra un nouveau motel, juste à côté de la station-service. Il avait assez conduit pour la journée. Il s'écroula sur le lit avec l'intention de dormir plusieurs jours d'affilée, quand son téléphone portable sonna.

C'était Arnie.

– Tu es où, maintenant ?

– J'en sais rien. London.

– Quoi ? Où donc ?

– London, Kentucky, Arnie.

– Parlons un peu de Parma, insista l'agent sur un ton sec, direct, professionnel. – Il se tramait quelque chose.

– Je croyais qu'on s'était mis d'accord pour en reparler plus tard.

Rick se pinça l'arête du nez, puis déplia lentement les jambes.

– On est déjà plus tard. Il leur faut une décision.

– OK. Apporte-moi quelques précisions.

– Ils te verseront trois mille euros par mois pendant cinq mois, avec un appartement et une voiture.

– C'est quoi, un euro ?

– C'est la monnaie, en Europe. Allô ? En ce moment, ça vaut à peu près un tiers de plus que le dollar.

– Donc, ça fait combien, Arnie ? Ils proposent quoi ?

– Environ quatre mille billets verts par mois.

Les chiffres s'imprimèrent rapidement dans sa tête – ils n'étaient pas si nombreux.

– Le quarterback touchera vingt mille ? Combien gagne le joueur de ligne ?

– Qu'est-ce que ça peut faire ? Tu n'es pas joueur de ligne.

– Simple curiosité. Qu'est-ce qui te rend si grincheux ?

– C'est que j'y consacre trop de temps, Rick. J'ai d'autres affaires à négocier. Tu sais le bazar que ça peut être, dans l'intersaison.

– Tu es en train de me débarquer, Arnie ?

– Bien sûr que non. Seulement je pense réellement que tu devrais partir pour l'étranger un petit bout de temps, recharger tes batteries, tu sais, permettre à ton cerveau de panser ses blessures. Accorde-moi un petit délai pour évaluer les dégâts, ici.

Les dégâts. Rick essaya de s'asseoir, mais rien ne suivit. Dans tous ses os, dans tous ses muscles, en remontant à partir de la taille, ils étaient là, les dégâts. Si Collins n'avait pas loupé son obstruction, Rick aurait évité de se faire écrabouiller. Avec les joueurs de ligne, c'était l'amour ou la haine. Les joueurs de ligne, il en avait besoin !

– Combien ils touchent, les joueurs de ligne ?

– Rien. Ils sont italiens, ils jouent pour l'amour du foot.

Les agents doivent crever la dalle, par là-bas, en conclut Rick. Il respira profondément et tenta de se souvenir du dernier joueur de sa connaissance qui jouait encore pour l'amour du jeu.

– Vingt mille, grommela-t-il.

– Soit vingt mille de plus que ce que tu gagnes à la minute où nous parlons, lui rappela l'agent non sans cruauté.

– Merci, Arnie. Je vois que je peux toujours compter sur toi.

– Écoute, fiston, prends-toi une année de congé. Va découvrir l'Europe. Accorde-moi un peu de temps.

– Il vaut quoi, leur football?

– Quelle importance? Tu seras la star. Tous les quarterbacks sont américains, mais c'est le niveau petite équipe universitaire, et ils n'ont jamais approché la moindre sélection en championnat, ni de près ni de loin. Rien qu'à l'idée que tu étudies leur offre, les Panthers sont déjà surexcités.

Quelqu'un était surexcité à l'idée de l'engager. Quelle pensée agréable. Mais que raconterait-il à sa famille et à ses amis?

Quels amis? Au cours de la semaine écoulée, il avait très exactement reçu des nouvelles de deux vieux potes.

Après un silence, Arnie se racla la gorge.

– Il y a autre chose.

À en juger par le ton, cela ne pouvait être rien de bon.

– J'écoute.

– À quelle heure es-tu sorti de l'hôpital, aujourd'hui?

– Je ne me rappelle pas. Vers neuf heures, peut-être.

– Eh bien, tu as dû le croiser dans le couloir.

– Qui?

– Un enquêteur. Ton amie la pom-pom girl est de retour, Rick, tout ce qu'il y a de plus enceinte, et

41

maintenant elle a des avocats, de véritables ordures qui veulent faire parler d'eux, avoir leur binette dans les pages des canards. Et ils me sollicitent, moi, ici, avec toutes sortes de prétentions.

– Quelle pom-pom girl ? demanda Rick, les épaules et la nuque parcourues de nouvelles vagues de douleur.

– Une Tiffany quelque chose.

– Ça ne tient pas debout, Arnie. Elle a couché avec la moitié des Browns. Pourquoi elle s'en prend à moi ?

– Tu as couché avec elle ?

– Bien sûr, c'était mon tour. Si elle doit avoir un bébé en forme de tiroir-caisse, pourquoi je serais le père, moi ?

Une excellente question, puisqu'elle émanait du joueur le plus mal payé de l'équipe. Arnie avait invoqué le même argument face aux avocats de Tiffany.

– Il se pourrait que tu sois le père ?

– Absolument pas. J'ai été prudent. J'avais intérêt.

– Eh bien, elle ne peut rien déballer en public tant qu'elle ne t'a pas notifié son assignation, et si elle ne réussit pas à te trouver, elle ne peut pas t'assigner.

Rick savait tout cela. Il s'était déjà fait assigner.

– Je vais aller me cacher en Floride pendant un petit moment. Là-bas, dans le Sud, ils peuvent pas me trouver.

– Ne compte pas trop là-dessus. Ces avocats sont assez agressifs. Ils veulent de la publicité. Il existe des moyens de suivre les gens à la trace.

Un silence, avant l'argument décisif.

– En Italie, ils peuvent rien te notifier.

– Je ne suis jamais allé en Italie.

– Eh bien, c'est le moment.

– Laisse-moi le temps de réfléchir.

– Bien sûr.

Rick ne tarda pas à plonger et roupilla ferme dix minutes avant qu'un cauchemar le tire brusquement de sa sieste. Les cartes de crédit laissent des traces. Les stations-service, les motels, les relais routiers – tous ces endroits étaient reliés à un vaste réseau d'information électronique qui sillonnait le monde en une fraction de seconde, un quelconque crâne d'œuf équipé d'un puissant ordinateur n'aurait aucun mal à donner des coups de sonde ici ou là et, moyennant de jolis honoraires, à remonter la piste et à lui lâcher ses chiens de meute avec un exemplaire de la requête en reconnaissance de paternité de Tiffany. Et encore les gros titres. Et encore des ennuis judiciaires.

Il attrapa son sac qu'il n'avait pas déballé et fila du motel. Il roula une heure de plus, dans un état second, médicamenteux, et finit par dégotter un taudis avec des chambres pas chères, payables en liquide, à l'heure ou à la nuit. Il s'écroula sur le lit poussiéreux ; quelques secondes plus tard, il dormait comme un sourd, ronflait comme un sonneur, rêvait de tours penchées et de ruines romaines.

4.

L'entraîneur Russo lisait la *Gazzetta di Parma* en patientant sur une chaise au siège de plastique bien dur, dans la gare de Parme. Ça l'ennuyait d'avoir à l'admettre, mais il était un brin nerveux. Son nouveau quarterback, quand il lui avait parlé au téléphone, se trouvait sur un parcours de golf quelque part en Floride, et la conversation l'avait un peu laissé sur sa faim. Dockery n'était guère enthousiaste à l'idée de jouer avec Parme, même si la perspective de vivre quelque temps à l'étranger avait ses charmes, semblait-il. En fait, il n'était pas plus enthousiaste à l'idée de jouer où que ce soit aux États-Unis. Le thème de la première andouille avait fait tache d'huile, et il restait une cible de choix pour les blagues en tout genre. Il était footballeur, il avait besoin de jouer, mais il n'était pas sûr d'avoir envie de découvrir un autre genre de football pour autant.

Il ne parlait pas un traître mot d'italien, avait-il expliqué, mais il avait étudié l'espagnol en seconde. Super, s'était dit Russo. Pas de souci.

Sam n'avait jamais entraîné de quarterback professionnel. Son dernier poulain avait joué en pointillé avec l'université du Delaware. Comment Dockery s'intégrerait-il ? L'équipe était emballée de recevoir un artiste, mais les joueurs l'accepteraient-ils ? L'attitude du nouveau venu n'allait-elle pas empoisonner les vestiaires ? Serait-il malléable ?

L'Eurostar Italia de Milan glissa le long du quai, à l'heure, comme toujours. Les portes s'ouvrirent avec un claquement, un flot de passagers s'en déversa. En ce jour de la mi-mars, la plupart d'entre eux étaient vêtus d'épais manteaux, encore engoncés dans l'hiver, en attente d'un temps plus chaud. Dockery, non. En provenance directe de la Floride, avec un bronzage invraisemblable, il était en tenue pour un verre estival au country club – veste sport en lin couleur crème, chemise jaune citron à motifs tropicaux, pantalon blanc qui s'arrêtait sur des chevilles nues à la belle peau mate, mocassins en croco tirant vers le marron glacé plutôt que vers le brun. Il se débattait avec deux valises à roulettes, monstrueuses et parfaitement assorties, besogne contrariée par le volumineux sac de clubs de golf qu'il portait en bandoulière.

Il était là. Le quarterback.

Sam observa l'empoignade et comprit que Dockery n'était jamais monté dans un train avant ce jour. Il finit par s'avancer vers lui.

– Rick. Je suis Sam Russo.

Un demi-sourire, il souleva son chargement en tirant dessus avec énergie et réussit à se caler le sac de golf à hauteur des omoplates.

– Salut, coach, s'écria-t-il.

– Bienvenue à Parme. Laissez-moi vous aider.

Sam s'empara d'une valise, et chacun roula la sienne à travers la gare.

– Merci. Il fait plutôt froid, par ici.

– Plus froid qu'en Floride. Comment s'est déroulé votre vol ?

– Bien.

45

– Vous jouez pas mal au golf, c'est ça ?

– Bien sûr. Quand est-ce que ça se réchauffe ?

– Dans un mois, à peu près.

– Beaucoup de parcours de golf, dans le coin ?

– Non, je n'en ai pas vu un seul.

Ils étaient sortis, à présent, et s'arrêtèrent devant la Honda de Sam, genre boîte à savon miniature.

– Rien de plus grand ?

Rick jeta un regard sur les autres voitures minuscules qui l'entouraient.

– Fourrez ça sur la banquette arrière, suggéra Sam.

Il ouvrit le coffre d'un coup sec et malmena une valise pour la loger dans l'espace exigu. Il n'y avait pas de place pour la deuxième. Elle atterrit sur la banquette arrière, par-dessus le sac de clubs.

– Une bonne chose que je n'aie pas plus d'affaires, grommela Rick.

Ils embarquèrent. Avec son mètre quatre-vingt-huit, il avait les genoux coincés contre le tableau de bord. Son siège refusait de coulisser vers l'arrière, à cause des clubs.

– Les voitures sont plutôt petites, par ici, hein ? releva-t-il.

– Ça ne vous a pas échappé. Et l'essence vaut un dollar vingt le litre.

– Et combien, au gallon ?

– On ne compte pas en gallons, ici. En litres uniquement.

Sam enclencha la première, et ils s'éloignèrent de la gare.

– OK, ce qui revient à combien, au gallon ? continua le joueur.

– Eh bien, un litre équivaut grosso modo à un quart de gallon.

Rick resta songeur, le regard vide, tourné vers les bâtiments qui défilaient derrière la vitre, le long de la Strada Garibaldi.

– OK. Alors, combien de quarts dans un gallon ?

– Vous êtes allé où, à l'université ?

– Et vous, vous êtes allé où ?

– Bucknell.

– Jamais entendu parler. Ils jouent au football ?

– Bien sûr, du foot petit bras. Rien de comparable aux Big Ten. Quatre quarts dans un gallon, donc un gallon, ici, c'est autour de cinq dollars.

– Ces bâtiments sont carrément vieux, observa le nouvel arrivant.

– Ce n'est pas pour rien qu'on appelle l'Italie le vieux pays, en Amérique. C'était quoi votre matière principale, à la fac ?

– L'éducation physique. Et les pom-pom girls.

– Vous avez beaucoup étudié l'histoire ?

– L'histoire, je détestais. Pourquoi ?

– Parme est vieille de deux mille ans, et elle a une histoire intéressante.

– *Parma*, fit Rick, en soufflant, et il réussit à se tasser de quatre ou cinq centimètres, comme si la seule mention de cet endroit était synonyme de défaite. – Il farfouilla dans une poche de sa veste et en sortit son téléphone portable, mais ne l'ouvrit pas. – Qu'est-ce que je fous à Parme, Italie, nom de Dieu ? s'exclama-t-il, mais c'était moins une question qu'une déclaration.

Sam se dit que le mieux était encore de ne pas répondre, donc il décida de se transformer en guide.

– On est dans le centre-ville, le quartier le plus ancien. La première fois que vous venez en Italie ?

– Ouais. Et ça, c'est quoi ?

– Cela s'appelle le Palazzo della Pilotta, une construction entamée il y a quatre cents ans, jamais achevée, noyée sous un déluge de bombes par les Alliés en 1944, l'enfer.

– On a bombardé Parme ?

– Nous avons tout bombardé, même Rome, mais nous avons évité de toucher au Vatican. Les Italiens, vous vous en souvenez peut-être, avaient un dirigeant, un certain Mussolini, qui a conclu un accord avec Hitler. Pas une bonne initiative, même si les Italiens n'ont jamais trouvé la guerre très folichonne. Ils sont bien meilleurs côté cuisine, vin, voitures de sport, mode et sexe.

– Il se pourrait que je finisse par me plaire, ici.

– Vous vous plairez. Et ils adorent le bel canto. Sur la droite, là, c'est le Teatro Regio, le célèbre Opéra. Vous n'avez jamais vu d'opéra ?

– Sûr, on baigne dedans, dans l'Iowa. J'y ai passé quasi toute mon enfance, à l'Opéra, moi. Vous rigolez ? Pourquoi j'irais voir un opéra ?

– Et là, c'est le duomo, continua Sam.

– Le quoi ?

– Le duomo, la cathédrale. Pensez à un dôme, vous savez, un grand stade comme le Superdome de La Nouvelle-Orléans, ou le Carrier Dome de Syracuse.

Rick garda le silence un moment, comme si le souvenir de ces édifices, de ces stades, et des matches qui s'y rattachaient, le mettait mal à l'aise. Ils se trouvaient dans le centre de Parme, avec des piétons circulant en tous sens d'un pas pressé et des voitures pare-chocs contre pare-chocs.

Sam reprit.

– La plupart des villes italiennes sont en quelque sorte agencées autour d'une place centrale que l'on appelle une piazza. Voici Piazza Garibaldi, avec toute une flopée de boutiques et de cafés, et de piétons. Les Italiens consacrent beaucoup de temps à s'asseoir aux terrasses des cafés pour siroter leur espresso et lire. Pas une si mauvaise habitude.

– Je bois pas de café.

– C'est le moment de s'y mettre.

– Qu'est-ce qu'ils pensent des Américains, ces Italiens ?

– Ils nous aiment bien, je crois, sans trop s'attarder sur le sujet. Quand ils prennent le temps d'y réfléchir, ils détestent plus ou moins notre gouvernement, mais en règle générale, c'est le cadet de leurs soucis. Ils sont dingues de notre culture.

– Même de notre foot ?

– Dans une certaine mesure. Il y a un petit bar super agréable par là-bas. Vous voulez boire un verre ?

– Non, il est trop tôt.

– Pas de l'alcool. Un bar, ici, c'est comme un petit pub ou une cafétéria, un endroit où l'on se retrouve.

– Je passe mon tour.

– En tout cas, le centre-ville, c'est là que tout se passe. Votre appartement est juste quelques rues plus loin.

– Je brûle de voir ça. Ça vous embête si je donne un coup de fil ?

– *Prego*.

– Quoi ?

– *Prego*. Ça veut dire allez-y, faites.

Rick tapa son numéro tandis que Sam se faufilait dans le trafic de cette fin d'après-midi. Le quarter-back lança un regard par la fenêtre, de son côté, Sam appuya sur un bouton de la radio et une musique d'opéra s'éleva en bruit de fond, à faible volume. La personne avec qui Dockery éprouvait le besoin de bavarder n'était pas joignable ; il ne laissa aucun message ; le clapet du téléphone se rabattit ; et l'appareil retourna dans sa poche.

Probablement son agent, se dit Sam. Ou une petite amie.

– Vous avez une nana ? lui demanda-t-il.

– Personne en particulier. Pas mal de groupies de la NFL, mais elles sont bêtes à bouffer du foin. Et vous ?

– Marié depuis onze ans, sans enfants.

Ils franchirent un pont, le Ponte Verdi.

– C'est la rivière, la Parma. Elle coupe la ville en deux.

– Ravissant.

– Devant nous, c'est le Parco Ducale, le plus grand parc de la ville. Il est magnifique. Les Italiens sont très forts, côté parcs, aménagements paysagers, ce style.

– Très joli.

– Content que vous soyez de cet avis. C'est un endroit superbe pour aller marcher, emmener une fille, lire un livre, s'allonger au soleil.

– Jamais passé beaucoup de temps dans les parcs. Quelle surprise.

Ils firent le tour de la place, retraversèrent la rivière, et ne tardèrent pas à s'enfoncer à vive allure dans d'étroites ruelles à sens unique.

– Vous avez vu l'essentiel du centre de Parme, lui dit Sam.

– Sympa.

Après le parc, quelques rues plus au sud, ils tournèrent et s'engagèrent dans une rue sinueuse, Via Linati.

– Là, fit Russo, en pointant du doigt une longue rangée d'immeubles de quatre étages tous peints d'une couleur différente. Le deuxième, plus ou moins jaune d'or, l'appartement se situe au troisième étage. Un joli quartier. Le Signor Bruncardo, le monsieur qui est propriétaire de l'équipe, possède aussi quelques immeubles. C'est pour cela que vous habitez en centre-ville. Le coin le plus cher.

– Et ces gars-là jouent vraiment gratuitement? s'étonna Rick, revenant sur un point d'une conversation précédente qu'il n'arrivait pas à se sortir de la tête.

– Les Américains sont payés... vous et les deux autres... vous n'êtes que trois, cette année. Personne ne gagne autant que vous. Oui, les Italiens jouent pour le sport. Et pour la pizza d'après match. – Un temps de silence, et puis il ajouta : Ces types, vous allez les adorer.

De la part de l'entraîneur, c'était une première tentative de mise en valeur de l'esprit d'équipe. Si le quarterback n'était pas content, il en découlerait quantité de problèmes.

Il parvint tant bien que mal à coincer sa Honda dans une place moitié moins grande que la voiture, et ils montèrent les bagages et les clubs de golf. Il n'y avait pas d'ascenseur, mais la cage d'escalier était plus large que la normale. L'appartement, un meublé, comportait trois pièces – une chambre, un coin salon, une cuisinette. Pour son nouveau quarterback, transfuge du championnat NFL, le Signor Bruncardo s'était fendu d'une peinture fraîche, de tapis, de rideaux et de meubles neufs pour le coin salon. Il y avait même un peu d'art contemporain sur les murs, très tape-à-l'œil, comme il se doit.

– Pas mal, décréta Rick, et Russo se sentit soulagé.

Il connaissait les réalités de l'immobilier de centre-ville en Italie – la plupart des appartements étaient petits, vieux et chers. Si le quarterback était déçu, alors le Signor Bruncardo le serait aussi. Et l'affaire se compliquerait.

– Sur le marché, cela vaudrait pas loin de mille euros par mois, le prévint Sam, histoire de l'impressionner.

Rick était occupé à disposer avec soin ses clubs de golf sur le sofa.

– L'endroit est sympa, fit-il.

Il était incapable de compter le nombre d'appartements par lesquels il était passé au cours des six dernières années. Ses déménagements permanents et souvent précipités avaient émoussé ses facultés d'appréciation de la superficie, de la décoration et du mobilier.

– Si vous vous changiez ? Je vous retrouve en bas, proposa Sam.

Rick baissa les yeux sur ses pantalons blancs et ses chevilles brunes. Au moment de répondre : « Ça ira comme ça », il saisit l'allusion et se ravisa.

– Bien sûr, accordez-moi cinq minutes.

– Il y a un café deux rues plus loin, sur la droite, lui répondit l'autre. Je serai à une table dehors, je vais prendre un café.

– OK, coach.

Sam commanda un café et ouvrit son journal. L'humidité était tombée et le soleil avait plongé derrière les immeubles. Les Américains vivaient toujours une brève période de choc culturel. La langue, les voitures, les rues étroites, les logements exigus, des villes aux espaces restreints. Tout cela était écrasant, surtout pour les représentants des classes moyennes et populaires qui avaient peu voyagé. Au cours de ses cinq années au poste d'entraîneur des Parma Panthers, Sam avait rencontré très exactement un joueur américain qui était déjà venu en Italie avant de rejoindre l'équipe.

D'ordinaire, il suffisait de deux des trésors nationaux italiens pour les dérider – la cuisine et les femmes. L'entraîneur Sam Russo ne touchait pas à ces dernières, mais il n'ignorait rien des pouvoirs de la table italienne. M. Dockery était bon pour un dîner de quatre heures sans aucune idée de ce qui l'attendait.

Il arriva dix minutes plus tard, téléphone portable à la main, bien entendu, et il avait déjà meilleure allure. Blazer bleu marine, jeans délavé, chaussettes sombres.

– Un café ? proposa l'entraîneur.

– Un Coca.

Sam s'adressa au serveur.

– Vous parlez leur baragouin, en plus ? lança Rick, en fourrant son téléphone dans une poche.

– Je vis ici depuis cinq ans. Ma femme est italienne. Je vous l'ai dit.

– Les autres Yankees, ils pigent la langue, aussi ?

– Quelques mots, surtout les plats à la carte.

– Comment je suis censé appeler des passes lors des regroupements ?

– Ça se déroule en anglais. Quelquefois, les Italiens comprennent les appels de passe, parfois non.

– Pareil qu'à la fac, remarqua Rick, et ils rigolèrent. – Il avala son Coca. – Moi, je ne me préoccupe pas de la langue. Trop compliqué. Quand je jouais au Canada, il y avait un tas de Français. Ça ne nous a pas ralentis. Tout le monde parlait anglais, d'ailleurs.

– Tout le monde ne parle pas anglais, ici, je peux vous l'assurer.

– Oui, mais tout le monde parle l'American Express.

– Peut-être. Ce ne serait pas une mauvaise idée d'apprendre la langue. Ça vous facilitera l'existence, et vos coéquipiers vont vous adorer.

– M'adorer ? Vous avez parlé d'adorer ? Je n'ai plus adoré aucun coéquipier depuis la fac.

– C'est comme la fac, une grande fraternité avec des types qui aiment enfiler leur tenue, se bagarrer pendant deux heures, et aller boire une bière. S'ils vous adoptent, et je suis sûr qu'ils vont vous adopter, ils se feront tuer pour vous.

– Ils sont au courant pour, euh, vous savez, mon dernier match ?

– Je ne leur ai pas demandé, mais je suis certain que oui. Ils adorent le football et suivent plein de rencontres. Mais ne vous inquiétez pas, Rick. Ils sont ravis de vous avoir ici. Ces types n'ont jamais gagné le Super Bowl italien, et ils sont convaincus que cette année sera la leur.

Trois *signorinas* qui remontaient le trottoir attirèrent leur attention. Quand elles furent sorties de leur champ de vision, Rick considéra la rue comme perdu dans un autre monde. Sam se dit qu'il l'aimait bien, qu'il se sentait désolé pour lui. Il avait enduré une avalanche d'humiliations publiques encore jamais vues dans le football professionnel, et il se retrouvait à l'autre bout du monde, seul et désorienté. Et en fuite. Parme était une terre d'asile, du moins pour le moment.

– Vous voulez voir le terrain ? suggéra Sam.

– Bien sûr, coach.

Ils repartirent à pied, et Sam lui désigna l'extrémité d'une autre rue.

– Il y a une boutique pour hommes, là-bas, de super vêtements. Allez jeter un œil, à l'occasion.

– J'en ai apporté plein.

– Je vous le dis, j'insiste, vous devriez aller jeter un œil. Les Italiens sont très stylés, et ils vont vous observer d'un œil attentif, les hommes autant que les femmes. Il faut toujours une tenue en accord avec les circonstances, ici.

– La langue, les vêtements, quoi d'autre, coach ?

– Oui, un petit conseil. Tâchez de vous amuser. C'est une vieille cité merveilleuse, et vous êtes ici pour si peu de temps.

– Bien sûr, coach.

5.

Le Stadio Sergio Lanfranchi est situé dans le coin nord-ouest de Parme, encore dans la ville, mais loin des vieux édifices et des rues étroites. C'est un stade de rugby, siège de deux équipes professionnelles, loué aux Panthers pour les matches de football. Les gradins sont protégés par des verrières, il y a une tribune de presse, et une surface de jeu en herbe naturelle, bien entretenue en dépit du monde qui y circule.

Le calcio se joue au Stadio Tartini, bien plus vaste, deux kilomètres plus loin, dans la partie sud-est de la ville, et là, des foules plus conséquentes se rassemblent pour célébrer la raison d'être de l'Italie moderne. Il n'y a pourtant pas de quoi pavoiser. La modeste équipe de Parme parvient à peine à conserver sa place dans la prestigieuse Série A du foot de la péninsule. Toutefois, l'équipe a encore ses inconditionnels – environ trente mille tifosi d'une patience à toute épreuve, pétris d'une dévotion juvénile, indéfectible, inlassable.

Cela en faisait toujours vingt-neuf mille de plus qu'il ne se présentait de spectateurs au Stadio Lanfranchi pour les matches des Panthers. Il y avait trois mille places assises, mais on vendait rarement assez de billets pour jouer à guichets fermés. En fait, on ne vendait rien, et il n'y avait pas de guichets. L'entrée était libre.

Les ombres s'étiraient sur la pelouse, Rick Dockery traversa le milieu de terrain d'un pas lent, les mains fourrées dans les poches de son jeans, la flânerie sans but d'un homme qui entre dans un autre monde. De temps à autre, il s'arrêtait et appuyait fermement avec la semelle de son mocassin, pour éprouver le gazon. Il n'avait pas remis les pieds sur un terrain, ou une pelouse, quel que soit le nom qu'on voulait lui donner, depuis cette dernière journée à Cleveland.

Sam était assis cinq rangs plus haut, côté de l'équipe qui reçoit, et il surveillait son quarterback en se demandant à quoi il pensait.

Rick revoyait un stage d'entraînement d'été, il n'y avait pas longtemps de cela, un supplice bref mais brutal, avec une équipe pro, il était incapable de se rappeler laquelle au juste. Le stage, cet été-là, se déroulait dans une petite université, sur un terrain similaire à celui qu'il était en train d'inspecter. Un établissement de division III, une fac minuscule, la panoplie complète, avec ses dortoirs rustiques, sa cafétéria et ses vestiaires étroits, le genre de site que choisissent certaines équipes de la NFL pour rendre l'entraînement aussi rude et austère que possible.

Et il repensait au lycée. Du temps de Davenport South, il avait joué ses matches tant à domicile qu'à l'extérieur devant un public sans cesse grandissant. En classe de première, il avait perdu les finales interscolaires de l'État devant onze mille personnes, un chiffre modeste, sans doute, selon les critères du Texas, mais tout de même énorme pour le football scolaire de l'Iowa.

Mais Davenport South était loin, comme beaucoup d'autres choses qui paraissaient naguère importantes. Il s'arrêta dans la zone de l'en-but et examina les poteaux, d'aspect bizarre. Deux hauts fûts de bois peints en bleu et jaune, plantés dans le sol et enveloppés d'un rembourrage vert affichant une publicité pour Heineken. Un truc de rugby.

Il grimpa les marches et s'assit à côté de son entraîneur, qui le questionna :

– Vous en pensez quoi ?

– Joli terrain, mais il manque quelques yards.

– Dix, pour être exact. Les poteaux des deux en-but sont distants de 110 yards, au lieu des 120 réglementaires, mais il nous en faut 20 pour les deux zones de touchdown. Donc nous jouons sur ce qui nous reste, 90 yards. La plupart des terrains où nous évoluons sont destinés au rugby, alors on doit s'en contenter.

Rick lâcha un grommellement et un sourire.

– Pas grave.

– On est loin du Browns Stadium de Cleveland, admit Sam.

– Dieu merci. Je n'ai jamais aimé Cleveland, la ville, les supporters, l'équipe, et je détestais le stade. Pile devant le lac Érié, avec des vents cinglants et un sol aussi dur que du béton.

– Quelle a été votre étape préférée ?

Rick partit d'un rire tonitruant.

– Étape. Le mot est bien choisi. J'ai fait étape ici ou là, mais je n'ai jamais trouvé nulle part où faire mon trou. Dallas, j'imagine. Je préfère les climats chauds.

Le soleil avait presque disparu et l'air fraîchissait. Rick enfonça les mains dans les poches de son jeans serré.

– Alors, parlez-moi de notre football en Italie. Ça leur est venu comment ?

– Les premières équipes ont fait leur apparition il y a de cela environ vingt ans, et le jeu s'est propagé à une vitesse dingue, surtout ici, dans le nord. Le Super Bowl de 1990 a attiré vingt mille spectateurs, mais beaucoup moins l'an dernier. Pour une raison que je ne m'explique pas, il y a eu un déclin. Et maintenant, ça se développe à nouveau. Neuf formations évoluent en division A, autour de vingt-cinq en division B, et nous avons aussi du flag football, la variante mixte, garçons et filles, sans contact, pour les gosses.

Encore un silence, et Rick changea ses mains de position. Ses deux mois en Floride lui avaient laissé une peau fortement hâlée, mais l'épiderme sensible. Son bronzage s'effaçait déjà.

– Combien de supporters suivent les Panthers ?

– Ça dépend. Nous ne vendons pas de billets, donc personne ne tient vraiment le compte. Un millier, peut-être. Quand Bergame se déplace, le stade est bourré à craquer.

– Bergame ?

– Les Bergamo Lions, les champions. Indéboulonnables.

Rick trouva ce détail amusant.

– Les Lions et les Panthers. Ils reprennent tous des noms de la NFL ?

– Non. Nous avons aussi les Bologna Warriors, les Rome Gladiators, les Naples Bandits, les Milan Rhinos, les Lazio Marines, ainsi que les Ancona Dolphins, et les Bolzano Giants.

Tous ces noms tirèrent à Rick un petit rire.

– Qu'est-ce qu'il y a de si drôle ? s'enquit Sam.

– Rien. Je suis où, là ?

– C'est normal. Le choc culturel s'estompera rapidement, notez. Une fois que vous commencerez à taper dans le tas, vous vous sentirez chez vous.

Je ne tape pas dans le tas, eut envie de lui répliquer Rick, mais il s'en garda bien.

– Alors, Bergame, c'est l'équipe à battre ?

– Ah oui. Ils ont gagné huit Super Bowl et soixante et un matches d'affilée.

– Le Super Bowl italien. Comment j'ai pu manquer ça, je n'arrive pas à y croire.

– Vous n'êtes pas le seul à l'avoir loupé. Dans les pages sportives, nous sommes les derniers, après la natation et la moto. Le Super Bowl est retransmis à la télé, quand même. Sur une chaîne secondaire.

S'il était horrifié à l'idée que ses amis apprennent qu'il allait jouer au niveau scolaire en Italie, la perspective de n'avoir aucune presse et pas de retransmission le séduisait plutôt. À Parme, Rick n'était pas venu rechercher la gloire, juste un petit chèque de salaire, pendant qu'Arnie et lui guettaient le miracle, aux États-Unis. Il n'avait aucune envie que l'on sache où il était.

– On s'entraîne tous les combien ?

– Nous avons le terrain le lundi, le mercredi et le vendredi, à vingt heures, le soir. Ces types exercent un métier, dans la journée.

– Quel genre de métier ?

– Il y a de tout. Pilote de ligne, ingénieur, plusieurs chauffeurs de poids lourds, des agents immobiliers, des entrepreneurs, un type qui possède une boutique de fromages, un autre qui gère un bar, un dentiste, deux ou trois qui travaillent dans une salle de sport. Deux ouvriers du bâtiment, un tandem de mécaniciens auto.

Rick réfléchit quelques instants. Ses pensées lui venaient lentement, le choc se dissipait peu à peu.

– Quel genre d'attaque ?

– On s'en tient aux bases. Premièrement, de la puissance, beaucoup de mouvement et de feintes. L'an dernier, notre quarterback n'était pas capable de lancer, donc cela limitait réellement notre attaque.

– Votre quarterback était incapable de lancer ?

– Enfin, si, il pouvait, mais pas très bien.

– On a un coureur ?

– Oh oui. Slidell Turner. Un petit gars, un Noir costaud de l'université du Colorado, repêché sur le tard dans l'intersaison par les Colts. Il y a quatre ans, s'est fait lourder, trop petit.

– Petit comment ?

– Un mètre soixante-douze et demi, quatre-vingt-dix kilos. Trop petit pour la NFL, mais parfait pour les Panthers. Ici, ils ont du mal à le rattraper.

– Qu'est-ce qu'un gamin noir de l'université du Colorado fabrique ici à Parme, en Italie ?

– Il joue au football, dans l'attente d'un coup de téléphone. Pareil que vous.

– J'ai un receveur ?

– Oui, Fabrizio, un Italien. Une formidable paire de mains, une formidable paire de pieds, un formidable ego. Il se prend pour le plus grand footballeur d'Italie de tous les temps. Cher à l'entretien, mais pas un mauvais bougre.

– Il est capable de réceptionner mes passes ?

– J'en doute. Ça lui demandera beaucoup d'entraînement. Mais bon, ne me le tuez pas dès le premier jour, c'est tout.

Rick se leva d'un bond.

– J'ai froid. On bouge.

– Vous voulez voir la salle de l'équipe.

– Bien sûr, pourquoi pas ?

Il y avait un clubhouse juste derrière la zone d'en-but nord. Alors qu'ils marchaient dans cette direction, un train passa dans un grondement, à un jet de pierre de distance. À l'intérieur, le bâtiment plat, tout en longueur, était orné de dizaines d'affiches publicitaires pour les entreprises partenaires. Le rugby en monopolisait l'essentiel, mais les

Panthers disposaient d'une petite pièce remplie de casiers et d'équipement.

– Vous en pensez quoi ?

– C'est un vestiaire, constata Rick.

Il essaya de ne pas se lancer dans des comparaisons, mais ne put s'empêcher, l'espace d'un instant, de se rappeler les loges somptueuses des nouveaux stades de la NFL. Moquette, vestiaires lambrissés de bois assez spacieux pour garer une petite voiture, chaises longues en cuir conçues pour le gabarit des joueurs de ligne, cabines particulières dans des salles de douche plus grandes que cette pièce-là. Oh bon. Il se dit que pendant cinq mois, il pouvait bien endurer ça.

– C'est le vôtre, lui fit Sam, en pointant le doigt.

Rick marcha jusqu'à son casier, une vieille cage métallique vide, à part un casque blanc des Panthers suspendu à une patère. Il avait réclamé le numéro 8 ; le chiffre était imprimé au pochoir sur l'arrière de son casque. Une taille sept et demi. Le casier de Slidell Turner était sur la droite, et le nom inscrit sur sa gauche était celui de Trey Colby.

– Qui est-ce ? demanda-t-il.

– Colby, c'est notre free safety, notre dernier arrière de ligne. Il a joué pour l'université de l'Ole Miss. Il cohabite avec Slidell, les deux seuls Noirs de l'équipe. Nous n'avons que trois Américains, cette année. L'an dernier, ils étaient cinq, mais la fédération a encore changé les règles.

Sur une table, au centre, étaient soigneusement empilés des maillots et des pantalons. Rick les inspecta attentivement.

– Bonne qualité, déclara-t-il.

– Content que ça vous convienne.

– Vous avez évoqué un dîner. Je ne suis pas certain de savoir quel genre de plat il faudrait à mon organisme, mais un peu de nourriture serait la bienvenue.

– J'ai l'endroit idéal. Carlo tient les fourneaux et se charge de la cuisine. Nino s'occupe de la salle et s'assure que tout le monde mange à sa faim. Nino est aussi votre centre. Ne vous montrez pas surpris en le voyant. Votre centre au lycée était sans doute plus grand, mais sur le terrain, il est coriace. Sa conception de la rigolade, c'est de cogner des mecs deux heures d'affilée une fois par semaine sur un terrain de foot. C'est aussi le traducteur. Vous énoncez vos schémas tactiques en anglais, Nino livre aux autres sa version abrégée en italien, et vous rompez le regroupement. Quand vous marchez vers la ligne, vous priez pour que Nino ait traduit comme il faut. La plupart des Italiens comprennent un anglais de base, et ils ont vite fait de céder à leur première impulsion. Souvent, ils n'attendent pas Nino. Dans certaines phases de jeu, l'équipe tout entière se disperse dans toutes les directions et vous n'avez aucune idée de ce qui se passe.

– Et dans ces cas-là, je fais quoi, moi ?

– Vous courez comme un malade.

– Ça devrait être marrant.

– En effet. Mais ces types prennent la chose au sérieux, surtout dans le feu de la bataille. Ils adorent frapper, avant le coup de sifflet et après. Ils jurent, ils se foutent sur la gueule, et ensuite ils s'embrassent et partent boire un coup ensemble. Un joueur du nom de Paolo pourrait nous rejoindre pour le dîner. Il parle un très bon anglais. Il risque d'y en avoir un ou deux autres. Ils sont impatients de vous connaître. Nino se chargera de la cuisine et du vin, alors pour le menu, ne vous inquiétez pas. Ce sera délicieux, fiez-vous à moi.

6.

Ils se garèrent aux abords de l'université, dans l'une de ces rues étroites et interminables. Il faisait nuit, à présent, et des hordes d'étudiants déambulaient bruyamment. Rick manquant d'entrain, c'était Sam qui alimentait le dialogue.

– Par définition, une trattoria est une maison familiale et sans prétention, avec des spécialités locales et des vins délicieux, des portions généreuses, et pas trop cher. Vous m'écoutez ?

– Oui. – Ils avançaient sur le trottoir d'un pas rapide. – Vous allez me nourrir, ou me causer jusqu'à ce que mort s'ensuive ?

– J'essaie de vous familiariser avec la culture italienne.

– Contentez-vous de me trouver une pizza.

– Où en étais-je ?

– Dans une trattoria.

– Oui, par opposition à un restaurant, qui est en général plus élégant et plus cher. Ensuite, il y a l'osteria qui, traditionnellement, désigne une salle à manger dans une auberge, mais peut aujourd'hui signifier à peu près n'importe quoi. Et le bar, sujet déjà évoqué. Et enfin il y a l'enoteca, qui fait office de bar à vin tout en proposant des en-cas et des petits plats rapides. Je crois avoir couvert toute la gamme de la restauration à l'italienne.

– Donc personne ne meurt de faim, en Italie.

– Vous plaisantez ?

Une petite enseigne annonçant le Café Montana était suspendue au-dessus de la porte. À travers la vitrine, ils purent découvrir une longue salle aux tables vides, toutes recouvertes de nappes blanches empesées et repassées, agrémentées d'assiettes bleues, de serviettes et de verres à vin massifs.

– Nous sommes un peu en avance, lui précisa Sam. Vers huit heures, l'endroit s'anime. Mais Nino nous attend.

– « Café Montana » ? fit Rick en montrant l'enseigne.

– Mais oui. Comme Joe Montana, le quarterback des Fortyniners.

– Non.

– Sérieux. Ces types adorent le football. Carlo a joué, lui aussi, il y a de ça des années, mais il s'est bousillé un genou. Maintenant, il se contente de cuisiner. La légende veut qu'il détienne toutes sortes de records en matière de pénalités pour faute.

Ils entrèrent dans le local, et ce que Carlo était en train de préparer en cuisine les cueillit aux narines, sans préavis. Les arômes de l'ail, de sauces à la viande et du porc frit restaient en suspens comme un nuage au-dessus de la salle ; Rick était déjà prêt à dévorer. Un feu brûlait dans un four à bois, au fond.

Surgi dans la pièce par une porte latérale, Nino se rua sur Russo. Une étreinte puissante, suivie d'un bécot viril et bruyant dans la région de la joue droite, même régime pour la gauche, puis il empoigna la main de Rick entre les siennes.

– Rick, mon quarterback, bienvenue à Parme.

Rick lui serra la main avec fermeté, déjà prêt à reculer si une menace de bisou se profilait. Mais l'assaut était terminé.

L'accent était chargé, les mots distincts. Rick sonnait plutôt comme Reek.

– Tout le plaisir est pour moi, dit-il.

– Je joue centre, proclama fièrement Nino. Mais faites attention où vous mettez les mains. Ma femme, elle est jalouse.

Sur quoi Nino et Sam se plièrent en deux dans un hennissement de rire, et Rick les imita, à tout hasard.

Nino mesurait moins d'un mètre quatre-vingts, il était trapu, athlétique, il devait peser dans les quatre-vingt-quinze kilos. Tandis qu'il riait de son propre bon mot, Rick se dit que la saison allait être longue. Un centre d'un mètre soixante-quinze ?

Et puis ce n'était plus un jeunot. Les cheveux noirs et ondulés révélaient quelques premières mèches grisonnantes à hauteur des tempes. Le milieu de la trentaine. Mais il possédait un menton proéminent et dégageait une aura de violence sauvage – un type qui aimait la bagarre.

Si je veux rester entier, j'ai intérêt à me décarcasser, songea Rick.

Carlo déboula de la cuisine dans un tablier blanc empesé et sa toque de chef. Voilà, ça, c'était un centre. Un mètre quatre-vingt-six, au moins cent dix kilos, large d'épaules. Mais une légère claudication. Il salua Rick avec chaleur, une étreinte sommaire, pas de baisers. Son anglais était bien inférieur à celui de Nino et, au bout de quelques mots, il laissa tomber pour l'italien, laissant Rick patauger.

Sam fut prompt à intervenir.

– Il vous souhaite la bienvenue à Parme et dans leur restaurant. Avoir un véritable héros du Super Bowl américain qui accepte de jouer pour les Panthers, ça les ravit. Et il espère que vous viendrez souvent manger et boire dans leur petit café.

– Merci, fit Rick à Carlo.

Ils ne se lâchaient pas les mains. Carlo reprit son bavardage et Sam se tenait prêt.

– Il dit que le propriétaire de l'équipe est son ami, qu'il mange souvent au Café Montana. Et que tout Parme est électrisé de voir le grand Rick Dockery revêtir le noir et l'argent.

Une pause.

Rick remercia encore, d'un sourire aussi chaleureux que possible, et se répéta ces mots : « Un héros du Super Bowl américain. » Carlo finit par le lâcher et retourna beugler en cuisine.

Alors que Nino les conduisait à leur table, Rick chuchota à Sam :

– Héros du Super Bowl. Ça vient d'où, ça ?

– Je n'en sais rien. Peut-être que je n'ai pas bien traduit.

– Super. Vous disiez que vous le parliez couramment.

– La plupart du temps.

– Tout Parme ? Le grand Rick Dockery ? Qu'est-ce que vous leur avez raconté, à ces gens ?

– Les Italiens exagèrent toujours.

Leur table se trouvait près du four à bois. Nino et Carlo approchèrent des chaises pour leurs invités et, avant même que Rick ne se soit installé sur la sienne, trois jeunes serveurs vêtus d'un blanc immaculé fondirent sur eux. Le premier portait un grand plateau couvert de mets divers. Le deuxième un magnum de vin pétillant. Le troisième une corbeille de pains et deux bouteilles – l'une d'huile d'olive et l'autre de vinaigre. Nino claquait des doigts et pointait l'index, Carlo aboya sur l'un des serveurs, qui riposta, et les voilà repartis vers la cuisine, en se disputant et s'arrêtant à chaque pas.

Rick considéra le plateau fixement. Un gros morceau de fromage dur couleur jaune paille trônait au centre, entouré de ce qui ressemblait à des salaisons disposées en festons. Des viandes séchées odorantes et riches comme Rick n'en avait jamais vues. Tandis que Sam et Nino devisaient en italien, un serveur déboucha prestement le vin et remplit trois verres. Après cela, il resta au garde-à-vous, sa serviette amidonnée sur le bras.

Nino distribua les verres, puis leva le sien bien haut.

– Levons nos verres au grand Rick Dockery, et à une victoire dans le Super Bowl pour les Parma Panthers. – Sam et Rick burent une gorgée, tandis que Nino vidait la moitié du sien. – C'est du Malvasia Secco, commenta-t-il. De chez un vigneron proche d'ici. Ce soir, tout vient d'Émilie. L'huile d'olive, le vinaigre balsamique, le vin et les plats, tout est d'ici, souligna-t-il fièrement, en se martelant la poitrine avec un poing impressionnant. Les meilleurs produits du monde.

Sam se pencha.

– Nous sommes dans la province de l'Émilie-Romagne.

Rick opina et but une autre gorgée. Pendant le vol, il avait feuilleté un guide et savait où il se trouvait, plus ou moins. L'Italie compte vingt régions et, selon l'auteur du texte, elles prétendent toutes posséder les meilleurs produits du pays.

Les produits, justement.

Nino but une autre lampée de vin, puis adopta l'attitude du professeur prêt à délivrer sa leçon phare. Avec un geste nonchalant vers le fromage, il commença :

– Bien entendu, vous connaissez le plus grand fromage de tous. Le Parmigiano-Reggiano. Vous dites parmesan, vous. Le roi des fromages, fabriqué ici même. Le seul et unique véritable parmesan provient de notre petite ville. Celui-ci est fabriqué par mon oncle à quatre kilomètres de l'endroit où vous êtes assis en cette minute. Le meilleur.

Il se baisa le bout des doigts, puis rabota gracieusement quelques copeaux de fromage, avant de les déposer dans le plat, tandis que la leçon continuait.

– Ensuite, dit-il en désignant le premier feston de charcuterie, c'est le plus fameux jambon du monde. J'ai nommé le jambon de Parme. Fabriqué uniquement ici, à partir de porcs particuliers nourris d'orge, d'avoine et de l'excédent de lait restant après la fabrication du parmesan. Notre jambon n'est jamais cuit, insista-t-il avec gravité, en agitant l'index une seconde en signe d'admonestation. Il est fumé à l'air frais, avec du sel et beaucoup d'amour. Dix-huit mois de fumage.

Avec dextérité, il prit une petite tranche de pain de seigle, la trempa dans l'huile d'olive, puis y coucha une lamelle de jambon et un copeau de parmesan. Quand le tout fut parfaitement agencé, il tendit sa composition à Rick et lui dit :

– Un petit sandwich.

Rick en croqua une grosse bouchée, puis ferma les yeux et savoura l'instant.

Pour un homme resté au stade du McDonald's, ces saveurs-là étaient stupéfiantes. Si raffinées qu'elles flattaient la moindre de ses papilles et le forçaient à mâcher le plus lentement possible. Sam se prépara une tartine, et Nino versa le vin.

– Vous aimez ? demanda-t-il à Rick.

– Ah oui.

Nino présenta une autre bouchée à son quarter-back, puis il continua, le doigt pointé sur les autres plats.

– Et après cela nous avons le *culatello*, une cuisse de porc désossée et préparée avec rien que les meilleures parties, puis recouverte de sel, de vin blanc, d'ail, de quantité d'herbes, et frictionné à la main pendant des heures avant d'être enfilé dans une vessie de porc pour être fumée pendant quatorze mois. L'air de l'été l'assèche, l'humidité hivernale lui conserve sa tendresse. – Il parlait, parlait, les deux mains constamment en mouvement – montrant, buvant, découpant encore un peu de fromage, versant précautionneusement le vinaigre balsamique dans le bol d'huile d'olive. – On réserve les meilleurs cochons pour le *culatello*, reprit-il avec une expression de gravité. De petits cochons noirs tachetés de rouge, soigneusement sélectionnés et nourris exclusivement d'aliments naturels. Jamais enfermés, ah ça, non. Ces cochons-là évoluent en liberté et mangent des glands et des noisettes.

Il évoquait ces créatures avec une telle déférence qu'il était difficile de croire que l'on s'apprêtait à manger l'une d'elles.

Rick mourait d'envie de déguster une bouchée de ce *culatello*, une viande encore jamais vue de sa vie. Finalement, marquant une pause dans son exposé, Nino lui tendit une autre petite tranche de pain, nappée d'un épais tortillon de *culatello* couronné de parmesan.

– C'est bon ? demanda-t-il, tandis que Rick tendait déjà la main pour en réclamer plus.

Les verres de vin furent de nouveau remplis.

– L'huile d'olive provient d'une ferme située juste à la sortie de la ville, lui expliqua Nino. Et le vinaigre balsamique est de Modène, à quarante kilomètres plus à l'est. La ville de Pavarotti, vous savez. Le meilleur vinaigre balsamique vient de Modène. Mais c'est à Parme que nous avons la meilleure nourriture.

Le feston final, à l'extérieur du plat, c'était du salami, du Felino, fabriqué pratiquement sur place, âgé de douze mois, et sans aucun doute le meilleur salami de toute l'Italie. Après avoir servi Sam et Rick, Nino fila subitement vers l'entrée, car d'autres dîneurs arrivaient. Enfin seul, Rick prit un couteau et se tailla d'énormes blocs de parmesan. Il garnit son assiette de viande, de fromage et de pain, et se jeta dessus comme un réfugié.

– Il faudrait peut-être ralentir, le prévint Sam. Ce n'est que l'antipasto, l'échauffement.

– Un drôle d'échauffement.

– Vous avez votre poids de forme ?

– Plus ou moins. Je suis à cent deux kilos, à peu près cinq kilos de trop. Je les brûlerai.

– Pas ce soir, cela m'étonnerait.

Deux grands gaillards se joignirent à eux. Nino les présenta à leur quarterback – Paolo et Giorgio – tout en les couvrant d'insultes italiennes. Quand on en eut terminé avec toutes les embrassades et les salutations, ils se laissèrent choir sur leurs chaises et considérèrent l'antipasto. Sam expliqua qu'il s'agissait de deux joueurs de ligne capables de jouer des deux côtés du ballon, si nécessaire. Rick trouva cela encourageant, car ils avaient dans les vingt-cinq ans, le torse large, et mesuraient bien plus du mètre quatre-vingts. Ils semblaient capables de bousculer n'importe qui.

On remplit les verres, on tailla du fromage, on attaqua le jambon avec une détermination farouche.

– Quand êtes-vous arrivé ? demanda Paolo en anglais, avec juste une pointe d'accent.

– Cet après-midi, fit Rick.

– Vous êtes impatient ?

Il réussit à répondre « Bien sûr », en y mettant un peu de conviction. Impatient de voir arriver le plat suivant, impatient aussi de rencontrer les pom-pom girls italiennes.

Sam expliqua que Paolo était titulaire d'un diplôme d'Aggie, l'université A du Texas, et qu'il travaillait pour l'entreprise familiale, qui fabriquait des tracteurs de petites cylindrées et de l'outillage agricole.

– Ainsi, vous êtes un Aggie, fit Rick.

– Oui, répondit fièrement Paolo. J'adore le Texas. C'est là-bas que j'ai découvert le football.

Giorgio se contentait de sourire en mangeant. Sam lui précisa qu'il apprenait l'anglais, puis lui chuchota que les apparences étaient trompeuses, car Giorgio était incapable de barrer même le seuil d'une porte. Super.

Carlo était de retour, multipliant ses ordres aux serveurs et modifiant la disposition des tables. Nino sortit une nouvelle bouteille d'un vin produit, quelle surprise, à deux pas de là. C'était un Lambrusco, un rouge pétillant, et Nino connaissait le viticulteur. Il existe quantité de Lambrusco superbes un peu partout en Émilie-Romagne, ajouta-t-il, mais celui-ci était le meilleur. Et le parfait complément des *tortellini al brodo* que son frère leur servait en cet instant. Nino recula d'un pas, et Carlo entama un rapide récitatif en italien.

Sam traduisit à voix basse, en abrégeant.

– Ce sont des tortellinis servis dans un bouillon de viande, un plat fameux dans la région. Ces petites pâtes rondes en forme de berlingots sont farcies de bœuf braisé, de jambon et de parmesan ; la farce varie de ville en ville, mais naturellement c'est Parme qui détient la meilleure recette. Les pâtes ont été confectionnées cet après-midi par Carlo en personne. La légende veut que le type qui a créé les tortellinis en ait modelé le contour en s'inspirant du nombril d'une magnifique femme nue. Ici, toutes sortes de légendes sont de la même eau, mêlant cuisine, vin et amour. Le bouillon est composé de bœuf, d'ail, de beurre et de quelques autres ingrédients.

Rick avait le nez à quelques centimètres de son bol, d'où fusaient des arômes capiteux.

Carlo s'inclina, puis ajouta un commentaire sur un ton prudent. Sam traduisit encore.

– Il ajoute que ce sont de petites portions, car d'autres entrées vont arriver.

Ses premiers tortellinis mirent Rick au bord des larmes. Nageant dans leur bouillon, ils réveillaient tous ses sens, au point qu'il laissa échapper :

– Je n'ai jamais rien goûté d'aussi bon.

Carlo sourit et se replia vers la cuisine.

Rick fit descendre ses premiers tortellinis avec un peu de Lambrusco, et s'attaqua aux autres, qui flottaient dans ce bol très creux. De petites portions ? Paolo et Giorgio se taisaient, concentrés sur leurs propres tortellinis. Seul Sam faisait preuve d'une certaine retenue.

Nino installa un jeune couple à une table voisine, puis se précipita avec la bouteille suivante, un Sangiovese, un rouge sec fabuleux d'un vignoble proche de Bologne, où il se rendait personnellement en visite une fois par mois pour surveiller la maturation du raisin.

– Le plat suivant aura un peu plus de poids, prévint-il. Donc il faut un vin qui ait plus de corps.

– Il le déboucha avec des gestes stylés, renifla le goulot, leva les yeux au ciel en signe d'approbation, puis le versa. – C'est un régal qui nous attend là, annonça-t-il en remplissant cinq verres – non sans se réserver une dose de nectar un peu plus généreuse que les autres.

Encore un toast, encore une malédiction destinée aux Bergamo Lions, et ils goûtèrent le Sangiovese.

Rick avait toujours été un amateur de bière. Cette immersion la tête la première dans le monde des vins italiens était déroutante, mais plutôt agréable.

Un serveur débarrassa les reliefs de leurs tortellinis pendant qu'un autre servait sur-le-champ de nouveaux plats. Carlo arriva au pas de charge avec deux serveurs dans son sillage, et régla le ballet.

– C'est mon préféré, commença-t-il en anglais, avant de passer à une langue plus familière.

– Ce sont des cannellonis fourrés à la viande, traduisit Sam, tandis qu'ils restaient bouche bée devant le mets qu'ils avaient sous les yeux. Veau, porc, foies de porc, saucisse, ricotta et épinards, le tout dans un roulé de pâtes fraîches.

Tout le monde s'écria « *Grazie* », sauf Rick, et Carlo s'inclina de nouveau avant de se retirer. Le restaurant était presque plein, à présent, et le niveau sonore montait. Sans jamais manquer une seule bouchée de ce qui garnissait la table, Dockery observa les dîneurs autour de lui. Des gens du coin, apparemment, qui prenaient plaisir à déguster un repas typique dans leur café-restaurant de quartier. Chez lui, une cuisine pareille provoquerait la ruée. Ici, on la considérait comme un dû.

– Vous recevez pas mal de touristes, dans votre ville ? demanda-t-il.

– Pas tellement, avoua Sam. Les Américains vont à Florence, Venise et Rome. On en voit un peu en été. Surtout des Européens.

– Qu'est-ce qu'il y a à voir, à Parme ? demanda Rick. Le chapitre « Parme » de son guide était assez maigre.

– Les Panthers ! s'exclama Paolo dans un rire.

Sam rit, lui aussi, puis but une gorgée de vin et réfléchit une minute.

– C'est une charmante petite ville de cent cinquante mille habitants. Une cuisine et des vins magnifiques, des gens merveilleux qui travaillent dur et vivent bien. Mais elle n'attire pas beaucoup l'attention. Et c'est préférable. Tu es d'accord, Paolo ?

– Oui. On n'a pas envie de voir Parme changer.

Rick mâcha encore une bouchée, et tenta d'isoler les saveurs du veau, mais c'était impossible. Les viandes, le fromage et l'épinard se fondaient pour former un seul goût délicieux. Il n'avait certainement déjà plus faim, sans être rassasié non plus. Ils étaient là depuis une heure et demie, un très long dîner au regard de ses habitudes, mais juste un échauffement, pour Parme. Réglant son allure sur celle des trois autres, il ralentit, et se mit à manger lentement, très lentement. Les Italiens autour de lui discutaient plus qu'ils ne mangeaient, et un léger brouhaha enveloppait la trattoria. Dîner, c'était assurément savourer des plats superbes, mais c'était aussi un moment de partage.

Nino repassait toutes les trois ou quatre minutes en adressant à Rick un rapide « C'est bon ? ». Super, merveilleux, délicieux, incroyable.

Pour le deuxième service, Carlo s'écarta du registre des pâtes. Les assiettes étaient remplies – toujours de petites portions, notez – de *costolette alla parmigiana*, un autre mets réputé de Parme et l'un des éternels favoris du chef.

– Des côtelettes de veau à la parmesane, traduisit Sam. Les côtelettes sont aplaties au moyen d'une petite batte, puis trempées dans de l'œuf, on les fait revenir dans un poêlon avant de les cuire au four avec un mélange de parmesan et de bouillon de viande, jusqu'à ce que le fromage ait fondu. L'oncle de l'épouse de Carlo a élevé ce veau lui-même et l'a livré cet après-midi.

Pendant que Carlo racontait et que Sam tenait lieu d'interprète, Nino s'affairait avec le vin suivant, un rouge sec de la région de Parme. On leur présenta des verres propres, encore plus grands ; Nino fit tourner le nectar, le renifla et l'avala. Au bord de l'orgasme, il leva de nouveau les yeux au ciel et déclara le vin sensationnel. L'un de ses amis très proches confectionnait ce cru, peut-être son préféré entre tous.

Sam lui murmura :

– Parme est fameuse pour sa cuisine, mais pas pour son vin.

Rick sirota une gorgée de rouge, sourit au plat de veau et se jura, au moins pour le reste du dîner, de réussir à manger encore plus lentement que les Italiens. Sam l'observait attentivement, certain que le choc culturel se résorbait, se dissolvait sous le flot de nourriture.

– Vous mangez comme ça souvent ? s'étonna Rick.

– Pas tous les jours, mais cela n'a rien d'exceptionnel non plus, lui répondit Sam d'un air détaché. Pour Parme, c'est un repas ordinaire.

Paolo et Giorgio découpaient leur pièce de veau, et Rick s'attaqua à la sienne avec lenteur. La dégustation des côtelettes dura une demi-heure.

Quand les assiettes furent nettoyées, on les leur retira avec des gestes théâtraux. Une longue pause s'ensuivit, le temps que Nino et les serveurs s'occupent des autres tables.

Le dessert n'avait rien de facultatif : en effet, Carlo avait préparé sa spécialité, une *torta nera* et, pour l'occasion, Nino s'était procuré un vin tout à fait particulier, un blanc pétillant de la province. Il précisa que la tourte noire, créée à Parme, était composée de chocolat, d'amandes et de café et, alors qu'elle sortait du four, Carlo y avait ajouté une note de glace vanille, sur le côté. Nino avait une minute de liberté, donc il approcha une chaise et se joignit à ses coéquipiers et à leur entraîneur pour ce dernier plat – à moins que ces messieurs ne soient d'humeur à essayer un peu de fromage et à clore par un digestif ?

Ils n'étaient pas d'humeur. Le restaurant était encore à moitié plein quand Sam et Rick voulurent prendre congé avec force remerciements. Embrassades, tapes dans le dos, vigoureuses poignées de main, promesses de revenir, encore des paroles de bienvenue à Parme, et une profusion de gratitude pour ce dîner inoubliable – le rituel s'éternisait.

Paolo et Giorgio décidèrent de rester prendre un bout de fromage et terminer le vin.

– Je ne conduis pas, avertit Sam. On peut rentrer à pied. Votre appartement n'est pas loin, et de là j'attraperai un taxi.

– J'ai pris cinq kilos, soupira Rick, en sortant le ventre.

– Bienvenue à *Parma*.

7.

Ça piaulait sur une note suraiguë, cela ressemblait à s'y méprendre au long gémissement d'un scooter au pot d'échappement crevé. C'était des assauts répétés, par longues rafales, et Rick n'ayant encore jamais entendu un bruit pareil, il n'eut d'abord aucune idée de ce que c'était, ni d'où cela pouvait venir. D'ailleurs, autour de lui, tout restait fort embrumé. Après le marathon du Montana, pour des raisons demeurées assez obscures, ils s'étaient arrêtés dans un pub, Sam et lui, pour boire deux bières. Ensuite, il se souvenait vaguement d'être rentré dans son appartement vers minuit, mais depuis, plus rien.

Il était allongé dans son canapé, trop court pour qu'un individu de sa taille puisse y dormir confortablement, toujours assailli par ces mystérieux coups de sonnette ; il tâcha de se rappeler pourquoi il avait opté pour le coin salon au lieu de la chambre. Là encore, aucune explication valable ne lui revenait en tête

— OK, OK, beugla-t-il vers la porte quand on se mit à frapper. J'arrive.

Il était pieds nus, mais en jeans et en T-shirt. Il examina un long moment ses orteils brunis et eut le temps de s'apercevoir qu'il avait la tête qui tournait. Et ce bruit strident. « OK ! » cria-t-il encore. Tenant à peine sur ses jambes, il se dirigea vers la porte et l'ouvrit avec brusquerie.

Il fut accueilli d'un aimable « *Buongiorno* » par un homme petit, trapu, à l'énorme moustache grise, en imperméable marron fripé. Il avait à côté de lui un jeune policier en uniforme qui hocha la tête en guise de salutation, mais sans rien dire.

– Bonjour, fit Rick, en faisant l'effort de se donner un air un tant soit peu respectueux.

– Signor Dockery ?

– Oui.

– Je suis la police.

Il extirpa des documents du fin fond de son trench-coat, les lui agita sous le nez, puis les rangea dans leur cachette, d'un geste si désinvolte que le message était clair : « Ne posez pas de questions. » Il aurait aussi bien pu s'agir d'une contravention de stationnement que d'un reçu du pressing.

– Signor Romo, police de Parme, précisa-t-il à travers sa moustache, qui pourtant remuait à peine.

Rick regarda Romo, puis le flic en uniforme, avant de revenir sur Romo.

– OK, réussit-il à répondre.

– Nous avons une plainte. Il faut venir avec nous.

Rick grimaça, il tenta de répondre quelque chose, mais sentit un lourd relent nauséeux gargouiller dans son bas-ventre, et il crut qu'il allait devoir leur fausser compagnie. Cela passa. Il avait les paumes moites, les genoux en coton.

– Une plainte ? répéta-t-il, incrédule.

– Oui. – Romo opina avec gravité, comme s'il avait déjà pris sa décision, jugeant cet Américain coupable d'un acte bien pire que l'objet de cette plainte, quelle qu'en soit la teneur. – Venez avec nous.

– Euh, où ça ?

– Venez avec nous. Tout de suite.

Une plainte ? Le pub, hier soir, était presque désert et, autant qu'il se souvienne, Sam et lui n'avaient adressé la parole à personne, à part le barman. Devant des bières, ils avaient causé football et rien d'autre. Une conversation plaisante, pas de jurons, pas de bagarre avec les autres clients. Le trajet du retour, à pied, par la vieille ville jusqu'à son appartement, s'était déroulé sans encombre. Peut-être que l'avalanche de pâtes et de vin l'avait fait ronfler trop fort, mais cela ne pouvait tout de même pas être un crime, non ?

– Qui s'est plaint ?

– Le juge vous expliquera. Nous devons y aller. S'il vous plaît, vos chaussures.

– Vous m'arrêtez ?

– Non, plus tard, peut-être. Allons-y. Le juge attend.

Pour impressionner son interlocuteur, Romo se retourna et débita quelques phrases au jeune flic sur un rythme précipité, dans un italien tout ce qu'il y a de plus sérieux, et l'autre trouva le moyen de prendre une mine encore plus sévère, en secouant la tête comme si la situation ne pouvait pas être plus grave qu'elle ne l'était déjà.

À l'évidence, ils ne repartiraient pas sans le Signor Dockery. La paire de chaussures la plus proche, c'étaient ses mocassins marron glacé, qu'il trouva dans la cuisine ; tout en les enfilant et en cherchant une veste, il se dit qu'il devait y avoir malentendu. Il se brossa les dents en vitesse, dans l'espoir qu'un solide gargarisme balaierait tous ces effluves d'ail et de vin franchement fétides. Un coup d'œil dans le petit miroir lui suffit ; il avait vraiment l'air coupable de quelque chose. Les yeux rouges et gonflés, une barbe de trois jours, les cheveux en bataille. Il se les ébouriffa, sans succès, puis attrapa son portefeuille, de l'argent liquide (américain), la clef de l'appartement et son téléphone portable. Il aurait peut-être intérêt à appeler Sam.

Romo et son second l'attendaient patiemment dans l'entrée, ils étaient tous les deux la cigarette au bec, mais sans paires de menottes en vue. Ils ne paraissaient pas non plus animés d'un réel désir d'arrêter des criminels. Romo avait vu trop de séries policières ; chacun de ses gestes se voulait à la fois blasé et savamment calculé. D'un mouvement de la tête, il désigna la porte de l'appartement et fit : « Je vous suis. » Il lâcha sa cigarette dans un cendrier du couloir, puis fourra les deux mains au fond des poches de son imper. Le flic en uniforme ouvrait la marche, devant le criminel, et Romo protégeait les arrières. La descente des trois étages, et la sortie sur le trottoir. Il était presque neuf heures, par une lumineuse journée de printemps.

Un autre flic attendait près d'une berline Fiat équipée de pied en cap, avec sa barre de gyrophares et le mot *Polizia* peint en bleu et blanc sur les flancs. Le deuxième flic mâchonnait le bout filtre de sa cigarette en étudiant les postérieurs de deux dames qui venaient de le dépasser. Il adressa à Rick un regard de complet dégoût, puis tira une autre bouffée.

– Nous allons à pied, suggéra Romo. Pas loin. Vous avez besoin de prendre l'air, je pense, n'est-ce pas ?

Et pas qu'un peu, songea Rick. Il décida de coopérer, histoire de marquer quelques points avec ces types, et de les aider à faire éclater la vérité, quelle que soit cette vérité. Romo désigna le bout de la rue, il marchait à la hauteur de Rick, et tous deux suivaient le premier flic.

– Je peux donner un coup de fil ? s'enquit l'Américain.

– Mais comment donc. Un avocat ?

– Non.

Le numéro de Sam bascula tout de suite sur la messagerie. Rick pensa à Arnie, mais il n'en sortirait pas grand-chose de bon. Son agent était devenu de plus en plus difficile à joindre au téléphone.

Et donc ils marchèrent jusqu'au bout de la Strada Farini, dépassèrent de petites boutiques aux portes et fenêtres ouvertes, les cafés empiétant sur les trottoirs où des gens étaient assis, quasi immobiles, concentrés sur leur journal et leur espresso minuscule. Le brouillard dans la tête de Rick se dissipait, son ventre s'était calmé. Un de ces petits cafés bien forts ne serait pas de refus.

Romo alluma une autre cigarette, recracha un léger nuage de fumée, et lui posa une question.

– Vous aimez Parma ?

– Je ne crois pas.

– Non ?

– Non. C'est ma première vraie journée ici, et on m'arrête pour un acte que je n'ai pas commis. Un peu de mal à apprécier le coin, moi.

– Il n'y a pas d'arrestation, rectifia Romo en se dandinant de son pas lourd, comme si ses deux genoux risquaient à tout moment de ployer sous son propre poids.

Tous les trois ou quatre pas, son épaule venait effleurer le bras droit de Rick, et il repartait en avant, dans ce même mouvement de pendule.

– Ah, et alors vous appelez ça comment, vous ? insista Dockery.

– Notre système est différent, ici. Pas d'arrestation.

Ah, bon, voilà qui explique certainement les choses. Rick tint sa langue et ne releva pas. Discuter ne le mènerait nulle part. Il n'avait rien fait de mal, la vérité toute nue allait bientôt se révéler. Après tout, on n'était pas dans une quelconque dictature du tiers-monde où l'on raflait les gens au petit bonheur la chance pour leur infliger quelques mois de torture. On était en Italie, un pays d'Europe, le cœur de la civilisation occidentale. L'opéra, le Vatican, la Renaissance, Léonard de Vinci, Armani, Lamborghini. Tout y était, là, dans son guide.

Rick avait vu pire. Sa seule arrestation avait eu lieu à l'université, au printemps de sa première année, quand il s'était joint avec enthousiasme et de son plein gré à une bande d'ivrognes décidés à forcer l'entrée d'une fête de fraternité estudiantine, à l'extérieur du campus. Il s'en était suivi une série de bagarres et des os cassés; la police avait débarqué en force. Plusieurs hooligans avaient été maîtrisés, menottés, frappés par les policiers, et finalement jetés à l'arrière d'un fourgon, où on leur avait enfoncé des matraques dans les côtes, pour faire bonne mesure. À la prison, ils avaient dormi sur un sol en béton, dans la cage aux ivrognes. Parmi les étudiants que la police avait arrêtés, il y avait quatre membres de l'équipe de football des Hawkeye, et leurs pérégrinations dans les méandres du système judiciaire avaient eu les honneurs d'articles assez croustillants dans plusieurs quotidiens.

Pour ajouter à l'humiliation, il avait écopé de trente jours d'exclusion, d'une amende de quatre cents dollars, d'une belle engueulade de la part de son père et d'une promesse de la bouche de son entraîneur que toute autre infraction, même mineure, lui coûterait sa bourse et l'expédierait directement soit en prison, soit en institut universitaire de premier cycle.

Il était parvenu à franchir les cinq années suivantes sans même une contravention pour excès de vitesse.

Ils changèrent de rue et tournèrent subitement dans une ruelle pavée. Un officier de police, dans un uniforme différent, l'air bienveillant, se tenait posté près d'une entrée anonyme. On échangea des signes de tête et quelques mots brefs, et Rick fut conduit en haut d'un escalier de marbre patiné, au deuxième étage, puis le long d'un corridor qui abritait manifestement des bureaux de l'administration. Le décor était morne ; les murs auraient mérité une couche de peinture ; quelques portraits de fonctionnaires depuis longtemps oubliés formaient un triste alignement. Romo choisit un banc de bois d'aspect sévère.

– Je vous en prie, prenez un siège.

Rick obéit et réessaya le numéro de Sam. Toujours sa messagerie vocale.

Romo disparut dans l'un des bureaux. Aucun nom ne figurait sur la porte, rien qui soit susceptible d'indiquer où se trouvait l'accusé ni qui était l'agent sur le point de le recevoir. La seule certitude était qu'il n'y avait pas de tribunal à proximité, rien du remue-ménage et du tohu-bohu habituels des avocats surmenés, familles inquiètes et flics goguenards. Un clavier crépitait quelque part. Des téléphones sonnaient et on entendait des voix.

Le policier en uniforme s'éloigna et engagea la conversation avec une jeune dame assise derrière un bureau, une quinzaine de mètres plus loin dans le même couloir. Il ne tarda pas à oublier Dockery, qui se retrouva tout à fait seul, sans surveillance ; il aurait pu partir les mains dans les poches. Mais pourquoi se donner cette peine ?

Dix minutes s'écoulèrent, et l'officier de police en uniforme finit par s'en aller, sans dire un mot. Romo était parti, lui aussi.

La porte s'ouvrit et une séduisante dame apparut, souriante.

– Monsieur Dockery ? Oui ? Je vous en prie.

Elle l'invita à entrer dans la pièce. Rick obtempéra. C'était une antichambre surpeuplée, avec deux bureaux et deux secrétaires qui toutes deux lui sourirent comme si elles savaient quelque chose qu'il ignorait. L'une d'elles était particulièrement mignonne, et Rick, d'instinct, chercha quelque chose à lui dire. Est-ce qu'elle parlait anglais ?

« Un instant, je vous prie », lui fit la deuxième dame, et il resta là, debout, gêné, pendant que les deux autres faisaient semblant de se remettre au travail. Romo avait visiblement su s'éclipser par une issue dérobée et regagner la rue, où il s'occupait déjà de harceler un autre citoyen.

Rick se tourna et remarqua une large porte à deux battants de bois sombre flanquée d'une plaque en bronze impressionnante, qui annonçait l'éminent Giuseppe Lazzarino, *Giudice*. Il s'approcha, et même encore un peu plus, puis pointa du doigt le mot *Giudice* et demanda :

– Qu'est-ce que c'est ?

– Le juge, lui répondit la première de ces deux dames.

Soudain, les deux battants s'ouvrirent et il se retrouva face à face avec le juge.

– Reek Dockery ! hurla celui-ci en lui tendant sa main droite comme on dégaine une épée de son fourreau tout en lui malaxant l'épaule de la gauche ; on aurait cru deux vieux copains qui ne s'étaient pas revus depuis des années. Des années, en effet.

– Je suis Giuseppe Lazzarino, un Panther. Le fullback.

Il actionna son bras avec la puissance d'une bielle et dévoila ses longues dents blanches.

– Ravi de vous rencontrer, fit Rick, en esquissant un pas de recul.

– Bienvenue à Parme, mon cher ami, s'écria Lazzarino. Je vous en prie, entrez.

Il tirait déjà sur la main droite de Dockery, sans cesser de pomper. Une fois à l'intérieur du vaste bureau, il relâcha sa proie, referma les deux battants, et répéta : Bienvenue !

– Merci, fit l'Américain, qui se sentait un tantinet assailli. Vous êtes juge ?

– Appelez-moi Franco, le pria l'autre, et il désigna un sofa en cuir, dans un angle.

« Franco » était visiblement trop jeune pour être un juge chevronné et trop vieux pour être un fullback un tant soit peu utile. Sa grosse tête ronde était lisse et rasée ; les seules pilosités qui lui restaient se limitaient à un carré de poils clairsemés à la pointe du menton. Le milieu de la trentaine, comme Nino, mais dépassant le mètre quatre-vingts, costaud et en pleine forme. Il se laissa tomber dans un fauteuil, et s'approcha de son invité installé sur le sofa.

– Oui, lui dit-il, je suis juge, mais surtout, et c'est ça le plus important, je suis fullback. Franco, c'est mon sobriquet. Franco, c'est mon héros.

Aussitôt, Rick regarda autour de lui, et comprit. En effet, Franco était partout. Une figurine découpée d'un Franco Harris grandeur nature courant avec la balle, lors d'un match très boueux. Une photo de Franco et d'autres joueurs des Steelers de Pittsburgh levant triomphalement le trophée du Super Bowl au-dessus de leurs têtes. Un maillot blanc, dans son cadre, portant le numéro 3, apparemment signé par le grand homme en personne.

Une petite poupée Franco Harris à la tête surdimensionnée, posée sur l'immense bureau du magistrat. Et, exposées en évidence au centre de ce mur de trophées, expression d'un ego non moins surdimensionné, trois grandes photographies en couleur, l'une de Franco Harris en tenue et avec la panoplie complète de match aux armes des Steelers, sauf le casque, et l'autre, de Franco, le juge, ici même, en uniforme des Panthers, sans casque, revêtu du numéro 32, faisant de son mieux pour imiter son héros.

– J'adore Franco Harris, le plus grand des footballeurs italiens, lui déclara Lazzarino, presque les yeux mouillés, la voix rocailleuse, un peu étranglée. Non mais, regardez, admirez.

D'un geste triomphant des deux mains, il enveloppa tout l'espace de son bureau, pratiquement transformé en sanctuaire dédié à Franco Harris.

– Franco était italien ? s'étonna Rick, en veillant à s'exprimer lentement. Il n'avait certes jamais été fana des Steelers, et il était trop jeune pour se remémorer la glorieuse époque de cette dynastie footballistique de Pittsburgh, mais il était néanmoins assez versé dans l'histoire du jeu. Il était persuadé que Franco Harris était un Noir, qui avait joué dans l'équipe de Penn State, l'université de Pennsylvanie, avant de conduire les Steelers à un certain nombre de Super Bowl, dans les années 1970. Personnage dominateur, il avait joué le Pro Bowl, ce match d'après saison qui se joue entre la nouvelle équipe championne et une équipe « allstars » composée des meilleurs pros de la NFL, avant d'être coopté pour entrer au Hall of Fame, le panthéon des joueurs. Tous les supporters connaissaient Franco Harris.

– Sa mère était italienne. Son père était un soldat

américain. Les Steelers, vous aimez ? Moi, je les adore.

– Eh bien, non, en fait…

– Pourquoi n'avez-vous pas joué pour les Steelers ?

– Ils ne m'ont pas encore contacté.

Franco était sur le rebord de son siège, électrisé par la présence de son nouveau quarterback.

– Prenons un café, suggéra-t-il, et il se leva d'un bond.

Avant que Rick ait pu répondre, il avait ouvert la porte, aboyant ses instructions à l'une des filles. Il était élégant – costume noir à ses mesures, longs mocassins italiens pointus, une taille 48, au moins.

– Ici, à Parme, nous tenons vraiment à décrocher un Super Bowl, lui annonça-t-il en attrapant quelque chose sur son bureau. Regardez.

Il pointa la télécommande sur une télévision à écran plat installée dans un angle de la pièce, et aussitôt ce fut encore du Franco – perçant les lignes, renversant les plaqueurs défensifs, sautant par-dessus un empilement de joueurs pour atterrir dans l'en-but et marquer un touchdown, raffutant d'une main un Brown de Cleveland (mais oui !) et obtenant un autre touchdown à l'arraché, prenant directement le ballon des mains de Bradshaw et renversant deux joueurs de ligne, deux armoires à glace. C'était le florilège des plus grandes actions de Franco, des courses saignantes qui faisaient plaisir à voir. À chacun de ces coups de maître, le juge, totalement subjugué, sursautait, esquivait et boxait l'air de ses poings.

Combien de fois avait-il vu et revu ces images ? se demanda Dockery.

La série se clôturait sur une dernière action, la plus fameuse – l'immaculée Réception : Franco rattrapant par inadvertance un ballon dévié et enchaînant sur un galop miraculeux jusqu'à la zone d'en-but, lors d'une rencontre des play-offs contre Oakland, en 1972. Ce match avait suscité davantage de débats, d'articles, d'analyses et de disputes que n'importe quel autre dans l'histoire de la NFL, et le juge en avait enregistré chaque image.

La secrétaire arriva avec le café, et Rick réussit à écorcher un « *Grazie* ».

Ensuite, retour à la vidéo. La deuxième partie était intéressante, mais affligeante. Franco, le juge, y avait ajouté son florilège personnel, quelques courses mollassonnes traversant ou contournant des joueurs de ligne et des linebackers encore plus lents que lui. Rayonnant de bonheur, il observait Rick du coin de l'œil tout en suivant avec lui les Panthers en action, ce premier aperçu de l'avenir qui attendait l'Américain.

– Ça vous plaît ? s'enquit Franco.

– Sympa, mentit Rick, un mot commode, dans la ville de Parme.

L'ultime action de jeu montrait une screen pass, où un quarterback décharné servait une passe courte à Franco sur l'extérieur. Ce dernier se calait le ballon contre le bas-ventre, se pliait en deux comme un fantassin à la charge, et se mettait en quête du premier défenseur à cogner. Deux d'entre eux giclèrent, en effet, Franco se dégagea d'un demi-tour sur lui-même, ruant des quatre fers et filant en pleine course. Deux cornerbacks, adversaires directs des receveurs offensifs, tentèrent timidement de lui coller leur casque dans les jambes, ses jambes qui tricotaient à toute vitesse, mais ils ne firent que ricocher comme deux mouches. Franco dévalait le long de la ligne de touche en flèche, fournissant un énorme effort pour imiter de son mieux Franco Harris.

– Là, dites, c'est au ralenti ? demanda Rick pour faire de l'humour.

Franco en resta coi. On le sentait blessé.

– Je plaisante, reprit très vite le quarterback. Une blague, quoi.

Franco réussit à lâcher un rire faux. À l'écran, il franchit la ligne d'en-but, planta la balle dans le gazon et l'écran vira au noir.

– J'ai joué fullback sept ans, lui annonça le juge, en reprenant son perchoir, sur le rebord de son siège. Et nous n'avons jamais pu battre Bergame. Cette année, avec notre grand quarterback, nous allons remporter le Super Bowl. Pas vrai ?

– Sûr. Alors, où avez-vous appris le football ?

– Avec des amis.

Ils burent tous deux une gorgée de café et attendirent, dans un silence gêné.

– Quel genre de juge êtes-vous ? finit par demander Dockery.

Franco se frotta le menton et réfléchit longuement, comme s'il s'interrogeait pour la première fois sur la nature de son métier.

– Je fais quantité de choses, avoua-t-il finalement avec un sourire. – Son téléphone sonna, c'était l'appareil posé sur son bureau et, sans répondre, il consulta tout de même sa montre. – Nous sommes tellement contents de vous avoir ici, à Parme, Rick, mon cher ami. Mon quarterback.

– Merci.

– Je vous retrouve à l'entraînement, ce soir.

– Ça, c'est sûr.

Franco était déjà debout, rappelé à ses autres obligations. Rick ne s'attendait pas exactement à se voir infliger une amende ou une autre punition, mais il fallait tout de même que la « plainte » de Romo soit traitée, n'est-ce pas ?

À l'évidence, non. Franco l'éjecta de son bureau avec les embrassades et les poignées de main de rigueur, et la promesse de lui venir en aide de toutes sortes de manières. Dockery se retrouva dans le corridor, puis en bas de l'escalier, et dehors, dans la ruelle, tout seul, en homme libre.

8.

Sam tuait le temps à l'intérieur d'un café désert avec le cahier tactique des Panthers ouvert devant lui, un épais classeur marqué de milliers de X et de O, l'équivalent d'une centaine d'actions de jeu offensives, et d'une dizaine de schémas défensifs. Épais, mais sans commune mesure avec ceux qui circulaient dans les équipes universitaires, et un simple résumé comparé aux volumes employés au sein de la NFL. Et pourtant déjà trop épais, de l'avis des Italiens. Il se marmonnait souvent, dans l'ennui de telle ou telle longue séance au tableau noir, qu'il était peu étonnant que le calcio soit si populaire dans le reste du monde. Il était si simple à apprendre, à jouer, à comprendre.

Et encore, ce ne sont que les bases, était tenté de répéter Sam.

Quand Rick arriva, à 11 h 30 pile, le café était toujours désert. Seuls des Américains pouvaient déjeuner à une heure pareille. Un déjeuner, mais composé seulement de salades et d'eau.

Douché et rasé, Rick avait beaucoup moins l'air d'un criminel. Il raconta avec animation l'histoire de sa rencontre avec l'inspecteur Romo, sa « non-arrestation » et son entrevue avec le juge Franco.

Sam s'en amusa, et assura Dockery qu'aucun autre Américain n'avait reçu un accueil aussi singulier de la part de Franco. Sam avait vu la vidéo. Oui, Franco était aussi lent en chair et en os qu'il l'était à l'écran, mais c'était un bloqueur impitoyable, et une fois lancé en pleine course, il pouvait crever un mur de briques, du moins il ferait de son mieux.

Sam fit de son mieux, lui aussi, et dans les limites de ses connaissances, pour lui expliquer que les juges italiens étaient différents de leurs homologues nord-américains. Franco avait toute autorité pour engager des enquêtes et des procédures, et il présidait aussi la cour en audience. Après un résumé en trente secondes du droit italien, Sam avait épuisé sa science en la matière, et on en revint au football.

Ils picoraient leurs tomates, mais ni l'un ni l'autre n'avait beaucoup d'appétit. Au bout d'une heure, ils repartirent à pied vaquer à leurs affaires. La première consistait à ouvrir un compte chèques. Sam proposa sa propre banque, surtout parce qu'un certain directeur adjoint était capable de baragouiner un anglais suffisant pour résoudre les problèmes. Sam insista pour que Rick traite tout lui-même, et ne l'aida que dans les impasses. Il leur fallut une heure, ce qui laissa le nouvel arrivant à la fois agacé et plus qu'un peu inquiet. Sam ne serait pas toujours là pour lui tenir lieu d'interprète.

Après un rapide tour du quartier de Dockery et du centre de Parme, ils tombèrent sur une petite épicerie, avec des cageots de fruits et de légumes empilés à l'étal, le long du trottoir. Sam lui expliqua que les Italiens préféraient acheter leurs produits frais au jour le jour, et qu'ils évitaient de stocker les denrées dans des boîtes et des bocaux. Le boucher était à deux pas du marché aux poissons. Il y avait des boulangeries à tous les coins de rue.

– Le système des grandes surfaces américaines du style Kroger, ici, ça ne fonctionne pas, le prévint Sam. Les ménagères prévoient leur journée en fonction des courses qu'elles ont à faire pour se procurer des produits frais du jour.

Rick suivait sans rechigner, vaguement attiré par l'aspect touristique du parcours, mais pas du tout prêt à se mettre aux fourneaux. Pourquoi se donner cette peine ? Il y avait tellement d'endroits où manger. La boutique de vins et de fromages lui parut de peu d'intérêt, du moins jusqu'à la minute où il repéra une très séduisante jeune dame qui garnissait le rayon des vins rouges. Sam lui indiqua deux boutiques de vêtements pour hommes, et réitéra ses allusions aux tenues droit venues de Floride qu'il conviendrait de bazarder au profit de la mode locale. Ils trouvèrent aussi un pressing, un bar qui servait un cappuccino de premier ordre, une librairie (où tous les livres étaient en italien), et une pizzeria avec un menu en quatre langues.

L'heure était venue d'aller chercher une voiture. Sortie d'un recoin du petit empire du Signor Bruncardo, une Fiat Punto assez ancienne, mais propre et rutilante, avait été mise à disposition du quarterback pour les cinq prochains mois. Rick en fit le tour, l'inspecta sans proférer un mot, mais ne put s'empêcher de penser qu'on en logerait au moins quatre comme celle-là dans le monospace qu'il conduisait trois jours plus tôt.

Il se plia en trois dans le siège du conducteur et examina le tableau de bord.

« Ça ira », lâcha-t-il enfin à Sam resté debout à quelques pas de là, sur le trottoir.

Il sollicita le levier de vitesse, constata qu'il n'était pas rigide. Il bougeait, et de trop. Ensuite, son pied gauche se prit dans quelque chose qui n'était pas une pédale de frein. Un embrayage ?

– Boîte manuelle, hein ? remarqua-t-il.

– Ici, toutes les voitures ont une boîte manuelle. Pas un problème, n'est-ce pas ?

– Bien sûr que non.

Il était incapable de se remémorer la dernière fois que son pied gauche avait enfoncé une pédale d'embrayage. L'un de ses amis, au lycée, roulait dans une Mazda équipée d'un levier de vitesse, et il l'avait essayée, en une ou deux occasions. Cela datait d'au moins dix ans. Il sortit d'un bond, claqua la portière, faillit demander « Vous n'avez rien d'automatique ? », mais se ravisa. Il n'allait pas s'arrêter sur un détail aussi simple qu'une voiture dotée d'une pédale d'embrayage.

– C'est soit ça, soit un scooter, prévint Sam.

Alors donnez-moi plutôt un scooter, eut-il envie de répondre.

Et Sam le laissa là, avec la Fiat qu'il redoutait de conduire. Ils se mirent d'accord pour se retrouver deux heures plus tard, au vestiaire. Il fallait aborder le cahier de jeu, et dès que possible. Les Italiens n'apprenaient peut-être pas toutes les actions, mais le quarterback, lui, y était obligé.

Dockery fit le tour du pâté de maisons à pied, en réfléchissant à tous les cahiers de jeu qu'il avait dû subir tout au long de sa carrière de nomade. Arnie l'appelait, avec un nouveau contrat. Rick s'envolait vers sa toute nouvelle équipe, remonté à bloc. Un rapide bonjour dans les bureaux ; un rapide tour du stade, des vestiaires, et ainsi de suite. Après quoi, dès l'instant où un entraîneur assistant faisait son entrée au pas de charge, un énorme cahier de jeu sous le bras qu'il laissait tomber devant lui, tout son enthousiasme s'étiolait. « Vous mémorisez ça d'ici demain », lui ordonnait-on chaque fois.

OK, coach. Un millier d'actions de jeu. Sans problème.

Combien de cahiers? Combien d'entraîneurs assistants? Combien d'équipes? Combien d'étapes sur la route d'une carrière frustrante qui l'avait désormais conduit dans une petite ville d'Italie du Nord? Il but une bière à une terrasse de café, le long du trottoir, sans se défaire de cette sensation de solitude, de n'être pas là où il était censé être.

Il entra chez le marchand de vin d'un pas traînant, terrorisé à l'idée qu'un vendeur puisse lui demander s'il lui fallait quelque chose en particulier. La jolie fille qui dressait l'inventaire des crus de rouge était partie.

Et puis il fut de retour à son point de départ, fixant du regard la Fiat cinq vitesses, embrayage et tout le tremblement. Même la couleur ne lui plaisait pas, une teinte cuivre foncé qu'il n'avait jamais vue nulle part. Elle était garée au milieu d'une file de voitures similaires, en rang serré, avec moins de trente centimètres de pare-chocs à pare-chocs, dans une rue à sens unique assez fréquentée. Toute tentative de démarrer lui imposerait de multiples manœuvres, marche avant, marche arrière, marche avant, marche arrière, au moins une dizaine de fois, pour arriver à dégager ses roues avant et s'engager sur la chaussée. Il serait indispensable de maîtriser une parfaite coordination de l'embrayage, du levier de vitesse et de l'accélérateur.

Avec une automatique, ce serait déjà un défi. Pourquoi ces gens se garaient-ils si près les uns des autres? La clef était dans sa poche.

Plus tard, pourquoi pas. Il regagna son appartement, à pied, et s'accorda une sieste.

Il se changea rapidement, pour enfiler l'uniforme d'entraînement des Panthers – chemisette noire, short argent, chaussettes blanches. Chaque joueur s'achetait sa propre paire de chaussures, et Rick avait apporté avec lui trois paires de Nike, de celles que les Browns distribuaient si gracieusement les jours de match. La plupart des joueurs de la NFL signaient des contrats avec des fabricants de chaussures. On ne lui en avait jamais proposé aucun.

Il était seul dans le vestiaire en train de feuilleter le cahier de jeu, quand Sly Turner fit irruption, tout sourire, et vêtu d'un sweat-shirt orange vif des Denver Broncos. Ils se présentèrent l'un à l'autre, se serrèrent la main poliment et, sans tarder, Rick l'interrogea.

– Tu as une raison de porter ça ?

– Ouais, mes Broncos, je les adore, lui fit Sly, toujours souriant. J'ai grandi près de Denver, et j'ai fréquenté l'université du Colorado.

– C'est sympa, ça. J'ai entendu dire que j'étais un type assez populaire, à Denver.

– Nous, on t'aime, mec.

– J'ai toujours eu besoin d'amour. Est-ce qu'on va être copains, Sly ?

– Sûr, pourvu que tu me passes la balle vingt fois par match.

– Marché conclu. – Il sortit une chaussure de son casier, un pied droit, qu'il enfila lentement, et il entama le laçage. – Tu t'es déjà fait repêcher, à l'intersaison, toi ?

– Au septième tour, par les Colts, il y a quatre ans. Recalé de la dernière minute. Un an au Canada, deux ans relégué dans le foot en salle.

Le sourire avait disparu et Sly se déshabillait. Il paraissait bien plus petit que son mètre soixante-cinq, mais il était tout en muscles.

– Et arrivé ici l'an dernier, exact ?

– Exact. C'est pas si mal, ici. Assez marrant, si tu sais garder ton sens de l'humour. Les gars de l'équipe sont formidables. Si ce n'était pas pour eux, je n'aurais jamais renfilé le maillot.

– Tu es ici pourquoi ?

– La même raison que toi. Trop jeune pour renoncer à mon rêve. En plus, j'ai une femme et un gamin, et j'ai besoin de cet argent.

– De cet argent ?

– Triste, n'est-ce pas ? Un footballeur professionnel qui gagne dix mille dollars pour cinq mois de travail. Mais, comme je disais, je suis pas près d'arrêter.

Il finit par retirer son sweat-shirt orange et le remplaça par le maillot d'entraînement des Panthers.

– Allons nous échauffer, proposa Rick, et ils quittèrent le vestiaire pour entrer sur le terrain. J'ai le bras un peu raide, admit-il, en ébauchant un lancer pas très énergique.

– Tu as de la chance de ne pas en être ressorti estropié, lui répliqua Sly.

– Merci.

– Quel choc. J'étais chez mon frère, je beuglais après la télé. Le match était plié, et ensuite, voilà ce Marroon qui sort sur blessure. Onze minutes à jouer, tout était perdu, et après...

Rick garda le ballon contre lui une seconde.

– Sly, franchement, je préférerais ne pas me repasser le film. OK ?

– Bien sûr. Désolé.

– Ta famille est avec toi ? s'enquit Dockery, changeant promptement de sujet.

– Non, là-bas, à Denver. Ma femme est infirmière, un bon métier, ça. Elle m'a prévenu que j'avais encore droit à une année de football, ensuite, ce serait la fin du rêve. Tu as une femme ?

– Non, rien qui y ressemble.

– Alors ça va te plaire, ici.

– Raconte-moi.

Dockery recula de cinq yards et enchaîna des passes plus tendues.

– Eh bien, c'est une culture très différente. Les femmes sont belles, mais beaucoup plus réservées. On est dans une société très machiste. Les hommes ne se marient qu'à la trentaine ; avant cela, ils vivent à la maison avec leur mère qui les sert comme des princes et, quand ils se marient, ils en attendent autant de la part de leur épouse. Les femmes, elles, n'ont aucune envie de se marier. Elles ont besoin de travailler, donc elles font moins d'enfants. La natalité est en déclin rapide, dans ce pays.

– Je ne pensais pas précisément au mariage et au taux de natalité, Sly. Je suis plus curieux de la vie nocturne, si tu vois ce que je veux dire.

– Ouais, des tas de nanas, et des jolies, mais le truc de la langue, c'est un obstacle.

– Et les pom-pom girls ?

– Quoi, les pom-pom girls ?

– Elles sont mignonnes ? disponibles ?

– Je n'en sais rien. On n'en a pas.

Rick retint la balle, se figea, lança un regard dur à son tailback.

– Pas de pom-pom girls ?

– Nan.

– Mais mon agent…

Il s'arrêta à temps, avant de s'enfoncer. Donc, son agent lui avait promis quelque chose d'impossible. Et dans ce style, à part ça ?

Sly en rigola, d'un rire contagieux qui signifiait : « Maintenant, tu ris jaune, hein, espèce de clown. »

– Tu es venu ici pour les pom-pom girls ? s'écria-t-il d'une voix moqueuse, haut perchée.

Dockery décocha un boulet de canon, que Sly rattrapa aisément du bout des doigts, et il se remit à rire.

– C'est mon agent tout craché. Il dit la vérité à peu près une fois sur deux.

Rick finit par rire de lui-même, en reculant de cinq yards supplémentaires.

– Et le jeu ressemble à quoi, ici ? demanda-t-il.

– Absolument merveilleux, parce qu'ils sont incapables de me rattraper. L'an dernier, j'ai cumulé deux cents yards de gain par match, en moyenne. Tu vas t'amuser comme un fou, si tu n'oublies pas de passer à tes partenaires au lieu de lancer à l'équipe d'en face.

– Coup bas.

Il lui tira un autre boulet de canon et, une fois encore, Sly le rattrapa avec facilité, puis lui retourna une balle lobée. La règle non écrite restait fermement inscrite – ne jamais envoyer de passe trop appuyée à un quarterback.

L'autre Panther à la peau noire, Trey Colby, un grand type trop maigre pour le football, surgit du vestiaire en petites foulées. Il avait le sourire facile et, en moins d'une minute, il posait déjà la question à Rick :

– Ça va pour toi, mec ?

– Ça va, merci.

– Je veux dire, la dernière fois que je t'ai vu, t'étais sur une civière et…

– Je vais très bien, Trey, merci. Parlons d'autre chose, tu veux.

Visiblement, Sly savourait ce grand moment.

– Il préfère ne pas en parler. J'ai déjà essayé.

Pendant une heure, ils jouèrent sur leurs lancers et leurs prises de balle en discutant des joueurs qu'ils avaient connus, en Amérique.

9.

Les Italiens étaient d'humeur festive. Pour leur premier entraînement de la saison, ils arrivèrent en avance, et dans un grand vacarme. Ils se disputaient pour savoir qui aurait quel casier, se plaignaient du décor mural, beuglèrent contre le gars chargé de l'équipement, coupable d'une multitude de délits, et promirent toutes sortes de sévices à Bergame. Ils s'insultaient et se provoquaient tout en se changeant pour enfiler leur short et leur maillot d'entraînement. Le vestiaire était bourré à craquer, et le chahut évoquait plutôt le local d'une association d'étudiants.

Rick s'imprégnait de la scène. Ils étaient à peu près une quarantaine, depuis les plus jeunes aux allures d'adolescents jusqu'à quelques vétérans frisant la quarantaine. Il y avait là quelques organismes robustes; en fait, pour la plupart, ils paraissaient en excellente condition physique. Sly lui expliqua que, pendant l'intersaison, ils se retrouvaient en salle de musculation et se défiaient aux haltères. Mais les contrastes n'en demeuraient pas moins saisissants. Il avait beau se retenir, Rick ne pouvait éviter de se livrer en silence à quelques comparaisons. Premièrement, à l'exception de Sly et Trey, tous les visages étaient blancs. Les équipes de la NFL auxquelles il avait « rendu visite » sur son parcours avaient compté au moins soixante-dix pour cent de Noirs. Même dans l'Iowa, c'est dire, même au Canada, les équipes se partageaient 50-50. Et s'il y avait quelques gros gabarits dans cette salle, il ne voyait pas un type dans la catégorie des cent trente kilos. Les Browns avaient huit joueurs à cent trente-trois kilos ou plus, et seulement deux au-dessous de quatre-vingt-dix. Parmi les Panthers, quelques-uns seulement frôlaient les quatre-vingt-cinq kilos.

Trey lui avait confirmé qu'ils étaient très excités d'accueillir leur nouveau quarterback, mais ne l'approcheraient qu'avec circonspection. Pour arranger les choses, le juge Franco avait pris position à la droite de Dockery, et Nino à la gauche. Ils faisaient les présentations, longues et répétitives, au fur et à mesure que les joueurs venaient saluer l'impétrant chacun leur tour. Chaque petit mot était assorti d'au moins deux insultes, Franco et Nino formant le tandem contre leur camarade italien. Rick croulait sous les embrassades, les étreintes et les flatteries, au point de se sentir gêné. Il était surpris de l'anglais qu'il entendait. Tous les Panthers apprenaient la langue, à un niveau ou un autre.

Toujours hilares, Sly et Trey se payaient sa tête sans pour autant oublier de se plier au rituel des retrouvailles avec leurs coéquipiers. Ils s'étaient tous deux juré que ce serait leur dernière année en Italie. Rares étaient les Américains qui revenaient pour une troisième saison.

L'entraîneur Russo rappela ses troupes à l'ordre et souhaita la bienvenue à tous à l'occasion du grand retour. Son italien était lent et posé. Les joueurs restaient vautrés au sol, sur des bancs, des chaises ou même dans des casiers. Dockery laissait malgré lui monter les souvenirs. Il se rappelait le vestiaire du lycée de Davenport South. Il était au moins quatre fois plus grand que celui où il se trouvait en cet instant.

– Là, tu comprends ce qu'il raconte ? chuchotat-il à Sly.

– Bien sûr, fit l'autre en souriant de toutes ses dents.

– Alors, qu'est-ce qu'il raconte ?

– Il dit que l'équipe n'a pas été en mesure de dégotter un quarterback correct pendant l'intersaison, et donc on est encore baisés.

– Silence ! hurla Sam aux Américains, ce qui divertit fort les Italiens.

Si seulement tu savais, songea Rick. Un jour, il avait vu un entraîneur de la NFL, une demi-célébrité, virer un bleu coupable d'avoir bavardé lors d'une réunion de l'équipe, dans le cadre d'un stage d'entraînement. Renvoyé sur-le-champ, le gamin en avait eu les larmes aux yeux. Les insultes les plus vicelardes, les coups les plus saignants, Rick les avait vus non pas dans le feu de l'action, mais dans le cadre apparemment protégé des vestiaires.

– *Mi dispiace*, lança Sly d'une voix forte, et la joie des Italiens monta encore d'un ton.

Sam continua.

– C'était quoi, ça ? murmura Rick.

– Ça veut dire : « Je suis désolé », siffla Sly, les mâchoires crispées. Maintenant, tu la fermes, OK ?

Avant la réunion, Rick avait prévenu Sam qu'il devrait adresser quelques mots à l'équipe. Quand l'entraîneur eut achevé son laïus, il présenta Rick, qui se leva, salua ses nouveaux coéquipiers d'un signe de tête et prit la parole :

– Je suis très heureux d'être ici, et je suis impatient d'entamer cette saison.

Sam leva la main – stop, traduction. Les Italiens sourirent.

– Je voudrais clarifier un point.

Stop, la suite en italien.

– J'ai joué au sein de la NFL, mais pas beaucoup, et je n'ai jamais disputé de Super Bowl. – Sam se rembrunit, traduisit. Auprès des Italiens, la modestie et l'humilité avaient mauvaise presse, lui expliquerait-il après coup.

– En fait, je n'ai jamais entamé un match en tant que professionnel.

Encore un froncement de sourcils de Sam, puis une phrase en italien, formulée si lentement que Dockery se demanda si son entraîneur ne trafiquait pas son petit discours. Chez les Italiens, on ne souriait plus.

Rick regarda Nino et continua.

– Je voulais juste clarifier cet aspect. Mon objectif, c'est de remporter le Super Bowl ici, en Italie.

L'entraîneur enchaîna aussitôt d'une voix beaucoup plus vigoureuse ; quand il eut terminé, la salle éclata en applaudissements. Dockery s'assit et Franco, qui avait habilement supplanté Nino dans le rôle de garde du corps, l'étreignit à lui froisser les muscles.

Le moment des discours était passé. Russo présenta le programme. Avec des acclamations enthousiastes, ils se précipitèrent hors des vestiaires et débouchèrent sur le terrain, où ils se déployèrent en respectant un schéma plus ou moins organisé pour entamer leurs étirements. À ce stade, un type à la nuque épaisse et au crâne rasé, les biceps saillants, prit la relève de Sam. C'était Alex Olivetto, un ancien joueur, désormais entraîneur assistant, et un véritable Italien. Il allait et venait entre les lignes de joueurs avec des airs importants et des aboiements d'officier de commando, et pas question de répliquer.

– Ce mec est un psychopathe, lui glissa Sly dès qu'Alex se fut éloigné d'eux.

Rick était placé à l'extrémité d'une ligne, à côté de Sly et derrière Trey, copiant les mouvements d'étirement et les exercices de ses coéquipiers. Alex partit des bases – sauts en extension les bras écartés, pompes, redressements assis, fentes avant – puis les poussa dans une séance éreintante de course sur place interrompue par des couchés au sol, retour en position debout. Au bout d'un quart d'heure, Rick avait le souffle court et maudissait le dîner de la veille. Il jeta un coup d'œil sur sa gauche, remarqua que Nino était en nage.

Au bout de trente minutes, il envisagea de prendre Sam à part pour lui expliquer deux ou trois trucs. Il jouait quarterback, et vous savez, les quarterbacks, au niveau professionnel, n'étaient pas soumis aux exercices ni à la discipline militaire des joueurs du rang. Mais Sam était loin, à l'autre bout du terrain. Et Rick se rendit compte qu'on l'épiait. À mesure que ces échauffements se prolongeaient, il surprit d'autres regards – on vérifiait juste si un vrai quarterback, un pro, était capable de se soumettre au même régime qu'eux. Était-il un membre de l'équipe ou une prima donna de passage ?

Il décida de donner un coup de collier, histoire de les impressionner.

En général, les sprints étaient reportés à la fin de la séance, mais pas avec Alex. Au bout de quarante-cinq minutes d'exercices éprouvants, les joueurs se rassemblèrent sur la ligne d'en-but et, par groupes de six, sprintèrent sur quarante yards dans la profondeur du terrain, où Alex les attendait, le sifflet nerveux et l'insulte vacharde pour quiconque osait rester à la traîne. Rick courut avec les deux arrières. Sly partit devant, et Franco finit dernier – en trombe. Rick se plaçait au milieu. En pleine course, il se remémora les temps glorieux du collège, quand il cavalait comme un fou et marquait presque autant d'essais avec ses pieds qu'avec son bras. À la fac, les sprints avaient considérablement ralenti ; il n'était pas un quarterback doté d'une pointe de vitesse. Chez les pros, courir était presque interdit ; un trop bon moyen de se fracturer une jambe.

Les Italiens bavardaient entre eux, encourageant leurs camarades en lice. Au bout de cinq sprints, ils avaient tous le souffle court et Alex, lui, s'échauffait à peine.

– Tu serais capable de vomir ? lui demanda Sly, entre deux expirations.

– Pourquoi ?

– Parce qu'il nous force à courir jusqu'à ce qu'il y en ait un qui dégueule.

– Après toi.

– J'aimerais.

Au bout de dix fois quarante yards, Dockery se demanda ce qu'il avait espéré, au juste, en venant à Parme. Il avait les jarrets en feu, les chevilles moulues, il était haletant, trempé de sueur, et pourtant, il ne faisait pas vraiment chaud. Il allait devoir discuter avec Sam et tirer certaines choses au clair. On n'était pas dans du foot de lycée. Il était un pro !

Tout à coup, Nino se rua vers la ligne de touche, retira son casque et se vida. L'équipe lui beugla ses encouragements, et Alex donna trois brefs coups de sifflet. Après une pause et une gorgée d'eau, Sam s'avança pour délivrer ses instructions. Il allait prendre avec lui les arrières et les receveurs. Nino réunirait les joueurs de ligne de l'attaque. Alex prendrait les linebackers et les joueurs de ligne défensifs. Trey était chargé des secondeurs. Ils se dispersèrent sur le terrain.

– C'est Fabrizio, fit Sam, en présentant à Rick un receveur plutôt mince. Notre receveur qui joue en position écartée, avec ses grandes mains.

Ils se saluèrent. Le genre les nerfs à vif et cher à l'entretien. Un véritable don du Seigneur au football italien. Sam avait mis Rick en garde au sujet de Fabrizio et suggéré de prendre le gamin en douceur, les deux premiers jours. Ils n'étaient pas rares, les receveurs du championnat NFL qui avaient mal encaissé les boulets de canon de Dockery, du moins à l'entraînement. En match, ces boulets magnifiques s'étaient trop souvent envolés trop haut et trop large. Certains avaient même été réceptionnés par des supporters au cinquième rang des gradins.

Le quarterback remplaçant était un Italien de vingt ans, Alberto quelque chose. Rick effectua une série de longues balles, quelques lancers au ralenti, le long de la ligne de touche, et Alberto en fit autant avec l'autre. Selon Sam, Alberto préférait courir avec le ballon parce qu'il avait le bras assez faible. Faible, en effet, remarqua Rick au bout de quelques passes. Il le lançait comme un lanceur de poids, et ses passes voletaient dans les airs comme autant d'oiseaux blessés.

– Il était déjà remplaçant, l'an dernier ? s'enquit-il auprès de Russo, quand celui-ci fut suffisamment près.

– Oui, mais il n'a pas beaucoup joué.

Fabrizio était un athlète naturel, rapide et gracieux, les mains molles. Il se donnait beaucoup de mal pour paraître nonchalant, comme si tout ce que Rick lui balançait était facile à rattraper. Il enchaîna quelques prises de balle façon première division, les réceptionna en affichant un peu trop d'indifférence, un peu trop d'impudence, puis commit une faute qui lui aurait coûté cher en championnat NFL. Sur un quick-out approximatif, s'écartant tout droit de la ligne de scrimmage avant d'obliquer à 90° vers la ligne de touche, il cueillit la balle d'une main, manière d'épater la galerie. La passe était pile sur la cible, et méritait mieux qu'une réception d'un seul bras. Rick bouillait de mécontentement, mais Sam avait l'œil à tout.

– Laisse tomber, lui conseilla-t-il. Il ne saura pas faire plus.

Le bras de Rick était un peu douloureux et, s'il n'était pas pressé d'impressionner son monde, il avait tout de même bien envie d'expédier un missile dans la poitrine de Fabrizio pour le regarder chuter comme une pierre. Relax, se dit-il, c'est juste un gamin qui s'amuse.

Puis Sam beugla contre Fabrizio à cause de ses tracés de passes dénués de rigueur, et le gamin se mit à bouder comme un bébé. Après quelques tracés supplémentaires et quelques passes plus longues, Sam réunit l'attaque pour un passage en revue des techniques de base. Nino s'accroupit sur le ballon. Pour éviter les doigts coincés, Rick proposa qu'ils s'exercent à quelques snaps au ralenti : remise en jeu, départ de l'action, le centre transmet le ballon vers l'arrière, et le donne entre ses jambes au quarterback. Nino acquiesça, c'était une excellente idée, mais quand les mains de Rick lui effleurèrent le postérieur, il tressaillit. Rien de brusque, rien qui risquait de lui valoir un flag, un mouchoir jaune de la part de l'arbitre pour faute ou hors-jeu, mais un raidissement très perceptible du *gluteus maximus*, un peu comme un écolier sur le point de recevoir quelques coups de règle sur le derrière. C'était peut-être le trac d'avoir à jouer avec un nouveau quarterback, songea Dockery. Pour le snap suivant, Nino couvrait la balle de son corps, Rick se pencha légèrement en avant, faufila les mains juste sous le postérieur du centre, comme il l'avait toujours fait depuis le collège et, à ce contact, d'instinct, le fessier de Nino se raidit de nouveau.

Ces snaps étaient joués bas et mou, et Dockery comprit instantanément qu'il faudrait des heures pour rectifier et améliorer la technique de Nino. Faute de quoi, on allait perdre les précieuses secondes d'un pas de recul juste à attendre la balle, alors que les tailbacks fonçaient droit dans leur trou et que les receveurs couraient jusqu'à leur point de réception.

Au troisième snap, ses doigts effleurèrent la zone sensible de Nino, à peine ; les deux fesses se cambrèrent douloureusement. À l'évidence un toucher léger se révélait pire qu'une bonne claque. Rick lança un regard à Sam, et lui jeta :

– Vous ne pourriez pas lui suggérer de se décontracter un peu le cul ?

Sam se tourna de côté pour se retenir de rire.

– *Is problem ?* s'enquit Nino.

– Peu importe, fit Rick.

Sam lâcha un coup de sifflet, appela une action de jeu en anglais, puis en italien. C'était un simple plaquage offensif d'un tailback sur un garde défensif avec une percée sur la droite, Sly prenant la balle directement des mains de son quarterback, avec Franco taillant sa route dans le trou comme un bulldozer.

– La séquence ? demanda Rick, tandis que les joueurs de ligne se mettaient en place.

– Place, prêt, hut, répliqua Sam.

Nino, qui détenait visiblement la fonction d'entraîneur des lignes offensives, passa en revue ses gardes et ses bloqueurs offensifs avant de se regrouper au-dessus de la balle et de préparer ses fesses. Rick les lui toucha en hurlant : « Place. » Elles tressaillirent et il se dépêcha d'enchaîner : « Prêt », puis : « Hut ».

Franco grogna comme un ours en se ruant depuis sa position trois points et se précipita sur sa droite. La ligne avança, les corps jaillirent, il y eut des grondements rageurs, comme si les Bergamo Lions, objets de tant de haine, étaient là, devant eux, et Rick attendit une éternité que la balle lui parvienne de son centre. Il avait reculé d'un demi-pas quand il put enfin s'en emparer, se retourna, et la propulsa vers Sly, qui était déjà remonté à toute allure dans le dos de Franco.

Sam siffla, hurla quelque chose en italien.

– On la refait.

Et on la refit, encore et encore.

Après dix snaps, Alberto reprit le rôle de principal animateur de l'attaque, et Rick alla chercher un peu d'eau. Il s'assit sur son casque et ses pensées ne tardèrent pas à flotter vers d'autres équipes, d'autres terrains. La corvée de l'entraînement était la même partout, en conclut-il. De l'Iowa au Canada jusqu'à *Parma*, avec toutes les étapes : quelle que soit la langue, cette mise en condition physique d'un ennui abrutissant, et ces répétitions de phases d'action après phases d'action, cela restait la pire partie du jeu.

Il était déjà tard quand Alex reprit la main ; les sprints sur quarante yards reprirent avec acharnement, rythmés par ses coups de sifflet secs et stridents. Les plaisanteries et les insultes avaient disparu. Ils dévalaient le terrain, et personne ne riait, personne ne hurlait, à chaque coup de sifflet, tout le monde était plus lent, mais pas au point d'exaspérer Alex. Après chaque sprint, ils regagnaient la ligne d'en-but au trot, se reposaient quelques secondes avant de repartir.

Rick se jura d'avoir une petite conversation avec l'entraîneur, dès le lendemain. Les vrais quarterbacks ne courent pas de sprints, ne cessait-il de se répéter, avec une forte envie d'être subitement pris de nausée.

Les Panthers avaient un rituel charmant, après l'entraînement – un dîner sur le tard, à base de pizzas et de bières, chez Polipo, un petit restaurant sur Via La Spezia, en lisière de la ville. Vers 23 h 30, la quasi-totalité de l'équipe était arrivée, rafraîchie par une bonne douche et impatiente de donner le coup d'envoi d'une nouvelle saison. Gianni, le patron, les plaça vers le fond, dans un angle, pour qu'ils ne dérangent pas trop la clientèle. Réunis autour de deux longues tables, ils parlaient tous en même temps. Quelques minutes à peine après qu'ils se furent installés, deux serveurs apportèrent des pichets de bière et des chopes, rapidement suivis par d'autres serveurs chargés des plus grandes pizzas que Dockery ait jamais vues. Il était assis à un bout, avec Sam d'un côté et Sly de l'autre. Nino se leva pour porter un toast, d'abord dans un italien rapide, et tout le monde se tourna vers Rick, puis dans un anglais plus lent. Bienvenue dans notre petite ville, Mister Reek, nous espérons que vous trouverez ici un foyer et que vous nous rapporterez un Super Bowl. Il s'ensuivit une salve de braillements désordonnés, et ils vidèrent leur verre.

Sam expliqua que le Signor Bruncardo, qui réglait l'addition de ces dîners assez turbulents, régalait l'équipe au moins une fois par semaine, après l'entraînement. Pizza et pasta, parmi les meilleurs spaghettis de la cité, sans tous les chichis et le cérémonial auxquels se livrait Nino au Montana. De la nourriture simple, mais délicieuse. Le juge Franco se leva avec un verre plein et se lança dans un discours pompeux.

– À peu près le même esprit, marmonna Sam en anglais. Un toast nous souhaitant une saison formidable, la fraternité, pas de blessures, etc. Et à la santé de notre grand nouveau quarterback, naturellement.

À l'évidence, Franco n'allait pas se laisser supplanter par Nino. Après avoir bu et lancé quelques vivats supplémentaires, Sam commenta. Ces deux-là rivalisaient pour attirer l'attention. Ils étaient co-capitaines à titre permanent.

– Le choix de l'équipe ?

– Je suppose, mais je n'ai jamais vu aucune élection, et j'en suis à ma sixième saison. Au fond, cette équipe est la leur. Ils entretiennent la motivation des garçons pendant l'intersaison. Pour maintenir ce sport en vie, ils recrutent tout le temps de nouveaux joueurs locaux, surtout d'anciens joueurs de calcio qui ont perdu le fil. De temps à autre, ils convertissent un rugbyman. Ils beuglent et poussent des cris avant le match, et leurs engueulades de la mi-temps sont magnifiques à voir. Au cœur de l'action, il vaut mieux être dans leur camp.

La bière coulait à flots et les pizzas furent englouties. Nino réclama un peu de silence, présenta deux nouveaux membres de l'équipe. Karl était un professeur de maths danois installé à Parme avec son épouse italienne pour enseigner à l'université. Il n'était pas sûr de savoir à quel poste il pourrait jouer, mais il était impatient. Pietro, lui, était taillé comme une bouche d'incendie, avec un visage de bébé, trapu et épais, un linebacker. Rick avait remarqué sa vitesse de déplacement, à l'entraînement.

Franco leur fit entonner une sorte de chant mélancolique, que même Sam ne comprit pas, puis ils éclatèrent de rire et empoignèrent leurs pichets de bière. Les éclats de voix en italien se répercutèrent par vagues dans toute la pièce. Au bout de quelques chopes, Rick se contenta de rester assis et de s'imprégner de cette scène.

Il était devenu figurant dans un film étranger.

Peu avant minuit, il brancha son ordinateur portable et envoya un e-mail à Arnie :

À Parme, arrivé hier tard, premier entraînement aujourd'hui – la cuisine et le vin justifient la visite – pas de pom-pom girls, Arnie, tu m'en avais promis des superbes – pas d'agents ici donc tu détesterais – aucun golf nulle part, jusqu'à présent – des nouvelles de Tiffany et ses avocats ? – je me souviens de Jason Cosgrove qui parlait d'elle dans les douches, en détail, il a gagné huit briques l'an dernier – lance donc les avocats sur lui – c'est pas moi le papa. Même les petites filles parlent italien par ici – qu'est-ce que je fabrique à Parme ? – ça pourrait être pire j'imagine, je pourrais être à Cleveland. À plus, RD.

Pendant le sommeil de Rick, Arnie avait répondu à son message :

Rick : super d'avoir de tes nouvelles, ravi que tu sois là-bas et que tu te plaises. Prends ça comme une aventure. Il ne se passe pas grand-chose, ici. Pas de nouvelles des avocats. Je vais avancer le nom de Cosgrove comme donateur de sperme. Elle en est maintenant à son septième mois. Je sais que tu détestes l'arena ball, mais un directeur général de club m'a appelé aujourd'hui et m'a certifié qu'il pourrait t'obtenir cinquante mille pour la prochaine saison. J'ai dit non. Ton avis ?

10.

Se réveiller à une heure aussi épouvantable, ce n'était faisable qu'avec l'aide d'un réveil réglé à fort volume. Le bip perçant et régulier pénétra l'obscurité et finit par trouver sa cible. Rick, qui se servait rarement d'un réveil et qui avait su développer cette habitude de rompre avec le sommeil dès que son corps était fatigué de dormir, se retourna sous les draps en tous sens jusqu'à ce qu'il trouve un bouton d'arrêt à enfoncer. Encore sous le choc, horrifié à la perspective d'une nouvelle non-arrestation, il repensa à l'inspecteur de police Romo. Puis il se remit les idées en place. Son rythme cardiaque ralentit peu à peu et il se redressa, se cala contre les oreillers et se souvint enfin d'avoir réglé ce réveil lui-même. Il avait un plan, et l'obscurité en constituait un élément essentiel.

Comme son régime sportif de l'intersaison s'était limité à quelques parcours de golf, il se sentait comme s'il avait les deux jambes brisées en mille morceaux, et les abdos aussi endoloris que si on lui avait assené une série de directs. Ses bras, ses épaules, son dos, et même ses chevilles et ses orteils étaient douloureux au toucher. Il maudit Alex et Sam, et l'ensemble de l'organisation des Panthers, si encore on pouvait parler d'organisation. Il maudissait le football, Arnie et, en commençant par les Browns, remonta plus haut dans la liste de toutes les équipes qui l'avaient licencié. Animé de ces viles pensées, il essaya prudemment d'étirer un muscle ou deux, mais ils étaient tout bonnement trop douloureux.

Heureusement, chez Polipo, il s'était gardé de toucher à la bière, du moins dans les limites du raisonnable. Il avait déjà la tête plus claire, sans trace aucune de gueule de bois.

S'il remplissait vite fait la mission qu'il s'était donnée, il serait de retour sous les couvertures d'ici une heure environ. Il entra sous la douche – la pression était d'une faiblesse alarmante, et l'eau chaude d'une tiédeur à peine passable – puis, se forçant à enchaîner chacun de ses mouvements avec une sombre détermination, en moins de dix minutes, il se retrouva dehors, dans la rue. La marche lui dérouilla les articulations, elle activa sa circulation sanguine ; deux rues plus loin, il avançait d'un pas vif.

La Fiat était à cinq minutes. Il s'arrêta là, sur le trottoir, à la fixer du regard. La rue était étroite et des voitures compactes s'y alignaient de part et d'autre, garées pare-chocs contre pare-chocs, ne laissant entre ces deux rangées qu'une seule voie de circulation à sens unique, en direction du nord, vers le centre de Parme. La rue était plongée dans le silence et l'obscurité, vide de tout trafic. Il y avait derrière la Fiat une Smart couleur citron vert, tout juste un peu plus large qu'un kart de taille respectable, et son pare-chocs avant se situait à environ vingt-cinq centimètres de la Fiat du Signor Bruncardo. Devant, c'était une Citroën blanche, pas beaucoup plus grande que la Smart, et tout aussi coincée. Déloger la Fiat représenterait un défi, même pour un conducteur possédant des années d'expérience du levier de vitesse.

Un rapide coup d'œil à droite et à gauche pour s'assurer que personne ne bougeait Via Antini, puis Rick déverrouilla la portière et se faufila derrière le volant, au prix de cuisantes douleurs dans les articulations. Il remua un peu le levier, histoire de s'assurer qu'il était bien au point mort, tenta de déplier les jambes, vérifia le frein à main, et démarra le moteur. Phares allumés, jauges au maximum, réservoir plein, où était le chauffage ? Il régla les rétroviseurs, le siège, ajusta la ceinture et, pendant cinq bonnes minutes, se livra à une check-list de pilote avant le décollage, le temps que la Fiat chauffe. Pas une seule voiture, pas un scooter, pas une moto ne passa dans la rue.

Une fois le pare-brise dégivré, il n'y avait plus aucune raison de tarder. Son rythme cardiaque qu'il sentait accélérer le mit en colère, mais il tâcha de traiter cette faiblesse par le mépris. Ce n'était jamais qu'une voiture avec un embrayage, et même pas la sienne, en plus. Il débloqua le frein à main, retint son souffle, et il ne se produisit rien. Il se trouvait que la Via Antini était parfaitement plate.

Le pied sur l'embrayage, enfoncer la pédale, doucement pour débuter, une petite sollicitation de l'accélérateur, tourner le volant à fond vers la droite, jusqu'ici, tout va bien. Un coup d'œil dans le rétro, pas de circulation, allons-y. Il relâcha l'embrayage et donna un peu de gaz, mais c'était trop. Le moteur gronda, il libéra l'embrayage, et la Fiat bondit en avant, buta dans la Citroën, pile à la seconde où il sautait sur les freins. Des voyants rouges illuminèrent le tableau de bord, et il lui fallut quelques secondes avant de se rendre compte que la voiture avait calé. Il tourna vivement la clef, tout en enclenchant la marche arrière, en enfonçant la pédale d'embrayage, en tirant sur le frein à main et en jurant entre ses dents, non sans jeter un œil vers la chaussée, par-dessus son épaule. Personne n'approchait. Personne ne l'observait. Le trajet en marche arrière fut aussi éprouvant que sa première tentative en marche avant, et quand il eut tamponné la Smart, il sauta de nouveau sur les freins et le moteur cala. Cette fois, il vociféra à pleins poumons, sans aucun effort pour châtier son langage. Il respira à fond, et décida de ne pas sortir inspecter les dégâts; il n'y avait pas de dégâts, trancha-t-il. Rien qu'une pichenette. Ce crétin l'avait bien mérité, se garer de cette façon... Ses mains s'affairèrent à la hâte – volant, démarreur, levier de vitesse, frein à main. Pourquoi se servait-il de ce frein à main? Ses pieds étaient partout à la fois, c'était une danse de claquettes frénétique, de pédale en pédale, embrayage, frein, accélérateur. Il fit un nouveau bond en avant, dans un rugissement de cylindres, et faillit épingler la Citroën avant de s'immobiliser, mais cette fois le moteur ne cala pas. Un progrès. La Fiat s'était à moitié engagée sur la chaussée; toujours pas de circulation. Vite, de nouveau la marche arrière, mais un peu trop vite, et il repartit dans une embardée, la tête projetée en arrière, et ses muscles endoloris le firent souffrir. Il heurta la Smart bien plus fort, cette deuxième fois, et la Fiat cala. Perdant toute maîtrise de son langage, il lança un regard autour de lui, en quête de spectateurs.

Ce fut une apparition. Il ne l'avait pas remarquée, marchant sur le trottoir. Elle se tenait à sa hauteur, comme si elle était là depuis des heures, le corps enveloppé dans un long manteau en laine, un châle jaune noué autour de la tête. Une vieille femme avec un vieux chien en laisse, sortis pour leur promenade matinale, et maintenant figés par le spectacle de cette Fiat couleur cuivre lancée dans une violente partie de billard électrique menée par un abruti.

Leurs regards se croisèrent. L'air sévère de cette femme et son visage creusé de rides trahissaient ses pensées sans ambiguïté possible. Le furieux désespoir de Rick était tout à fait palpable. Il cessa de jurer une seconde. Le chien le dévisageait, lui aussi, une espèce de terrier plutôt frêle sur pattes, l'air aussi perplexe que sa maîtresse.

Il fallut une seconde à Rick pour comprendre qu'elle n'était la propriétaire d'aucune des deux voitures qu'il était occupé à pilonner. Évidemment non. C'était une piétonne, et avant qu'elle ne puisse appeler les flics, si telle était son intention, il serait parti. Espérait-il. Quoi qu'il en soit, il était sur le point d'éructer quelque chose comme : « Qu'est-ce que vous regardez, là, bon sang ? » mais bon, elle ne comprendrait rien, et se rendrait probablement compte qu'il était américain. Un accès soudain de patriotisme lui scella les lèvres.

Il n'allait pas perdre son temps dans un duel de regards. Avec un mouvement de la tête plein de morgue, il revint à son problème du moment, se remit en prise, redémarra et s'encouragea dans le maniement de la pédale des gaz et de l'embrayage, en parfaite coordination, de sorte que la Fiat finit par se dégager et par avancer, plantant là son public. Il appuya à fond sur le champignon, le moteur gémit de nouveau, il relâcha lentement l'embrayage tout en tournant le volant à bloc et manqua la Citroën de peu. Enfin libre, il roulait à présent dans Via Antini, la Fiat toujours en première, et en surrégime. Il commit l'erreur de jeter un dernier regard triomphant vers la femme et son chien. Il vit ses dents marron ; elle riait, elle se moquait de lui. Le chien aboyait et tirait sur sa laisse, lui aussi très amusé.

Rick avait mémorisé les rues situées sur le trajet de son évasion, pas un mince exploit, car elles étaient pour la plupart étroites, en sens unique, et il y avait souvent de quoi être dérouté. Il se frayait un chemin vers le sud, ne changeant de vitesse qu'en cas de stricte nécessité, et atteignit assez vite Viale Berenini, une grande artère où circulaient quelques voitures et des camions de livraison. Il s'arrêta à un feu rouge, enclencha la première, et pria pour que personne ne s'arrête derrière lui. Il attendit le vert, puis se rua en avant, sans faire caler son moteur. Bravo, mon p'tit gars. Il organisait sa survie.

Il traversa la rivière Parma par le Ponte Italia, et un bref coup d'œil en contrebas lui révéla des eaux paisibles. Il était loin du centre-ville, à présent, et il y avait encore moins de trafic. Son objectif, c'était Viale Vittoria, un large boulevard à quatre voies, qui contournait la partie ouest de Parme. Pas un seul tronçon en pente, et quasi désert dans la nuit encore noire qui précédait l'aube. L'endroit parfait pour s'exercer.

Pendant une heure, alors que le petit jour perçait au-dessus de la cité, il roula dans les deux sens sur cette voie merveilleusement plate. L'embrayage collait un peu à mi-course, et ce menu problème retenait toute son attention. Toutefois, après une heure d'exercices assidus, sa Fiat et lui vivaient une fusion parfaite. Il n'était plus question de dormir ; il était bien trop impressionné par son nouveau savoir-faire.

Sur un large terre-plein central, il s'exerça à se garer entre les lignes jaunes, marche avant, marche arrière, marche avant, marche arrière, jusqu'à ce qu'il en ait assez. Plein de confiance en lui, maintenant, il remarqua un bar près de Piazza Santa Croce. Pourquoi pas ? De minute en minute, il se sentait de plus en plus italien, et il avait besoin d'une dose de caféine. Il refit son créneau, coupa le moteur, et prit plaisir à cette courte marche, d'un pas rapide. Les rues étaient animées, désormais. La ville était revenue à la vie.

Le café était bondé et bruyant ; sa première impulsion fut d'en ressortir aussitôt et de regagner la sécurité de sa Fiat. Mais non, il avait signé pour cinq mois, et il n'allait pas consacrer tout ce temps à se dérober. Il marcha vers le bar, attira l'attention d'un barista, et commanda : « Un espresso. »

Le barista désigna un angle, où une dame rebondie était assise derrière une caisse enregistreuse. Le barista ne voyait aucun intérêt à préparer un espresso à Rick, qui battit déjà en retraite d'un pas et songea de nouveau à prendre la fuite. Un cadre d'entreprise, bien habillé, entra en trombe, avec au moins deux journaux et un attaché-case à la main, et se rendit tout droit auprès de la caissière. « *Buongiorno* », fit-il, et elle lui répondit de même. « *Caffè* », dit-il, en sortant un billet de cinq euros. Elle le prit, lui rendit la monnaie, et lui remit un ticket de caisse. Il porta ce ticket directement au comptoir, et le posa à un certain emplacement, bien en vue des baristi. L'un des baristi finit par le ramasser, ils échangèrent des « *buongiorno* », et tout se déroula à merveille. En l'espace de quelques secondes, une petite tasse et une soucoupe atterrirent sur le comptoir, et le cadre, déjà plongé dans les nouvelles de la première page, ajouta du sucre, remua, puis engloutit le breuvage d'une seule gorgée.

C'est donc ainsi qu'on procède.

Rick s'avança vers la caissière, grommela un « *Buongiorno* » passable, et se délesta de son billet de cinq euros avant que la dame ait pu répondre. Elle lui rendit la monnaie et lui remit le ticket magique.

Debout au comptoir, il s'imprégna de la frénésie du bar en sirotant son café. La plupart des gens étaient sur le chemin du travail, et ils avaient l'air de se connaître. Certains parlaient sans arrêt, d'autres avaient le nez enfoui dans leur journal. Les baristi travaillaient dans la fièvre, mais sans jamais un pas de trop. Ils plaisantaient dans un italien rapide, prompts à répliquer aux piques de leurs clients. À l'écart du comptoir, il y avait des tables où des serveurs en tablier blanc servaient le café, l'eau en bouteille et toutes sortes de pâtisseries. Soudain, malgré les ventrées de féculents qu'il avait consommées quelques heures plus tôt chez Polipo, il eut faim. Un présentoir de petits pains sucrés retint son attention, et il mourait d'envie de goûter celui-ci, nappé de chocolat et de crème. Mais comment se le procurer ? Jamais il n'oserait ouvrir la bouche, pas avec tant de monde à portée de voix. Peut-être la caissière, dans le coin, serait-elle compréhensive envers un Américain tout juste capable de montrer la pâtisserie du doigt.

Il quitta le bar affamé. Il marcha dans Viale Vittoria, puis s'aventura au bout d'une rue de traverse, sans rien rechercher d'autre que le plaisir des yeux. Un autre bar lui fit signe. Il entra avec confiance, se rendit tout droit vers la caissière, une autre femme tout aussi forte et âgée, et dit : « *Buongiorno, cappuccino, please.* » Elle se moquait pas mal de savoir d'où il était, et son indifférence l'encouragea. Il désigna une épaisse pâtisserie sur une grille, près du comptoir, et ajouta : « Et un de ceux-ci. » Elle opina de nouveau, alors qu'il lui tendait un billet de dix euros, sûrement assez pour payer un café et un croissant. Le bar était moins bondé que l'autre ; il savoura tranquillement *cornetto* et cappuccino.

L'endroit s'appelait le Bar Bruno. Un inconditionnel du calcio, ce Bruno. Les murs étaient tapissés d'affiches de l'équipe, de photos de joueurs en pleine action et de programmes vieux de trente ans. Il y avait une banderole datant de la victoire en Coupe du Monde de 1982. Au-dessus de la caisse, Bruno avait cloué une collection d'agrandissements en noir et blanc – Bruno avec Chinaglia, Bruno embrassant Baggio.

Rick se dit qu'il aurait du mal à dénicher dans Parme un bar avec une seule photo des Panthers. Et alors ? On n'est pas à Pittsburgh.

La Fiat était exactement là où il l'avait laissée. Les doses de caféine avaient renforcé son assurance. Il engagea la marche arrière à la perfection, puis déboîta en douceur, comme s'il avait manié l'embrayage depuis des années.

Le centre de Parme représentait un défi impressionnant, mais il n'avait pas le choix. Tôt ou tard, il fallait qu'il rentre à son appartement, et la Fiat avec lui. Il ne s'alarma pas de cette voiture de police. Elle le suivait, à une allure inoffensive. Il s'arrêta à un feu rouge et attendit patiemment tout en manœuvrant déjà mentalement l'embrayage et l'accélérateur. Le feu passa au vert, l'embrayage ripa, la Fiat eut un hoquet, et le moteur cala. Perdant les pédales, il embraya de nouveau tout en tournant la clef, jura, et lança un regard à la police. Le véhicule de patrouille blanc et noir était collé à son pare-chocs arrière ; les deux jeunes flics faisaient grise mine.

Quoi, nom de Dieu ? Quelque chose ne va pas, derrière ?

Sa seconde tentative fut pire que la première, et quand la Fiat cala, le moteur une fois de plus victime de mort subite, la police donna subitement du klaxon.

Le moteur finit par réagir. Il accéléra à fond, relâcha à peine l'embrayage, et la Fiat avança en rugissant, sans beaucoup bouger. Les policiers le serraient de près, sans doute amusés par cette succession de ruades, là, juste devant eux. Au premier croisement, ils allumèrent leur gyrophare.

Rick réussit à se ranger dans une zone de livraison, devant une rangée de boutiques. Il coupa le contact, tira brutalement sur le frein à main, puis d'instinct tendit la main vers la boîte à gants. Il n'avait pas réfléchi une seconde aux réglementations italiennes régissant l'immatriculation des véhicules ou les prérogatives du conducteur, et ne s'était pas davantage demandé si les Panthers et, en l'occurrence, le Signor Bruncardo, se chargeraient de ces questions. Il n'avait rien supposé du tout, pensé à rien, ne s'était inquiété de rien. Il était un athlète professionnel, anciennement une star de son lycée, puis de son université et, du haut de ce noble perchoir, ces détails n'avaient jamais compté.

La boîte à gants était vide.

Un flic tapota à sa vitre, et il la baissa, à la manivelle. Pas de commandes électriques.

Le policier lui dit quelque chose. Dockery saisit le mot « *documenti* ». Il attrapa son portefeuille et tendit son permis de conduire de l'État d'Iowa. L'Iowa ? Il n'y habitait plus depuis six ans, mais bon, il n'avait jamais élu domicile ailleurs. Alors que le flic considérait la carte plastifiée d'un œil noir, Rick s'enfonça de quelques centimètres dans son siège, en se rappelant un coup de téléphone de sa mère, avant Noël. Elle venait juste de recevoir un avis de l'État. Son permis arrivait à expiration.

– *Americano ?* s'enquit l'officier.

Le ton était accusateur. L'insigne du policier mentionnait son nom : Aski.

– Oui, répondit-il.

Il aurait pu se débrouiller pour glisser un « *sì* », mais il préféra n'en rien faire, car même le plus modeste recours à l'italien risquait de convaincre l'interlocuteur que le visiteur étranger parlait la langue couramment.

Aski ouvrit la portière et, d'un geste, invita l'Américain à descendre. L'autre officier de police, Dini, se pavanait avec un petit sourire méprisant. Ils eurent un échange court et rapide dans leur langue. À en juger par leurs regards, on pouvait croire qu'il allait se faire passer à tabac sur-le-champ. Ils avaient dans les vingt ans, étaient bâtis comme des haltérophiles. Ils auraient pu jouer dans la défense des Panthers. Un couple âgé s'arrêta sur le trottoir pour assister au drame, à trois mètres de distance.

– Vous parlez italien ? lui demanda Dini.

– *No, sorry*.

Ils levèrent tous deux les yeux au ciel. Un idiot.

Ils se séparèrent et entamèrent une inspection théâtrale de la scène du crime. Ils examinèrent la plaque d'immatriculation avant, puis la plaque arrière. La boîte à gants fut ouverte, prudemment, comme si elle pouvait contenir une bombe. Ensuite, le coffre. Rick commençait à trouver cela lassant, et s'adossa contre l'aile avant gauche. Ils se réunirent, se consultèrent, contactèrent leur central par radio, puis ce fut l'inévitable paperasse que les deux officiers de police grattaient avec énergie.

Rick était très curieux de savoir quel serait son crime, cette fois. Il était persuadé d'avoir enfreint la réglementation concernant l'immatriculation, mais il plaiderait non coupable de toute infraction au code de la route. Il songea à téléphoner à Sam; son téléphone portable était resté sur sa table de nuit. Quand il vit la dépanneuse, il se retint de rire.

Après que la Fiat eut disparu, on l'installa sur la banquette arrière du véhicule de patrouille et on démarra. Pas de menottes, pas de menaces, tout se déroulait gentiment, de manière civilisée. Quand ils traversèrent le fleuve, il se souvint de quelque chose dans son portefeuille. Il sortit une carte de visite qu'il avait prise au bureau de Franco et la tendit à Dini, à l'avant.

« *My friend* », dit-il.

Giuseppe Lazzarino, *Giudice*.

Les deux flics semblaient fort bien connaître le juge Lazzarino. Leur ton, leur attitude et leur gestuelle changèrent. Aussitôt, ils dialoguèrent à voix basse, comme s'ils craignaient que leur prisonnier n'entende. Aski lâcha un profond soupir et les épaules de Dini s'affaissèrent. Une fois sur l'autre rive, ils changèrent de direction et, pendant quelques minutes, parurent tourner en rond. Aski appela quelqu'un par radio, mais ne trouva pas celui ou ce qu'il cherchait. Dini se servit de son téléphone portable, mais pour lui aussi, ce fut la déception. Rick se faisait tout petit sur la banquette arrière, se moquant de lui-même et tâchant de profiter de ce petit tour de Parme.

Ils le déposèrent sur le banc, devant le bureau de Franco, le même emplacement sélectionné par Romo vingt-quatre heures plus tôt. Dini entra dans la pièce, à contrecœur, tandis qu'Aski choisissait d'aller se poster sept ou huit mètres plus loin dans le corridor, comme s'il n'avait rien à voir avec cet Américain. Ils patientèrent, et les minutes s'étiraient en longueur.

Rick était curieux de savoir si tout ceci compterait comme une véritable arrestation, ou si ce serait du même ordre qu'avec Romo. À quoi voyait-on la différence ? Un démêlé de plus avec la police, et il enverrait balader les Panthers, Sam Russo, le Signor Bruncardo et son contrat dérisoire. Il regrettait presque Cleveland.

Des éclats de voix, puis la porte s'ouvrit à la volée sur son fullback qui surgit au pas de charge, avec Dini dans son sillage. Aski se mit aussitôt au garde-à-vous.

– Reek, je suis franchement désolé, tonna Franco en le soulevant sans ménagement de son banc et en l'étouffant de son étreinte d'ours. Je suis franchement désolé. Il y a erreur, n'est-ce pas ?

Il lança un regard noir à Dini, qui se concentrait sur ses bottes très noires et très luisantes, et paraissait un peu pâle. Aski avait l'air d'un lapin pris dans les phares d'une voiture.

Rick tenta de dire quelque chose, mais les mots lui manquaient. Sur le pas de la porte, la secrétaire si mignonne de Franco observait l'entrevue. Franco assena quelques remarques bien senties à Aski, puis décocha une question cinglante à Dini, qui aurait voulu répondre, mais s'en garda bien. Puis il revint à Rick.

– Il n'y a pas de problème, OK ?

– Parfait, fit-il. C'est OK.

– La voiture, ce n'est pas la vôtre ?

– Euh, non. Je crois qu'elle appartient au Signor Bruncardo.

Le juge écarquilla les yeux et raidit l'échine.

– Bruncardo ?

Apprenant cette nouvelle, Aski et Dini faillirent s'évanouir. Ils restèrent debout, mais ils n'arrivaient plus à respirer. Franco leur lança une sévère bordée en italien, et Rick saisit au moins deux fois le nom « Bruncardo ».

Deux messieurs qui semblaient être des avocats – costumes sombres, épaisses serviettes, airs importants – approchaient. Rien que pour eux, et pour Rick et son personnel, le juge Lazzarino entreprit de souffler dans les bronches des deux jeunes policiers avec la ferveur d'un sergent recruteur offensé.

Rick se sentit navré pour eux. Après tout, ils l'avaient traité avec plus de respect que ne pouvait en espérer un criminel des rues ordinaire. Quand ils eurent fini de se faire remonter les bretelles, Aski et Dini décampèrent, et on ne les revit plus. Franco expliqua que l'on était en train de récupérer la voiture, en ce moment même, et on allait la lui restituer sur-le-champ. Inutile d'en parler au Signor Bruncardo. Et encore toutes nos excuses. Les deux avocats entrèrent d'un pas nonchalant dans le bureau du juge, les secrétaires reprirent leur travail.

Franco s'excusa encore et, afin de lui témoigner ses regrets les plus sincères pour l'accueil reçu à Parme, il invita Rick à dîner le lendemain soir chez lui. Son épouse – très jolie femme, précisa-t-il – était une excellente cuisinière. Il y tenait.

Rick accepta l'invitation, et là-dessus Franco lui expliqua qu'il avait une réunion importante avec des avocats. Ils se reverraient au dîner. Au revoir. « *Ciao*. »

11.

Le soigneur de l'équipe était un étudiant maigre et nerveux aux yeux hagards, un dénommé Matteo, qui parlait un anglais épouvantable, sur un débit ultrarapide. Après plusieurs tentatives, il réussit enfin à se faire comprendre – il souhaitait manipuler le superbe nouveau quarterback des Panthers. Il était en train d'étudier certains aspects de son métier qui étaient en rapport avec une nouvelle théorie du massage. Justement, Rick avait absolument besoin d'une bonne manipulation.

Il s'étendit sur l'une des deux tables de soins et invita Matteo à se lancer. Quelques secondes plus tard, le gamin s'acharnait à lui massacrer les tendons des mollets, et il avait envie de hurler. Mais un joueur n'a pas le droit de se plaindre pendant un massage – de toute l'histoire du football professionnel, on n'avait jamais violé cette règle. Même si c'était très douloureux, ces grands costauds de footballeurs ne se plaignaient pas quand on les manipulait.

– C'est bon ? fit Matteo entre deux râles.

– Oui. Ralentissez.

Sa requête ne survécut pas à la traduction, et il s'enfouit le visage dans une serviette. Ils se trouvaient dans le vestiaire, qui tenait lieu de remise pour l'équipement et de bureau aux entraîneurs. Personne d'autre n'était présent. Le prochain entraînement était dans quatre heures.

Alors que Matteo le pétrissait comme un dément, Rick réussit à s'abstraire de l'agression. Il cogitait, non sans peine, sur le meilleur angle d'attaque à employer avec l'entraîneur Russo pour lui faire comprendre qu'il préférait ne plus se soumettre à ces exercices de mise en condition physique. Plus de sprints, plus de pompes ou de redressements assis. Il était en forme, tout au moins dans une forme suffisante pour ce qui l'attendait. Trop de courses, et il risquait de se blesser à une jambe, de s'étirer un muscle ou autre. Dans la plupart des stages d'entraînements pros, les quarterbacks s'occupaient eux-mêmes de leurs étirements, de leurs échauffements et de leurs petits rituels personnels pendant que les autres éructaient sous le joug du régime collectif.

En même temps, la manière dont son refus serait perçu par l'équipe le tracassait. Le quarterback américain trop gâté. Trop bon pour se plier aux exercices. Trop délicat pour faire un peu de mise en condition physique. Apparemment, la boue et la sueur réussissaient aux Italiens, et, dans trois jours, ce serait le moment d'enfiler les protections complètes.

Matteo s'attarda sur les reins de Rick et se calma. Le massage faisait son effet. Les muscles raidis, endoloris se relâchaient. Sam arriva et s'assit sur l'autre table de massage.

– Je vous croyais en forme, commença-t-il, histoire de plaisanter.

– Je croyais, moi aussi.

Devant son public, Matteo renoua avec ses manipulations au marteau piqueur.

– Assez douloureux, hein ?

– Un peu. En temps normal, je ne cours pas trop de sprints.

– Faudra vous y habituer. Si vous vous ramollissez, les Italiens vont croire que vous êtes juste beau gosse.

Voilà qui réglait la question.

– Je ne suis pas de ceux qui dégueulent.

– Non, mais vous n'en étiez pas loin.

– Merci.

– Je viens de recevoir un appel de Franco. Encore des embêtements avec la police, hein ? Est-ce que ça va ?

– Tant que j'ai Franco, les flics peuvent m'arrêter pour rien tous les jours, s'ils veulent.

Il était en sueur, maintenant, sous l'effet de la douleur, et il tenait à conserver un air dégagé.

– Nous vous obtiendrons un permis de conduire temporaire et des papiers pour la voiture. L'erreur vient de moi. Je suis désolé.

– Pas de souci. Franco a des secrétaires très mignonnes.

– Attendez de voir sa femme. Il nous a inscrits nous aussi pour le dîner de demain soir, Anna et moi.

– Super.

Matteo retourna sa victime et se mit à lui pincer les cuisses. Rick retint un cri et réussit à conserver un visage impassible.

– On peut parler de l'attaque ? s'enquit-il.

– Vous avez parcouru le cahier de jeu ?

– C'est du niveau du lycée.

– Oui, c'est très élémentaire. On ne peut pas se permettre trop de fantaisies, ici. Les joueurs possèdent une expérience limitée, et nous ne disposons pas de beaucoup de temps pour nous entraîner.

– Je ne me plains pas. J'ai juste quelques idées.

– Allez-y.

Matteo recula, comme un chirurgien fier de son ouvrage, et Rick le remercia.

– Très beau travail, fit-il, et il s'éloigna en claudiquant.

Sly débaula d'un bond, des fils pendus aux oreilles, une casquette de camionneur plantée de biais sur la tête, et toujours vêtu de son sweat-shirt des Broncos.

– Hé, Sly, tu veux pas un super massage, là ! hurla Rick. Matteo, il est formidable.

Ils échangèrent quelques petites manchettes – les Broncos contre les Browns, et ainsi de suite –, le temps que Sly retire son short et s'allonge sur la table. Matteo fit craquer ses phalanges, puis se mit à l'ouvrage de grand cœur. Sly grimaça, mais sut tenir sa langue.

Deux heures avant l'entraînement, Rick, Sly et Trey Colby se retrouvèrent sur le terrain avec l'entraîneur Russo, à enchaîner les actions offensives. Au grand soulagement de Sam, le nouveau quarterback n'entendait pas tout chambouler. Il émit quelques suggestions ici ou là, affina certains schémas de passes, et proposa des idées sur le jeu de courses. Sly lui rappela plus d'une fois que le jeu de courses des Panthers resterait assez simple – contente-toi de transmettre la balle à Sly et de dégager le chemin.

Fabrizio fit son apparition à l'autre extrémité du terrain, seul et visiblement déterminé à rester de son côté. Il entama une série d'étirements très élaborée, davantage conçue pour le spectacle que pour relâcher des muscles contractés.

– Bon, le voilà de retour, c'est le deuxième jour, remarqua Sly, et ils le regardèrent travailler un petit moment.

– Qu'est-ce que ça signifie ? s'enquit Rick.

– Il n'a pas encore démissionné, ajouta Trey.

– Démissionné ?

– Ouais, c'est son habitude de tout plaquer, expliqua Sam. À cause d'un entraînement qui se déroule mal, ou d'un mauvais match, peu importe.

– Vous tolérez ça ?

– Il est notre meilleur receveur, et de loin, poursuivit Sam. En plus, il joue pour presque rien.

– Ce mec a de grandes mains, fit Trey.

– Et c'est une vraie fusée, admit Sly. Plus rapide que moi.

– Allez ?

– Si, si. Sur les quarante yards, il me met quatre foulées.

Nino arriva en avance, lui aussi, et après une tournée de *buongiorno*, il attaqua tout de suite ses étirements, puis entama un long tour du terrain. Ils le regardèrent s'éloigner au petit trot.

– Pourquoi il a le cul aussi sensible ? demanda Rick.

Sly éclata de rire, beaucoup trop fort. Sam et Trey ne purent se retenir, eux non plus, puis Sly se mit à disserter sur les muscles fessiers hyperactifs de Nino.

– Il n'est pas mauvais, à l'entraînement, en short, mais quand il est en tenue complète et dès qu'on joue en percussion, chez lui, tout se contracte, spécialement les muscles de son arrière-train. Nino adore la confrontation, et parfois il oublie presque la passe entre les jambes, parce qu'il ne pense qu'à une chose, percuter son vis-à-vis, le plaqueur défensif adverse. Et quand il se tient prêt à percuter, totalement projeté en avant, comme ça, ses muscles fessiers se mettent à frémir, et si tu les lui touches, il fait trois tours dans ses chaussettes.

131

– On pourrait éventuellement la jouer en formation shotgun : au lieu de recevoir son snap direct, je me place en retrait, à cinq yards, suggéra Rick, et ils rirent de plus belle.

– C'est sûr, fit Trey. Mais Nino n'est pas très précis. Tu risques de cavaler après la balle tout autour du terrain.

– On a essayé, confirma Sam. C'est un désastre.

– Faut qu'on accélère ses snaps directs, concéda Sly. Parfois, je suis déjà dans le trou avant que le quarterback ait récupéré la balle. Il me cavale après, et moi, je la cherche, cette foutue balle. Et Nino rouspète après un pauvre gogo.

Nino était de retour, et il amenait Fabrizio avec lui. Rick proposa de travailler en position shotgun, et d'exécuter quelques schémas de jeu. Les snaps de Nino étaient corrects, pas trop flous, mais diablement lents. D'autres Panthers arrivèrent, et les ballons ne tardèrent pas à voler d'un bout à l'autre du terrain : les Italiens s'exerçaient, enchaînant les coups de pied de dégagement et les passes.

Sam s'approcha de Rick.

– Une heure et demie avant l'heure de l'entraînement, et ils sont impatients de commencer. Ça fait plaisir à voir, non ?

– Je n'avais encore jamais vu ça.

– Ils adorent ce jeu.

Franco et sa petite famille habitaient au dernier étage d'un palazzo en surplomb de la Piazza della Steccata, au cœur de la ville. Tout était ancien – l'escalier en marbre patiné, les planchers, l'enduit des murs aux fissures exquises, les portraits de famille, les plafonds voûtés avec leurs lustres en plomb, les canapés et les fauteuils en cuir de taille immense.

Son épouse, en revanche, paraissait remarquablement jeune. Antonella était une superbe créature aux cheveux noirs dont il était difficile de détacher le regard. Même son anglais à l'accent très marqué donnait à Rick l'envie d'en entendre davantage.

Leur fils, Ivano, était âgé de six ans, et leur fille, Susanna, de trois. Ils étaient autorisés à rester pour la première demi-heure, avant d'aller au lit. Une sorte de nounou veillait en retrait.

L'épouse de Sam, Anna, était séduisante, elle aussi. Tout en sirotant son *prosecco*, Rick consacra toute son attention aux deux dames. Il s'était trouvé une fille, en Floride, après avoir fui Cleveland, mais il s'était envolé pour l'Italie sans la prévenir ni lui laisser un mot. Les belles femmes qu'il avait vues à Parme parlaient toutes une autre langue que la sienne. Il n'y avait pas de pom-pom girls – il avait accablé Arnie de malédictions pour ce mensonge. Il était sevré de compagnie féminine et disposé à se satisfaire même de cette espèce particulière que sont les épouses des amis – d'une variété à l'accent prononcé, dans le cas présent. Mais les maris ne s'éloignaient jamais, et Dockery se sentait perdu au milieu de ces types qui s'esclaffaient à chaque bon mot de Franco. Une femme minuscule en tablier et cheveux gris circulait parmi eux avec une assiette d'amuse-gueules – viandes séchées, parmesan, olives –, avant de disparaître dans l'étroite cuisine où l'on préparait le dîner.

La surprise, ce fut la table. Dressée dans le patio, petite terrasse fleurie dominant tout le centre de la ville, elle était faite d'une dalle de marbre posée sur deux urnes imposantes, et encombrée de chandeliers, d'argenterie, de fleurs, de porcelaine fine et de bouteilles de vin rouge. L'air nocturne était limpide et calme, plus frais seulement quand une légère brise soufflait. Une enceinte invisible diffusait en sourdine un air d'opéra.

Rick se vit offrir la meilleure place, celle qui jouissait d'une vue sur le duomo. Franco servit le vin rouge, remplissant généreusement leurs verres, puis proposa un toast en l'honneur de leur nouvel ami.

– Un Super Bowl pour Parme ! conclut-il sur un ton quasi lubrique.

Mais où suis-je, là ? se demanda l'Américain. D'habitude, en mars, il traînait en Floride où il squattait une chambre chez un copain, jouait au golf, soulevait des haltères, courait, s'efforçait de garder la forme pendant qu'Arnie s'activait au téléphone, se démenant pour lui trouver une équipe. Il subsistait toujours un espoir. Le prochain appel pouvait annoncer le prochain contrat. La prochaine équipe pouvait offrir le grand coup de chance. Chaque printemps était porteur d'un nouveau rêve, qu'il trouve enfin sa place – une équipe dotée d'une grande ligne offensive, d'un meneur de jeu brillant, de receveurs talentueux, tout. Ses passes seraient au cordeau. Les défenses s'écrouleraient. Le Super Bowl. Et ensuite, le Pro Bowl. Un gros contrat. Des appuis. La renommée. Des tas de pom-pom girls.

Tous les ans, en mars, cela lui semblait possible. Où suis-je, là ?

Le premier plat, un antipasto, était composé d'épais quartiers de melon nappés de fines tranches de prosciutto. Franco leur servit encore du vin, tout en expliquant que ce plat était très répandu dans toute la région d'Émilie-Romagne – tiens, j'ai déjà entendu ça quelque part. Évidemment, le meilleur prosciutto vient de Parme. Même Sam se tourna vers lui et leva les yeux au ciel.

Après quelques généreuses bouchées, Franco le questionna.

– Rick, aimez-vous l'opéra ?

Lui répondre d'un « Vraiment pas » franc et honnête, c'eût été insulter la population dans un rayon d'au moins cent kilomètres, donc il opta pour l'humilité.

– On n'en écoute pas souvent, chez nous, avoua-t-il.

– Ici, c'est énorme, fit Franco.

Antonella sourit à Rick, en grignotant un minuscule morceau de melon.

– On vous emmène, un de ces soirs, d'accord ? Nous avons le Teatro Regio, le plus bel Opéra du monde, expliqua Franco.

– Les Parmesans sont fous d'opéra, précisa Anna.

Elle était assise à côté de Rick, avec Antonella en face de lui, et Franco, le juge, qui présidait en bout de table.

– Et vous, d'où êtes-vous ? demanda Rick à la femme de Sam, désireux de changer de sujet.

– De Parme. Mon oncle était un grand baryton.

– Le Teatro Regio est encore plus magnifique que La Scala de Milan, proclama Franco à la cantonade.

– Sûrement pas, le titilla Sam. Le plus grand de tous, c'est La Scala, bien sûr.

Franco écarquilla les yeux comme s'il était sur le point de frapper. Suivit une tirade en italien et, l'espace d'un instant, tout le monde écouta, dans un silence gêné. Il finit par se reprendre, en anglais.

– Quand êtes-vous allé à La Scala ?

– Jamais, avoua Sam. Juste vu quelques photos.

Franco éclata d'un rire tonitruant, tandis qu'Antonella se levait pour aller chercher le plat suivant.

– Je vous emmène à l'opéra, promit-il à Rick, qui se contenta de sourire, en essayant de réfléchir à ce qu'il pourrait y avoir de pire qu'une soirée à l'opéra.

Pour le plat suivant, le *primo piatto*, on leur servit des *anolini*, un petit roulé de pâte farci de parmesan et de bœuf, noyé sous une couche de *porcini*, des champignons. Antonella lui expliqua que c'était un plat très fameux à Parme, et sa description se fit dans un anglais au plus bel accent qu'il ait jamais entendu. En réalité, il se moquait du goût qu'auraient ces pâtes. Je vous en prie, continuez de parler, c'est tout.

Franco et Sam discutaient opéra, en anglais. Anna et Antonella discutaient enfants, en anglais. Finalement, Rick formula une requête :

– Je vous en prie, parlez en italien. C'est tellement joli.

Et ils s'exécutèrent. Il savourait la cuisine, le vin, et la vue. La coupole de la cathédrale, dans son berceau de projecteurs, était majestueuse et le centre de Parme restait très animé, avec toute cette circulation et ces piétons.

Les *anolini* cédèrent la place au *secondo piatto*, le plat de résistance, un chapon rôti farci. Franco, déjà plusieurs verres de vin à son actif, décrivit de façon très réaliste le chapon comme un jeune coq – « Tchac ! » – castré à l'âge de deux mois.

– Cela rehausse le goût, expliqua Antonella, laissant ainsi l'impression, du moins aux yeux de Rick, que les parties amputées de la volaille pouvaient en fait fort bien se retrouver dans la farce.

Pourtant, après deux bouchées hésitantes, tout cela ne comptait plus guère. Testicules ou pas, ce chapon était délicieux.

Il mâchait lentement, amusé par ces Italiens et leur amour de la conversation à table. Par moments, ils se tournaient vers lui, semblaient vouloir tout savoir de sa vie, puis ils revenaient à leur langue si musicale, oubliant l'hôte étranger. Même Sam, originaire de Baltimore, paraissait plus à l'aise en italien. Pour la première fois depuis son arrivée dans son nouveau monde, Rick dut admettre qu'apprendre quelques mots ne serait pas une mauvaise idée. En fait, c'était même une grande idée, s'il voulait caresser le moindre espoir de succès féminins.

Après le chapon, il y eut du fromage et un autre vin, puis le dessert et le café. Il prit congé quelques minutes après minuit. Il flâna dans la nuit, rentra chez lui, et s'endormit sur son lit sans s'être déshabillé.

12.

Par un magnifique samedi d'avril, une parfaite journée de printemps dans la vallée du Pô, les Bandits de Naples quittèrent la capitale de la Campanie à 7 heures du matin, à bord d'un train en partance pour le nord – c'était le match d'ouverture de la saison. Ils arrivèrent à Parme juste avant 2 heures de l'après-midi. Le coup d'envoi était prévu à 3 heures. Le train du retour partirait à 23 h 40, et l'équipe arriverait à Naples vers 7 heures le dimanche matin, vingt-quatre heures après son départ.

Une fois à Parme, les Bandits, une trentaine de garçons au total, prirent un bus pour le Stadio Lanfranchi, et charrièrent leur équipement jusqu'à un vestiaire exigu, dans le même couloir que celui des Panthers, au bout. Ils se changèrent en vitesse et se déployèrent sur le terrain pour des étirements et les rituels d'avant match.

Deux heures avant le coup d'envoi, la totalité des quarante-deux Panthers étaient dans leur vestiaire, débordant d'énergie, surexcités et impatients de taper dans l'adversaire. Le Signor Bruncardo leur avait réservé une surprise : de nouveaux maillots – noirs, avec de scintillants numéros argentés, et le mot « Panthers » barrant la poitrine.

Nino fumait une cigarette. Franco bavardait avec Sly et Trey. Pietro, le linebacker de milieu de terrain, qui s'améliorait de jour en jour, méditait avec son iPod sur les oreilles. Matteo s'affairait en tous sens, se frictionnant les muscles, se tapotant les chevilles, réparant des équipements.

L'avant-match typique, songea Rick. Un vestiaire plus petit, des joueurs plus modestes, des enjeux plus limités, mais certains aspects du jeu demeuraient inchangés. Il était prêt à jouer. Sam s'adressa à l'équipe, leur récapitula ses quelques observations, puis les lâcha.

Quand Rick entra sur le terrain, quatre-vingt-dix minutes avant le coup d'envoi, les tribunes étaient vides. Sam avait prédit une grosse affluence – « peut-être un millier ». Le temps était superbe et, la veille, la *Gazzetta di Parma* avait publié un article impressionnant sur la première rencontre des Panthers, centré sur le nouveau quarterback issu de la NFL. Le beau visage de Rick, en couleurs, s'étalait sur la moitié de la page. D'après Sam, le Signor Bruncardo avait tiré quelques ficelles et usé de son influence.

Entrer sur un terrain du championnat NFL, ou même dans un stade des Big Ten, c'était toujours une expérience éprouvante pour les nerfs. Dans le vestiaire, le trac de l'avant-match était si douloureux que les joueurs s'en échappaient dès que possible. Ils s'engouffraient au-dehors et, cernés par ces interminables rangées de gradins et de sièges, ces milliers de supporters, avec les caméras, les fanfares, les pom-pom girls et la cohorte apparemment infinie des gens qui, pour un motif ou un autre, avaient accès au terrain, ils consacraient ces premiers moments à prendre la mesure de ce chaos à peine contenu.

Arpentant la pelouse du Stadio Lanfranchi, Rick ne put réprimer un petit rire en contemplant le spectacle, la dernière étape en date de sa carrière. Un jeune membre d'une fraternité occupé à se dégourdir les muscles pour un match de flag football aurait été davantage sur les nerfs.

Au bout de quelques minutes d'étirements et de gymnastique suédoise sous la houlette d'Alex Olivetto, Sam Russo réunit l'attaque sur la ligne des cinq yards et commença de faire tourner les jeux. Rick et lui en avaient choisi douze, qu'ils appliqueraient durant toute la rencontre, six jeux au sol et six jeux aériens. Les Bandits étaient réputés pour leur faiblesse en deuxième rideau défensif – pas un seul Américain parmi leurs backers – or, l'année précédente, le quarterback des Panthers avait lancé pour un total de deux cents yards cumulés à la passe.

Sur les six jeux de course, cinq étaient destinés à Sly. Pour Franco, la seule occasion de toucher la balle serait un dive, une transmission directe au fullback, le plus imposant des running backs, pour une course en plein centre de la ligne défensive adverse, qui offrirait un gain territorial très limité, et seulement quand on aurait partie gagnée. Il avait beau adorer aller au contact, il avait aussi l'habitude de perdre la balle. Les six passes étaient pour Fabrizio.

Au bout d'une heure d'échauffements, les deux équipes regagnèrent leurs vestiaires. Sam regroupa les Panthers pour un discours destiné à les stimuler, et l'entraîneur assistant, Olivetto, les gonfla à bloc en insultant férocement la ville de Naples.

Rick ne comprit pas un mot, mais les Italiens, si, visiblement. Ils étaient prêts à entrer en guerre.

Le kicker des Bandits était un autre ancien du calcio, doté d'une frappe de mule, et son tir d'ouverture s'envola au-delà de la zone d'en-but. En trottant sur le gazon pour sa première série de quatre tentatives, avec un gain potentiel de dix yards à la clef, Rick essaya de se rappeler le dernier match dans lequel il avait joué d'entrée. C'était à Toronto – il y avait un siècle.

Les tribunes de l'équipe à domicile étaient bondées, à présent, et les supporters savaient s'y prendre pour faire du bruit. Ils agitaient de grandes banderoles peintes à la main et hurlaient à l'unisson. Leur tapage éveilla l'appétit sanglant des Panthers. Nino, surtout, avait perdu la boule.

Ils se regroupèrent pour les dernières instructions, et Rick annonça la couleur : « Smash vingt-six. » Nino traduisit, et ils se dirigèrent vers la ligne. Adoptant une formation en « I », avec Franco posté quatre yards derrière lui en position de fullback et Sly trois yards plus loin, Rick balaya rapidement la défense adverse du regard, mais ne vit rien qui soit susceptible de l'inquiéter. Le smash, c'était une transmission du ballon de main en main loin sur l'aile droite, donnant au tailback toute latitude de « lire » la défense des bloqueurs et de choisir un trou. Les Bandits avaient cinq défenseurs de ligne et deux linebackers, tous deux plus petits que lui. Les fessiers de Nino étaient déjà en proie à une panique totale, et Rick avait depuis longtemps décidé de jouer un snap rapide, surtout sur la première action offensive. Il lança un bref : « Prêt. » Une fraction de seconde. Les mains passées sous l'entrejambe du centre, une claque bien sentie, parce qu'un toucher délicat provoquerait de sa part un mouvement qui serait aussitôt sanctionné, puis « Set », et « Hut ».

Le temps d'une fraction de seconde, tout bougea, sauf la balle. La ligne se propulsa en avant, dans une vague de grognements et de grondements, et Rick attendit. Quand il récupéra enfin la balle, il arma son bras, le ballon calé sur l'épaule, comme s'il allait le lancer, manière de fixer le safety, le dernier défenseur, avant de se retourner pour transmettre la balle. Franco se précipita, le dépassa, en montrant les dents au linebacker qu'il prévoyait de tailler en pièces. Sly récupéra la balle dans la profondeur du backfield, la deuxième ligne d'attaquants, feinta en direction de la ligne, puis coupa au large pour s'avancer de six yards avant de sortir en touche.

« Smash vingt-sept », s'écria Rick. La même action, mais côté gauche. Un gain de onze yards, et les supporters réagirent par des sifflets et des coups de trompes. Rick ne savait pas qu'un petit millier de spectateurs pouvait faire autant de bruit. Sly entama sa course sur la droite, fila sur la gauche, obliqua sur la droite, la gauche de nouveau, et l'attaque franchit la ligne médiane. Elle cala sur la ligne des quarante yards des Bandits et, avec une troisième tentative et quatre yards pour rester en attaque, Rick décida d'en balancer une à Fabrizio. Sly, à bout de souffle, avait besoin d'un break.

– Je feinte sur Z, 64 curl H swing, annonça Rick aux joueurs regroupés, avant l'action.

Nino leur siffla la traduction. Un tracé en crochet pour Fabrizio, qui devait courir sur une dizaine de yards et se retourner pour réceptionner la balle. Ses joueurs de ligne étaient en nage, maintenant, et tout heureux. Ils logeaient le ballon au cœur de la défense adverse, pressing à volonté. Au bout de six actions de jeu, Rick s'ennuyait presque et il attendait impatiemment de pouvoir montrer la valeur de son bras droit. Après tout, ils ne le payaient pas vingt mille euros pour rien.

Les Bandits avaient deviné juste et envoyèrent tout le monde devant, sauf les deux safety. Rick avait vu le coup venir, ce déploiement de la défense adverse ne lui plaisait pas, et il avait envie de changer de schéma tactique sur la ligne de scrimmage, mais il ne souhaitait pas non plus courir le risque d'une action ratée. Les appels tactiques en dehors du regroupement étaient déjà assez épineux en anglais. Il recula de trois pas, accéléra le geste de sa passe, et tira un boulet de canon vers l'emplacement où Fabrizio était censé se trouver à la réception, au bout de sa curl. Un linebacker surgi de son angle mort vint percuter violemment Rick dans le milieu du dos et ils finirent tous les deux au sol. La passe était parfaite, mais avec trop de vitesse pour un joueur placé à dix yards. Dans sa remontée, Fabrizio se jeta dessus, la frôla des deux mains, et la prit en pleine poitrine. La balle grimpa en chandelle et ce fut une interception facile pour le safety placé du côté de la défense le plus proche du jeu.

Et c'est reparti, songea Rick en marchant vers la ligne de touche. Sa première passe en Italie était la réplique exacte de sa dernière passe à Cleveland. La foule en resta muette. Les Bandits se congratulaient. Fabrizio alla vers le banc en traînant la patte, le souffle court.

– Beaucoup trop fort, fit Sam, ne laissant subsister aucun doute quant à la responsabilité de cette erreur.

Rick retira son casque et s'agenouilla sur la ligne de touche. Le quarterback de Naples, un petit gamin de Bowling Green, acheva ses cinq premières passes et, en moins de trois minutes, il envoyait les Bandits dans la zone d'en-but.

Fabrizio resta sur le banc, il faisait la moue et se massait la poitrine comme s'il avait les côtes fêlées. Le receveur écarté remplaçant était un pompier, Claudio ; à l'échauffement, avant d'entrer sur le terrain, Claudio avait rattrapé à peu près la moitié de ses passes – à l'entraînement, c'était encore moins. Le deuxième enchaînement des Panthers débuta sur leurs 21 yards. Deux transmissions de balle à Sly leur permirent d'engranger quinze yards. Il était drôle à regarder, depuis la sécurité de la ligne arrière. Il était rapide et se livrait à de merveilleux blocages de l'adversaire, en lui sautant dans les jambes.

– Quand est-ce que je reçois la balle ? demanda Franco lors du regroupement suivant. Deuxième tentative et quatre yards pour rester en attaque, alors pourquoi pas ?

– Prends-la tout de suite, lui répondit Rick, et il s'écria : Un dive aux trente-deux yards.

– Un dive aux trente-deux ? répéta Nino, incrédule.

Franco l'injuria, en italien, Nino riposta et, quand ils rompirent le regroupement, la moitié de l'attaque rouspétait.

Franco ramassa la balle sur un rapide plongeon côté droit, ne la perdit pas, faisant preuve, au contraire, d'une remarquable aptitude à rester debout, bien campé sur ses deux pieds. Un plaquage le cueillit et il tournoya comme une toupie en folie. Un linebacker l'avait fauché aux genoux, mais ses jambes continuaient de tricoter. Un safety déboula sur lui à toute vitesse, et Franco se dégagea d'une manchette, le bras tendu, de quoi impressionner le grand Franco Harris. Il continua sur sa lancée, au ralenti, franchit le milieu de terrain, des corps giclant de part et d'autre, un cornerback le chevauchant comme un taureau, et finalement, un plaquage mit un terme à ces ravages en lui claquant les deux chevilles l'une contre l'autre. Un gain de vingt-quatre yards. Franco rejoignit le regroupement en se pavanant, glissa un mot à Nino, qui naturellement revendiquait tout le mérite de ce gain parce que tout tenait à la qualité du blocage.

Fabrizio, lui, s'approcha du regroupement au petit trot, encore un de ses prompts rétablissements qui avaient fait sa réputation. Rick décida de s'occuper de lui sur-le-champ. Il appela une passe d'action de jeu, avec Fabrizio en position de receveur, sur un tracé de dix à quinze yards tout droit, suivi d'un virage à 45 degrés vers l'intérieur du terrain, et cela marcha superbement. À la première tentative, la défense s'effondra sur Sly. Le puissant safety attaqua fort, et Fabrizio se retrouva sans coup férir à sa hauteur. La passe était longue et molle, parfaitement cadrée, et quand Fabrizio la rattrapa en pleine pointe de vitesse aux quinze yards, il était tout seul.

Pétards. Chants. Rick attrapa un gobelet d'eau et profita du tintamarre. Il savourait sa première passe ouvrant sur un touchdown depuis quatre ans. Malgré le contexte, ça faisait du bien.

À la mi-temps, il avait encore engrangé deux touchdowns, et les Panthers menaient 28-14. Dans le vestiaire, Sam les engueula pour les pénalités – à quatre reprises, l'attaque avait sauté par-dessus les défenseurs, c'était interdit – et râla sur le marquage de zone qui avait laissé filer 180 yards. Alex Olivetto critiqua la ligne défensive parce qu'ils n'avaient pas réussi un seul plaquage du quarterback adverse derrière la ligne d'avantage avant qu'il ait pu lancer le ballon. Il y eut pas mal de beuglements et de doigts accusateurs. Rick, lui, voulait juste qu'on se calme.

Une défaite devant Naples, et ce serait la faillite de la saison. Avec seulement huit matches au calendrier, et Bergame bien parti pour de nouveau prendre la tête du tableau, il n'y avait pas de place pour une journée ratée.

Au bout de vingt minutes d'un répertoire d'injures et d'insultes impressionnant, les Panthers se ruèrent sur le terrain. Rick se sentait comme s'il venait de subir une mi-temps de championnat NFL.

À quatre minutes de la fin du troisième quart temps, les Bandits égalisèrent, et la ligne de touche de Parme se chargea d'une électricité que Dockery n'avait plus perçue depuis des années. Il répétait à tous ses équipiers : « On se calme, on se calme », mais il savait que personne ne le comprenait. Tous les regards étaient sur lui, leur grand quarterback tout neuf.

Au bout de trois quarts temps, il apparut évident, aux yeux de Sam et Rick, qu'il leur fallait étoffer les schémas tactiques. À chaque snap, la défense adverse se verrouillait sur Sly et pratiquait un double marquage sur Fabrizio. Sam se heurtait à plus futé que lui, en la personne du très jeune entraîneur de Naples, un ancien assistant de Ball State University. Toutefois, l'attaque parmesane devait bientôt se découvrir une nouvelle arme. Sur une troisième tentative et quatre yards à couvrir, Rick recula après un snap et s'apprêtait à exécuter sa passe quand il avisa le cornerback côté gauche, qui arrivait en blitz pour lui faire subir son pressing.

Il n'y avait personne à bloquer, donc Rick feinta une passe et vit le cornerback lui filer devant, anticipant la passe, à tort. Là-dessus, Rick relâcha le ballon et, pendant les trois secondes suivantes, s'empressa fébrilement de le ramasser. Une fois qu'il l'eut récupéré, il n'avait pas d'autre choix que de courir. Et il courut, comme au temps de Davenport South. Il contourna le gros de la défense, où les linebackers étaient désorientés, et se retrouva immédiatement sur la ligne des secondeurs. La foule des spectateurs entra en éruption, et Rick Dockery était sur un nuage. Il écarta un autre cornerback sur une feinte, coupa vers le centre, exactement comme Gales Sayers sur de vieilles images vues en vidéo, un as de l'esquive et du zigzag. Fabrizio était bien le dernier équipier dont il aurait espéré de l'aide, mais le gamin franchit le barrage. Il réussit à débouler sous le côté le moins bien défendu du safety, juste assez long pour permettre à Rick d'effacer ce dernier au sprint, jusqu'au bout, jusqu'à la terre promise. Quand il franchit la ligne d'en-but, il expédia la balle d'une pichenette au juge de touche et ne put s'empêcher de rire de lui-même. Il venait de galoper soixante-douze yards pour un touchdown, la plus longue course de sa carrière. Même au lycée, il n'avait jamais marqué en courant de si loin.

Sur le banc de touche, ses équipiers l'agrippèrent et le couvrirent de félicitations qu'il comprit à peine. Sly, tout sourire, lui dit :

– Ça t'a pris une éternité.

Cinq minutes plus tard, le quarterback sprinter frappa de nouveau. Subitement désireux de dévoiler ses atouts, il surgit de la poche protectrice de sa ligne offensive, avant son pas de recul et semblait paré pour une nouvelle chevauchée jusqu'à l'autre extrémité du terrain. Toute la ligne des secondeurs rompit le marquage et, à la dernière seconde, à soixante centimètres de la ligne d'avantage, il décocha un boulet de canon à trente yards, vers le milieu de terrain, pour un Fabrizio intouchable qui cavala vers l'en-but.

Fin de partie. Trey Colby récupéra deux passes dans les dernières secondes du quatrième quart temps, et les Panthers l'emportèrent 48-28.

Ils se retrouvèrent chez Polipo, avec bière et pizza à volonté, aux frais du Signor Bruncardo. La nuit se prolongea, meublée de chansons paillardes et de plaisanteries graveleuses. Les Américains – Rick, Sly, Trey et Sam – étaient assis les uns à côté des autres autour de la table, à rire des Italiens à en avoir mal au ventre.

À une heure du matin, Rick envoya un e-mail à ses parents :

Papa et maman : joué notre premier match aujourd'hui. Battu Naples (Bandits) par 3 touchdowns d'écart. 18 contre 22, 310 yards, 4 touchdowns, une interception ; aussi couru 98 yards, pour un touchdown ; m'a rappelé un peu la grande époque du lycée. Je m'amuse. Baisers, Rick.

Et un autre à Arnie :

Invaincus, hier, à Parma ; premier match, 5 touchdowns, 4 en jeu aérien, 1 en jeu au sol. Un vrai tombeur, je suis. Non, en aucun cas je ne jouerai en arena. Tu leur as causé, à Tampa Bay ?

13.

Le palazzo Bruncardo était un grandiose édifice du XVIIIe siècle, sur Viale Mariotti, dominant le fleuve et situé à quelques rues du duomo. Rick fit le trajet à pied, en cinq minutes. Sa Fiat était à l'abri dans une petite rue, sur une belle place de stationnement qu'il n'avait aucune envie d'abandonner.

C'était dimanche, la fin de l'après-midi, le lendemain de la grande victoire sur les Bandits, et même s'il n'avait rien de prévu pour la soirée, il n'avait vraiment aucune envie de se soumettre à ce qui l'attendait. Il allait et venait sur Viale Mariotti, sans se presser, en essayant d'étudier le palazzo sans avoir l'air stupide, cherchant désespérément la porte d'entrée, et il se demanda une fois encore comment il avait pu se laisser acculer de la sorte.

Sam. Sam avait exercé sur lui une forte pression, avec l'aide de Franco.

Il finit par trouver la sonnette, un vieux major-dome fit son apparition et, sans un sourire, visiblement réticent, daigna le faire entrer. Vêtu d'une queue-de-pie noire, il toisa rapidement le visiteur d'un air désapprobateur. Mister Dockery se trouvait pourtant plutôt élégant. Un blazer bleu marine, un pantalon noir, de vraies chaussettes, des mocassins noirs, une chemise blanche, une cravate, le tout acheté dans l'une des boutiques que Sam lui avait recommandées. Il se sentait presque italien. Il suivit le vieux bouc dans un vaste vestibule aux sols de marbre brillant, sous de hauts plafonds décorés de fresques. Ils s'arrêtèrent dans un salon tout en longueur, et la Signora Bruncardo fit son apparition. Elle parlait un anglais sensuel. Elle s'appelait Silvia. Elle était séduisante, maquillage chargé et lifting assez réussi, d'une minceur accentuée par une robe d'un noir scintillant, aussi moulante qu'une seconde peau. Elle devait avoir dans les quarante-cinq ans, vingt de moins que son mari, Rodolfo Bruncardo, qui ne tarda pas à se montrer et serra aussitôt la main de son quarterback. Ce dernier eut l'impression que le Signore tenait la bride haute à sa femme, et non sans raison. Elle avait cet air-là. Où tu veux, quand tu veux.

En anglais, avec un accent prononcé, Rodolfo regretta infiniment de ne pas avoir fait sa connaissance plus tôt. Mais ses activités l'avaient retenu loin de la ville, etc. C'était un homme très pris, avec beaucoup d'affaires en cours. Silvia observait la scène de ses grands yeux noisette, sur lesquels il était facile de s'attarder. Heureusement, Sam arriva accompagné d'Anna, et la conversation devint plus aisée. Ils parlèrent de la victoire de la veille et, plus important, de l'article paru dans la page des sports de dimanche. La star de la NFL, Rick Dockery, avait conduit les Panthers à une victoire écrasante pour leur match d'ouverture à domicile, et la photo en couleurs montrait Rick franchissant la ligne d'en-but pour son premier touchdown, en pleine course, pour la première fois depuis une décennie.

Il fit toutes les réponses qu'il fallait. Il adorait Parme. L'appartement et la voiture étaient merveilleux. L'équipe, c'était le pied. Il était impatient de gagner le Super Bowl. Franco et Antonella entrèrent dans la pièce et on se livra aux embrassades rituelles. Un serveur s'arrêta à leur hauteur avec des verres de Prosecco bien frappé.

On était en petit comité – les Bruncardo, Sam et Anna, Franco et Antonella, et Rick. Après les apéritifs et les amuse-gueules, ils restèrent debout, les dames en robe, hauts talons et vison, les messieurs en costumes sombres ; ils parlaient tous en italien, et tout le monde parlait en même temps. Rick couvait sa rage en silence, maudissant Sam et Franco et le vieux Bruncardo pour l'absurdité de cette soirée.

Il avait trouvé un livre en anglais sur la région Émilie-Romagne, et si l'essentiel concernait la cuisine et le vin, il y avait lu un chapitre étoffé sur l'opéra. Une lecture très laborieuse.

Le Teatro Regio avait été construit au début du XIXe siècle par Marie-Louise, seconde épouse de Napoléon, qui avait préféré s'établir à Parme, pour se tenir loin de l'Empereur. Cinq niveaux de loges privées s'étageaient en surplomb du parterre, de l'orchestre et d'un plateau de vastes dimensions. Les Parmesans le considèrent comme le plus bel Opéra d'Europe, et estiment avoir un droit d'aînesse sur le genre proprement dit. Ce sont des mélomanes avertis et des critiques féroces ; un chanteur qui sort de cette scène sous les applaudissements peut affronter le monde entier. Une mauvaise prestation ou une note ratée soulèvent une désapprobation bruyante.

La loge de Bruncardo se situait au deuxième niveau, face à la scène côté jardin, des places excellentes. Tandis que le petit groupe s'installait, Rick resta interdit devant ces ornements et la solennité de la soirée. L'auditoire, en contrebas, bruissait d'une impatience à fleur de peau. Quelqu'un fit un signe de la main. C'était Karl Korberg, le grand Danois qui enseignait à l'université et s'essayait à jouer sur le flanc gauche, au poste de tackle offensif. Contre les Bandits, il avait loupé pas moins de cinq blocages. Il portait un smoking à la mode, et son épouse italienne était splendide. D'en haut, Rick admirait les dames.

Sam restait à ses côtés, prêt à venir en aide au béotien, pour sa première représentation.

– Ces gens sont fous d'opéra, lui chuchota-t-il. Ce sont des fanatiques.

– Et vous ? lui chuchota Rick en retour.

– C'est l'endroit où il faut se montrer. Croyez-le ou non, à Parme, l'opéra est plus populaire que le calcio.

– Plus populaire que les Panthers ?

Sam rit et adressa un petit signe de tête à une superbe brune qui passait au-dessous d'eux.

– Cela dure combien de temps ? demanda Rick, impressionné par le spectacle.

– Deux heures.

– On ne peut pas s'éclipser à l'entracte et sortir dîner ?

– Désolé, non. Et le dîner va être magnifique.

– Je n'en doute pas.

Le Signor Bruncardo leur tendit un programme.

– J'en ai trouvé un en anglais, leur précisa-t-il.

– Merci.

– Vous auriez peut-être intérêt à jeter un œil, lui conseilla Sam. L'opéra est parfois difficile à suivre, du moins sur le plan de l'intrigue.

– Je croyais que c'était juste une bande de gros qui chantent à s'en faire éclater les poumons.

– Vous avez beaucoup fréquenté l'opéra, dans l'Iowa ?

Les lumières baissèrent légèrement et le public s'assagit. On offrit à Rick et Anna les deux minuscules chaises tapissées de velours placées au premier rang de la loge, tout près de l'appui, avec une vue dégagée sur la scène. Les autres étaient installés derrière eux, en rangs serrés.

Anna sortit une lampe de la taille d'un crayon et la pointa sur le programme de Rick. Elle lui souffla ces mots :

– C'est une représentation d'*Othello*, un opéra très célèbre écrit par Giuseppe Verdi, originaire de la région, de Busseto.

– Il est dans la salle ?

– Non, fit-elle avec un sourire. Verdi est mort il y a plus de cent ans. De son vivant, c'était le plus grand compositeur du monde. Vous avez lu Shakespeare ?

– Oh, bien sûr.

– Bon. – Les lumières s'assombrirent encore. Anna feuilleta le programme, puis braqua le faisceau de sa lampe sur la page quatre. – C'est le résumé de l'histoire. Lisez un peu. L'opéra est en italien, naturellement, et cela risque d'être compliqué à suivre.

Rick prit la lampe, consulta sa montre, et fit ce qu'on lui suggérait. Pendant sa lecture, la foule des spectateurs, jusque-là d'une impatience très bruyante, avait fini de s'installer. Quand la salle fut plongée dans le noir, le chef d'orchestre entra d'un pas énergique et reçut une ovation encourageante. L'orchestre se figea, au garde-à-vous, puis entama les premières mesures.

Le rideau se leva devant un auditoire enfin silencieux, immobile. Le plateau était encombré d'un savant décor. L'action se situait dans l'île de Chypre ; une foule attendait un navire, et Othello, le gouverneur de tous ces gens, se trouvait à bord du vaisseau ; il avait combattu quelque part, avec grand succès. Subitement, Othello, le Maure de Venise, fut en scène, chantant quelque chose comme « Fêtons ça ! Fêtons ça ! », et toute la ville reprenait en chœur.

Rick lut rapidement en essayant de ne rien rater du spectacle. Les costumes étaient recherchés ; les maquillages épais et spectaculaires ; les voix franchement sensationnelles. Il tenta de se rappeler la dernière fois qu'il avait assisté à une représentation théâtrale. Il avait une girlfriend, à Davenport South, qui jouait le rôle principal dans une pièce montée par les terminales, dix ans plus tôt. Il y avait de cela très, très longtemps.

La jeune épouse d'Othello, Desdémone, apparaissait à la scène 3, et la représentation prit alors un tour différent. Elle était splendide – de longs cheveux noirs, des traits parfaits, des yeux d'un brun profond qu'il pouvait voir distinctement, même à près de vingt mètres de distance. Elle était petite et mince, et par chance son costume moulant révélait des courbes merveilleuses.

Il examina le programme et repéra son nom – Gabriella Ballini, soprano.

Desdémone ne tarda pas à attirer l'attention d'un autre homme, ce qui n'avait rien de surprenant, un certain Roderigo, et il s'ensuivit toute une série de coups en traître et de manigances. Vers la fin de l'acte I, Othello et Desdémone chantaient un duo, un échange romantique de haut vol qui ravit les oreilles de Rick et celles des invités de la loge de Bruncardo, mais qui en gênait d'autres. Au cinquième balcon, les places les moins chères, plusieurs spectateurs allèrent jusqu'à huer les deux solistes.

Rick avait été hué à maintes reprises, en maints endroits, et il lui avait toujours été facile de s'en abstraire, sans aucun doute grâce à l'immensité des stades de football. Quelques milliers de supporters qui vous sifflent, cela faisait partie du jeu. Mais dans un théâtre bondé, avec seulement quelques milliers de fauteuils, les huées retentissantes de cinq ou six spectateurs agités faisaient autant d'effet qu'une centaine de mécontents sur un stade. Quelle cruauté ! Il était outré et, lorsque le rideau tomba sur l'acte I, il admira Desdémone, stoïque, la tête haute, comme si elle était sourde.

– Pourquoi ces sifflets ? chuchota-t-il à Anna, alors que les lumières se rallumaient.

– Les gens, ici, sont très critiques. Elle manquait d'aisance.

– Manquer d'aisance ? Elle a une voix merveilleuse. Et une merveilleuse silhouette, en plus. Comment peuvent-ils siffler une telle beauté ?

– Ils estiment qu'elle a mangé une ou deux notes. Ce sont des peaux de vache. Allons-y.

Ils se levèrent, ainsi que tous les autres spectateurs, prêts à aller se dégourdir les jambes.

– Pour l'instant, ça vous plaît ? s'enquit-elle.

– Oh oui, lui dit Rick, et il était sincère.

La mise en scène était si fouillée. Jamais il n'avait entendu de voix pareilles. Mais il restait déconcerté par cette cabale de siffleurs, au dernier balcon. Elle lui expliqua.

– Il n'y a qu'une centaine de places disponibles pour les non-abonnés, et ils sont tous là-haut, lui précisa-t-elle, avec un geste de la main, vers ce dernier étage. Ce sont des fanas d'opéra, ils sont très coriaces. Ils prennent la chose très au sérieux et manifestent vite leur emballement, mais aussi leur mécontentement. Cette Desdémone était un choix controversé, et elle ne fait pas l'unanimité.

Ils étaient à l'extérieur de la loge, où on leur avait servi un verre de Prosecco, et ils saluaient des gens que Rick ne reverrait jamais. Le premier acte durait quarante minutes, l'entracte en dura vingt. Il commençait à se demander à quelle heure aurait lieu le dîner.

À l'acte II, Othello nourrissait ses premiers soupçons à l'égard de sa femme, et se l'imaginait batifolant avec un dénommé Cassio, ce qui provoquait un grand conflit, cristallisé par des chants éblouissants, comme de juste. Les méchants convainquaient Othello de l'infidélité de Desdémone, et le Maure de Venise, avec son tempérament explosif, finissait par se jurer de tuer sa femme.

Rideau, encore vingt minutes de pause entre deux actes. Ça ne va tout de même pas durer quatre heures ? se demandait Rick. Mais enfin, il était impatient de revoir cette Desdémone. S'il entendait d'autres sifflets, il foncerait au cinquième balcon en étendre un ou deux.

À l'acte III, la soliste fit plusieurs apparitions sans s'attirer de huées. Des intrigues secondaires se nouaient en tous sens, car Othello, qui continuait d'écouter les méchants, était de plus en plus convaincu qu'il devait tuer sa magnifique épouse. Après neuf ou dix scènes, l'acte était terminé, et l'heure était venue d'une nouvelle suspension.

L'acte IV se déroulait dans la chambre de Desdémone. Elle se faisait assassiner par son époux, qui se rendait bientôt compte qu'en réalité elle n'avait jamais cessé de lui être fidèle. Anéanti, hors de lui, mais encore capable de chanter magnifiquement, Othello exhibait une dague impressionnante et s'éventrait. Il s'écroulait sur le cadavre de sa femme, l'embrassait trois fois, puis mourait de manière fort mouvementée. Rick était parvenu à suivre presque tout, mais il avait rarement détaché le regard de Gabriella Ballini.

Quatre heures après s'être assis dans cette loge pour la première fois, Rick se leva avec le reste de l'assistance et applaudit poliment lors des rappels. Quand Desdémone reparut, les huées reprirent avec furie, ce qui provoqua des réactions de colère chez nombre de spectateurs du parterre et des loges. Des poings furent brandis, des gestes lâchés, la foule se tourna vers les siffleurs, là-haut, à leurs places si médiocres. Ceux-ci huèrent de plus belle, et la pauvre Gabriella Ballini fut contrainte de saluer avec un sourire douloureux en faisant mine de ne rien avoir entendu.

Rick admirait son courage, et adorait sa beauté.

Il songea que les supporters de Philadelphie étaient coriaces, eux aussi.

La salle à manger du palazzo était plus vaste que l'appartement de Rick tout entier. Une demi-douzaine d'autres amis se joignirent à eux pour le festin d'après spectacle, encore sous le coup de cet *Othello*. Ils bavardaient, surexcités, tous simultanément, dans un italien trépidant. Même Sam, le seul autre Américain, s'animait autant qu'eux.

Dockery s'efforçait de sourire et d'agir comme s'il se sentait émotionnellement aussi survolté que ces habitués. Grâce à un domestique prévenant, son verre ne se vidait jamais et, avant la fin du premier plat, il était déjà beaucoup plus détendu. Ses pensées allaient à Gabriella, la belle petite soprano qui s'était fait huer.

Elle devait être anéantie, perdue, au bord du suicide. Chanter ainsi à la perfection, avec une telle émotion, et ne pas réussir à se faire apprécier. Bon sang, lui, les sifflets qu'il avait essuyés, il les avait mérités. Mais pas Gabriella.

Il restait encore deux représentations, et ensuite, la saison serait finie. Rick, très aviné et ne songeant plus à rien d'autre que cette jeune fille, osa penser l'impensable. Il se débrouillerait pour obtenir un billet et se glisser à une autre représentation d'*Othello*.

14.

L'entraînement du lundi se limita à une timide tentative de suivre le match en vidéo, pendant que la bière coulait à flots. Sam fit défiler la bande, en grommelant et en pestant, mais personne n'était d'humeur à sérieusement s'occuper de football. Leur prochain adversaire, les Rhinos de Milan, s'était fait gentiment étriller la veille par les Gladiators de Rome, une équipe qui était rarement en lice pour le Super Bowl. À l'opposé des desiderata de l'entraîneur Russo, le ton était donné pour une semaine tranquille et une victoire facile. Le désastre menaçait. À 9 h 30, Sam les renvoya dans leurs foyers.

Rick se gara loin de son appartement, puis traversa le centre-ville à pied, jusqu'à une trattoria, Il Tribunale, juste derrière Strada Farini, et tout près du palais de justice où les flics aimaient tant le conduire. Pietro l'attendait avec sa nouvelle femme, Ivana, qui était enceinte.

Les joueurs italiens avaient rapidement adopté leurs équipiers américains. D'après Sly, cela se reproduisait tous les ans à l'identique. Ils étaient honorés d'avoir de vrais professionnels jouant au sein de leur équipe, et ils voulaient s'assurer que

Parme se montre suffisamment hospitalière à son égard. La cuisine et le vin étaient les deux clefs de la cité. Un par un, les Panthers invitaient leurs Américains à dîner. Il s'agissait de longs repas dans des appartements élégants, comme chez Franco, ou de fêtes de famille avec les parents, les oncles et les tantes. Silvio, un jeune homme assez fruste avec des penchants violents qui jouait au poste de linebacker et se servait souvent de ses poings lors des plaquages, habitait dans une ferme à dix kilomètres de la ville. Son dîner, un vendredi soir, dans les ruines restaurées d'un vieux château, avait duré quatre heures, réunissait vingt et un membres de sa famille, dont pas un ne parlait un mot d'anglais, et s'était achevé sur une banquette, dans une mansarde glaciale. Un coq l'avait réveillé.

Plus tard, il apprit que Sly et Trey étaient repartis avec un oncle saoul qui avait été incapable de retrouver Parme.

Ce soir-là, c'était le dîner de Pietro. Il avait expliqué à Dockery qu'Ivana et lui attendaient un appartement plus neuf, plus grand, et que celui qu'ils habitaient actuellement n'était tout simplement pas adapté pour recevoir. Il avait suggéré Il Tribunale, son restaurant parmesan préféré. Il travaillait pour une entreprise qui commercialisait des graines et des engrais, et son patron voulait lui confier le développement de leurs affaires en Allemagne et en France. Par conséquent, il étudiait l'anglais avec passion et s'exerçait avec Rick tous les jours.

Ivana n'étudiait pas l'anglais, elle ne l'avait jamais étudié et, en cet instant, ne manifestait aucune envie de l'apprendre. Elle était assez ordinaire, et dodue, mais enfin, elle attendait un heureux événement. Elle souriait beaucoup et, quand elle en éprouvait le besoin, chuchotait à l'oreille de son mari.

Au bout de dix minutes, Sly et Trey arrivèrent d'un pas nonchalant, accueillis par les regards intrigués habituels des autres clients. Il n'était pas si fréquent de voir des visages noirs à Parme. Ils prirent place autour d'une table minuscule et écoutèrent Pietro pratiquer son anglais. Un gros bloc de parmesan arriva, de quoi grignoter le temps que chacun fasse son choix, et on leur servit sans plus tarder des assiettes d'antipasti. Ils commandèrent des lasagnes au gratin, des raviolis farcis aux herbes et aux courges, d'autres raviolis noyés dans une sauce à la crème, des *fettuccine* aux champignons, encore d'autres *fettuccine* avec une sauce au râble de lapin, et des *anolini*.

Après un verre de vin rouge, Rick jeta un coup d'œil circulaire sur la petite salle du restaurant ; et son regard s'arrêta sur une très belle jeune dame assise à six ou sept mètres d'eux. Elle était attablée avec un jeune homme fort bien habillé. Leur conversation, quelle qu'en soit la teneur, n'avait visiblement rien de plaisant. Elle était brune, comme la plupart des Italiennes – même si, d'après Sly, les blondes ne manquaient pas dans le nord de l'Italie. Ses beaux yeux étaient sombres, pétillants, mais, à cette minute, sans une once de gaieté. Elle était mince et menue, habillée à la mode, et…

– Qu'est-ce que tu regardes ? lui demanda Sly.

– Cette fille là-bas, répondit Rick sans réfléchir.

Ils se tournèrent tous les cinq d'un seul mouvement, mais la jeune dame ne réagit pas. Elle était absorbée par sa conversation houleuse.

– Je l'ai déjà vue, reprit Rick.

– Où ? demanda Trey.

– À l'Opéra, hier soir.

– Tu es allé à l'Opéra ? s'étonna Sly, déjà prêt à en rire.

– Bien sûr que je suis allé à l'Opéra. Je ne t'ai pas vu, d'ailleurs.

– Tu étais à l'Opéra ? s'écria Pietro avec admiration.

– Mais oui, *Othello*. C'était spectaculaire. Cette dame, là-bas, jouait le rôle de Desdémone. Elle s'appelle Gabriella Ballini.

Pour Ivana, c'était assez clair pour qu'elle ait envie de glisser un second regard. Ensuite, elle parla à son mari, qui assura une rapide traduction.

– Oui, c'est elle.

Pietro était très fier de son quarterback.

– Elle est connue ? s'enquit ce dernier.

– Pas vraiment, fit Pietro. C'est une soprano, plutôt bonne, mais pas formidable.

Il expliqua cela à son épouse, qui ajouta quelques commentaires. Pietro traduisit :

– Ivana dit qu'elle traverse une sale période.

De petites salades de tomates arrivèrent, et la conversation revint au football, à l'Amérique. Rick réussit à y apporter sa contribution tout en conservant un œil sur Gabriella. Il ne voyait pas d'alliance ni de bague de fiançailles. Elle ne paraissait guère apprécier la compagnie de son cavalier, mais ils se connaissaient très bien, car la conversation était grave. Ils ne se touchèrent jamais – en fait, le climat était relativement glacial.

À mi-parcours d'une gigantesque assiette de *fettuccine* et de champignons, Rick vit une larme couler sur la joue de la jeune cantatrice. Son compagnon ne la lui essuya pas ; il avait l'air de s'en moquer. Elle touchait à peine à son plat.

Pauvre Gabriella. Sa vie est un gâchis. Le dimanche, elle subit les huées des brutes du Teatro

Regio, et le lendemain elle endure une méchante prise de bec avec son homme.

Rick ne parvenait plus à détacher les yeux de la jeune femme.

Il poursuivait son apprentissage. Les meilleures places de stationnement se libéraient entre cinq et sept heures du soir, quand ceux qui travaillaient dans le centre de la ville regagnaient leur domicile. Rick roulait souvent dans ces rues en début de soirée, prêt à sauter sur la première place qui se libérerait. Se garer était un vrai sport, et il n'était pas loin de s'acheter un scooter, ou d'en louer un.

Après dix heures du soir, il était quasi impossible de trouver une place à proximité de son appartement, il n'était pas exceptionnel d'avoir à se garer à dix rues de là.

La fourrière intervenait de temps à autre, rarement. Le juge Franco et le Signor Bruncardo pouvaient alors user de leur influence, mais Rick préférait s'éviter ce genre de tracas. Après l'entraînement, il avait été forcé de se garer au nord du centre-ville, quinze bonnes minutes à pied de son appartement. Et encore, sur une place réservée aux livraisons. Après le dîner chez Il Tribunale, il était retourné dare-dare récupérer la Fiat, l'avait retrouvée intacte, et il se consacra à cette corvée agaçante : dénicher une place plus proche de chez lui.

Il était presque minuit quand il traversa Piazza Garibaldi et se mit en chasse d'un interstice entre deux voitures. Rien. La pasta commençait à faire son effet, ainsi que le vin. Une longue nuit de sommeil s'annonçait. Il avançait au pas, ratissant d'un bout à l'autre ces rues étroites où s'alignaient des véhicules minuscules rangés pare-chocs contre pare-chocs. Près de la Piazza Santafiora, il découvrit un vieux passage qu'il n'avait encore jamais exploré. Il y avait un créneau possible sur sa droite, ce serait très serré, mais pourquoi pas ? Il s'immobilisa à la hauteur de la voiture stationnée devant la place libre, et remarqua deux piétons qui arpentaient le trottoir d'un pas rapide. Il enclencha la marche arrière, relâcha l'embrayage, tourna sur sa droite, à fond, recula par à-coups, et heurta le rebord du trottoir avec sa roue arrière droite. C'était nul, complètement loupé, il allait devoir recommencer. Il vit des phares se rapprocher, mais ne s'en soucia pas. Les Italiens, surtout ceux qui habitaient dans le centre, étaient d'une patience remarquable. Se garer était une corvée pour tout le monde.

Il ressortit, songea brièvement à repartir chercher plus loin. Cet emplacement était très étroit, et la manœuvre risquait de prendre du temps. Il allait réessayer, une fois. Changeant de vitesse, il braqua, tâcha d'oublier ces phares allumés, qui étaient maintenant tout près, là, derrière lui, mais son pied se débrouilla pour glisser de la pédale d'embrayage. La voiture fit un bond, et cala. L'autre conducteur s'empressa de klaxonner, longuement, une vraie sirène, stridente, assourdissante, surgie de sous le capot d'une rutilante BMW bordeaux. La voiture d'un vrai dur. Un type pressé. Un butor qui ne craignait pas de se cacher derrière des portières verrouillées et de houspiller à coups de trompe un conducteur aux prises avec une manœuvre délicate. Rick se figea et, le temps d'une fraction de seconde, eut envie de redémarrer en trombe pour aller se garer dans une autre rue. Puis brusquement, il se produisit un déclic. Il ouvrit sa portière d'un coup sec, tendit le poing vers la BMW, le majeur pointé en l'air, et marcha droit dessus. Le beuglement du klaxon ne cessa pas. Dockery s'approcha de la fenêtre du conducteur, et lui hurla de sortir. Le klaxon continua. Au volant, il y avait un enfoiré en costume sombre, pardessus assorti et gants de conduite en cuir foncé. Il refusait de regarder Rick, préférant maintenir le klaxon enfoncé et regarder droit devant lui.

– Sors de là! lui hurla-t-il.

Le klaxon, encore et toujours. Il y avait maintenant une autre voiture derrière la BMW, et une autre qui s'approchait. Pas moyen de contourner la Fiat, et son conducteur n'était pas disposé à redémarrer. Et ce klaxon qui ne se taisait pas.

– Sors de ta bagnole! vociféra-t-il encore.

Il pensa au juge Franco. Dieu le bénisse.

La voiture bloquée derrière la BMW se joignit au vacarme et, pour ne pas faire de jaloux, Rick pointa le majeur dans sa direction.

Comment cela allait-il finir, au juste?

Le conducteur de la deuxième voiture, une femme, baissa sa vitre et hurla quelques propos désagréables. Rick lui répliqua sur le même ton. Et encore des coups de klaxon, et encore des beuglements, et d'autres voitures qui arrivaient dans cette rue encore complètement silencieuse une minute auparavant.

Il entendit claquer une portière, et se retourna pour découvrir qu'une jeune femme avait pris le volant et démarrait sa Fiat. Elle passa promptement la marche arrière et, dans une manœuvre parfaite, la logea dans la place de stationnement. Une trajectoire fluide, pas un cahot, pas une bosse, pas une éraflure, et sans une hésitation. Cela lui semblait défier les lois de la physique. La Punto s'immobilisa, laissant presque trente centimètres d'espace entre elle et la voiture qui la précédait, et autant derrière.

La BMW passa en rugissant, puis les autres véhicules. Après leur passage, la portière de la Fiat se rouvrit, et la jeune femme en sortit d'un pas vif – escarpins ouverts, de vraiment jolies jambes – et s'éloigna. Rick la suivit une seconde du regard, son cœur cognant encore dans sa poitrine, les tempes battantes, les poings serrés.

– Hé ! cria-t-il.

Elle ne broncha pas.

– Hé ! Merci !

Elle continua de marcher, se fondit dans la nuit. Rick la suivit du regard, sans bouger, subjugué par le miracle qui se présentait là, à portée de main. La silhouette de cette femme, son élégance, ses cheveux avaient quelque chose de familier, et puis cela lui vint, d'un coup.

– Gabriella ! hurla-t-il.

Qu'avait-il à perdre ? Si ce n'était pas Gabriella, elle ne s'arrêterait pas, n'est-ce pas ?

Mais elle s'arrêta.

Il marcha vers la jeune cantatrice et ils se rejoignirent sous un réverbère. Il ne savait pas trop quoi dire, donc il allait commencer par une bêtise, quelque chose comme « *Grazie* ». Mais ce fut elle qui lui adressa la parole la première.

– Qui êtes-vous ?

C'était dit en anglais. Un anglais ravissant.

– Je m'appelle Rick. Je suis américain. Merci pour, euh, pour ça.

D'un geste vague, il désigna sa voiture, derrière lui. Elle avait de grands yeux, doux et encore tristes.

– Comment savez-vous mon nom ? s'étonna-t-elle.

– Je vous ai vue sur scène, hier soir. Vous étiez magnifique.

Un éclair de surprise, puis un sourire. Ce sourire, ce fut le déclic – ces dents parfaites, ces fossettes, et ces étincelles dans les yeux.

– *Thank you*.

Mais il avait le sentiment qu'elle ne souriait pas souvent.

– Enfin, voilà, je voulais juste vous dire, euh, hello.

– *Hello*.

– Vous habitez par ici ?

– Tout près.

– Vous avez le temps de boire un verre ?

Encore un sourire.

– Bien sûr, fit-elle.

Le patron du pub était originaire du pays de Galles, ce qui attirait un peu tous les Anglo-Saxons qui s'aventuraient dans Parme. Heureusement, on était lundi et l'endroit était calme. Ils choisirent une table près de la fenêtre. Rick commanda une bière et Gabriella un Campari sur glace, une boisson dont il n'avait encore jamais entendu parler.

– Votre anglais est magnifique, lui dit-il.

À cette minute, tout en elle était magnifique.

– J'ai vécu six ans à Londres, après l'université, lui répondit-elle.

Il lui donnait à peu près vingt-cinq ans, mais elle était peut-être plus proche de la trentaine.

– Que faisiez-vous, à Londres ?

– J'ai étudié au London College of Music, et ensuite j'ai travaillé avec le Royal Opera.

– Vous êtes de Parme ?

– Non, de Florence. Et vous, monsieur…

– Dockery. C'est un nom irlandais.

– Vous êtes de Parme ?

Ils éclatèrent tous les deux de rire, manière d'alléger un peu la tension.

– Non, j'ai grandi dans l'Iowa, en plein Middle West. Vous êtes déjà allée aux États-Unis ?

– Deux fois, en tournée. J'ai vu la plupart des grandes villes.

– Moi aussi. Une tournée à ma façon.

Il avait volontairement choisi une table ronde, qui était petite. Ils étaient assis l'un près de l'autre, leurs verres devant eux, leurs genoux pas trop éloignés, se donnant tous les deux beaucoup de mal pour paraître décontractés.

– Quel genre de tournée ?

– Je suis footballeur professionnel. Ma carrière ne se déroule pas trop bien, et maintenant je suis à Parme, pour la saison, je joue pour les Panthers.

Il avait le pressentiment que sa carrière à elle s'était un peu enlisée, elle aussi, donc il n'avait aucun scrupule à faire preuve d'une complète sincérité. Elle avait des yeux qui vous y encourageaient.

– Les Panthers ?

– Oui, il existe un championnat professionnel, ici, en Italie. Peu de gens sont au courant, surtout des équipes localisées par ici dans le Nord… Bologne, Milan, Bergame, et quelques autres.

– Je n'en ai jamais entendu parler.

– Le football américain n'est pas très populaire, dans le quartier. Comme vous le savez, nous sommes au pays du calcio.

– Oh oui.

Elle paraissait fort peu séduite par le football à l'européenne. Elle but une gorgée de son breuvage rougeâtre.

– Depuis combien de temps êtes-vous arrivé ?

– Trois semaines. Et vous ?

– En décembre. La saison s'achève dans une semaine, et je vais retourner à Florence.

Elle détourna tristement le regard, comme si Florence n'était pas l'endroit où elle avait envie de se trouver. Il but une gorgée de sa bière et considéra d'un œil vide une vieille cible de fléchettes accrochée au mur.

– Je vous ai vue, l'autre soir, vous dîniez dehors, reprit-il. Chez Il Tribunale. Vous étiez avec quelqu'un.

Un rapide sourire un peu factice, et elle lui dit :

– Oui, c'est Carletto, mon ami.

Un autre silence, Rick décidant de ne pas poursuivre sur ce terrain-là. Si elle avait envie de parler de son boyfriend, c'était à elle d'en décider.

– Il vit à Florence, lui aussi, précisa-t-elle. Nous sommes ensemble depuis sept ans.

– C'est long, sept ans.

– Oui. Vous avez quelqu'un, vous ?

– Non. Beaucoup de filles, mais rien de sérieux.

– Et pourquoi cela ?

– Difficile à dire. Être célibataire, j'aime. Cela va de soi, quand vous êtes sportif professionnel.

– Où avez-vous appris à conduire ?

La question lui avait échappé, et ils rirent.

– Je n'ai jamais eu de voiture avec un embrayage. À l'évidence, vous, si.

– Conduire, ici, ce n'est pas pareil, et se garer.

– Quand vous vous garez et quand vous chantez, vous êtes superbe.

– Merci. – Un beau sourire, un silence, une gorgée de son verre. – Vous êtes fana d'opéra ?

Je le suis, maintenant, faillit-il lui avouer.

– Hier soir, c'était la première fois, et cela m'a

plu, surtout quand vous étiez sur scène, ce qui n'est pas arrivé assez souvent.

– Il faut que vous reveniez.

– Quand ?

– Nous jouons encore mercredi, et dimanche, ce sera la dernière de la saison.

– Nous jouons à Milan, dimanche.

– Je peux vous avoir un billet pour mercredi.

– Vendu.

Le pub fermait à deux heures. Il lui proposa de la raccompagner chez elle, à pied, et elle accepta volontiers. Sa suite, à l'hôtel, était à la charge de la société de production de l'Opéra. Il était proche de la rivière, à quelques rues du Teatro Regio.

Ils se dirent bonne nuit avec un signe de tête, un sourire, une promesse de se revoir le lendemain.

Ils se retrouvèrent à déjeuner et, devant de généreuses salades et des crêpes, se parlèrent durant deux heures. Son emploi du temps n'était pas si différent du sien – une longue nuit de sommeil, un café et un petit déjeuner tard dans la matinée, une heure ou deux en salle de sport, et puis une heure ou deux au travail. Quand la troupe ne se produisait pas, la distribution était censée se réunir pour se plier à une séance de répétition. Pareil que dans le football. Rick eut l'impression très nette qu'une soprano qui tirait le diable par la queue gagnait plus qu'un quarterback dans le même cas, mais pas de beaucoup.

Carletto ne fut pas mentionné une seule fois.

Ils évoquèrent leurs carrières respectives. Elle avait débuté dans le chant, jeune adolescente, à Florence, où sa mère vivait encore. Son père était mort. À dix-sept ans, elle s'était mise à remporter des prix et à recevoir des demandes d'auditions. Sa voix avait connu un développement précoce, et il y eut de grands rêves. Elle avait travaillé dur, à Londres, et remporté rôle après rôle, mais la nature avait repris ses droits, le facteur génétique était entré en ligne de compte, et elle luttait avec l'idée que sa carrière – sa voix – avait atteint son point culminant.

Rick s'était fait huer si souvent. Mais se faire huer sur une scène d'opéra, cela lui semblait d'une cruauté peu ordinaire. Il voulait une explication, sans oser aborder le sujet. Au lieu de quoi, il lui posa des questions sur *Othello*. S'il devait retourner la voir le lendemain soir, il voulait tout comprendre. Le déjeuner se prolongea donc, et ils décortiquèrent *Othello*. Rien ne pressait.

Après le café, ils allèrent marcher et tombèrent sur un marchand de glaces. Quand ils se dirent enfin au revoir, Rick se rendit tout droit à la salle de sport, où il transpira comme un dément pendant deux heures, et ne pensa à rien d'autre que Gabriella.

15.

En raison d'une incompatibilité de calendrier avec le rugby, l'entraînement du mercredi débuta à dix-huit heures, et ce fut encore pire que le lundi. Sous un crachin glacé, les Panthers pataugèrent une trentaine de minutes dans une succession de sprints et de mouvements de gymnastique avant d'admettre que le terrain était trop détrempé pour rien tenter d'autre. L'équipe regagna précipitamment les vestiaires, où Alex avait organisé le visionnage d'une vidéo; l'entraîneur Sam Russo en profita pour essayer d'aborder avec sérieux le sujet des Milan Rhinos, une équipe en plein essor qui évoluait l'année précédente en division B. Pour cette seule raison, les Panthers n'eurent aucune peine à leur refuser le statut d'adversaire solide. Pendant que Sam faisait défiler la vidéo, il y eut des plaisanteries, des remarques au-dessous de la ceinture et beaucoup de rires. Enfin, il changea de DVD et leur repassa leur match contre Naples. Il commença par une séquence reprenant tous les blocages manqués de la ligne offensive, et Nino ne fut pas long à se prendre de bec avec Franco. Paolo, l'ancien de Texas Aggie, au poste de tackle sur le flanc gauche, s'offensa d'une réflexion de Silvio, un linebacker, et l'humeur tourna au vinaigre. Les propos venimeux se firent lourds de sous-entendus et se propagèrent à tout le vestiaire. Les chamailleries revêtirent un ton plus acide. Alex, qui maniait l'italien désormais, se répandit en critiques cinglantes envers à peu près tout ce qui portait un maillot noir.

Assis dans le bas de son casier, Rick savourait la séance, conscient du jeu joué par Sam. L'entraîneur suscitait des conflits, des luttes intestines, des émotions. Souvent, un entraînement calamiteux ou une vilaine séance vidéo peuvent se révéler productifs. L'équipe n'avait pas la pêche et elle était trop confiante.

Quand la lumière se ralluma, Sam pria les joueurs de regagner leurs pénates. Il y eut quelques bavardages, le temps de se changer et de se doucher. Rick sortit du stade en catimini et se dépêcha de regagner son appartement. Là, il se changea pour enfiler ses plus belles fringues *made in Italy* et, à 20 heures précises, il était installé au cinquième rang de l'orchestre du Teatro Regio. Il connaissait maintenant *Othello* de fond en comble. Gabriella lui avait tout expliqué.

Il endura l'acte I jusqu'au moment où, scène 3, Desdémone venait ramper aux pieds de son mari, ce fou d'Othello. Rick observa attentivement la cantatrice et la vit, avec un sens parfait de l'instant, alors que le Maure de Venise se lamentait sur on ne savait trop quoi, lancer un regard furtif vers le cinquième rang, pour s'assurer que Rick était là. Ensuite, elle se mit à chanter, en duo avec Othello, et ce fut la clôture du premier acte.

Il attendit une seconde, deux peut-être, avant d'applaudir. L'imposante signora assise à sa droite en fut d'abord stupéfaite, puis elle joignit lentement les mains et l'imita. Son mari agit de même, et ces applaudissements polis firent tache d'huile. Ceux qui étaient tentés de huer furent pris de court, et subitement la foule décida que Desdémone méritait un meilleur accueil que celui qu'elle avait reçu jusqu'à présent. Enhardi, et du genre à pas mal s'en moquer de toute manière, Rick y ajouta un vigoureux « Bravo ! ». Un monsieur, deux rangs derrière lui, sans nul doute tout aussi frappé par la beauté de Desdémone que Rick, répéta le compliment. Quelques autres âmes éclairées acquiescèrent, puis le rideau tomba, Gabriella resta là, debout, au centre de la scène, les yeux fermés, mais avec un sourire à peine perceptible.

À une heure du matin, ils se retrouvaient dans ce pub gallois, où ils prenaient un verre en discutant opéra et football. La dernière représentation d'*Othello* aurait lieu dimanche prochain, quand les Panthers seraient à Milan, à s'empoigner avec les Rhinos. Elle avait envie de voir un match, et il la convainquit de rester à Parme une semaine de plus.

Avec Paolo l'ancien d'Aggie pour guide, les trois Américains prirent le train de 10 h 05 pour Milan le vendredi soir, peu après la dernière séance d'entraînement de la semaine. Le reste des Panthers s'était réuni chez Polipo pour la soirée pizza hebdomadaire.

Le chariot des boissons s'arrêta à hauteur de leurs sièges, et Rick acheta quatre bières, leur première tournée, la première d'une longue série. Sly affirma qu'il buvait peu, sa femme n'approuvait pas, mais pour le moment, son épouse était à Denver, très, très loin. Et elle s'éloignerait encore à mesure que l'on s'enfonçait dans la nuit. Trey disait préférer le bourbon, mais une bière ne serait certainement pas de refus. Paolo paraissait prêt à en boire un tonnelet entier.

Une heure plus tard, ils pénétraient dans le périmètre tentaculaire des lumières de Milan. Paolo prétendait bien connaître la ville, et l'enfant du pays était visiblement excité à l'idée de passer un week-end dans la capitale lombarde.

Le train s'arrêta sous la voûte caverneuse de Milano Centrale, la plus grande gare d'Europe, qui avait tant intimidé Dockery un mois plus tôt, quand il était passé par là. Ils s'entassèrent dans un taxi et se dirigèrent vers l'hôtel. Paolo s'était chargé de l'intendance. Ils s'étaient décidés pour un établissement correct, pas trop onéreux, dans un quartier de la ville réputé pour sa vie nocturne. Pas d'excursion culturelle dans le cœur du vieux Milan. Aucune manifestation d'intérêt pour son histoire ou son art. Sly en particulier avait vu assez de cathédrales, de baptistères et de rues pavées, disait-il, pour sa vie entière. Ils descendirent donc à l'hôtel Johnny, dans le nord-ouest de la cité. C'était un *albergo* géré en famille, avec son petit charme et ses petites chambres. Des chambres à deux lits – Sly et Trey dans l'une, Rick et Paolo dans l'autre. Les sommiers trop étroits étaient fort peu écartés l'un de l'autre et, tout en déballant sa valise en vitesse, Rick se demanda si leur arrangement resterait confortable au cas où les deux occupants auraient un peu de chance avec les filles.

Se nourrir était une priorité, tout au moins pour Paolo – les Américains, eux, se seraient contentés d'un sandwich. Il choisit un endroit réputé pour son poisson, le Quatro Mori, sur l'argument qu'ils avaient besoin de rompre avec les pâtes et viandes englouties à Parme. Ils dégustèrent un brochet pêché la veille dans le lac de Garde et une perche poêlée provenant du lac de Côme ; le clou fut une tanche panée cuite au four, nappée de parmesan et de persil. Paolo tenait à un dîner savouré avec lenteur, arrosé de vin, suivi d'un dessert et d'un café. Les Américains, eux, attendaient d'écumer les bars.

Le premier était un établissement connu, un club disco et authentique pub irlandais, avec cocktails à prix réduits avant de passer à la piste de danse, déjà prise d'assaut. Ils s'y engouffrèrent vers deux heures du matin ; les murs étaient secoués par les cris perçants d'un groupe punk britannique ; des centaines de jeunes gens, garçons et filles, se déhanchaient avec sauvagerie au rythme de la musique. Ils vidèrent quelques bières et abordèrent quelques dames. La langue dressait une sacrée barrière.

Le club suivant était plus cher : le forfait d'entrée était de dix euros sans les boissons. Mais Paolo connaissait quelqu'un qui connaissait quelqu'un d'autre, et on leur fit grâce du forfait. Ils trouvèrent une table à l'étage d'où ils pouvaient voir le groupe et la piste de danse en contrebas. Une bouteille de vodka danoise, accompagnée de quatre verres remplis de glace, et la soirée prit un tout autre tour. Rick exhiba une carte de crédit et paya les boissons. Sly et Trey avaient des budgets serrés, Paolo aussi, même s'il essayait de ne pas le montrer. Dockery, le quarterback à vingt mille euros la saison, n'était pas mécontent de jouer les grosses pointures. Paolo disparut et revint avec trois Italiennes fort séduisantes et désireuses de dire au moins *hello* à ces Américains. L'une parlait un anglais approximatif, mais, au bout de quelques minutes de papotage emprunté, elles revinrent à l'italien et à Paolo ; les Américains se retrouvèrent gentiment relégués en touche.

– Comment tu t'y prends pour lever des filles qui ne parlent pas anglais ? demanda Rick à Sly.

– Ma femme parle anglais.

Bientôt, Trey emmena l'une des filles à l'écart de la piste de danse.

– Ces Européennes, fit Sly, toujours à reluquer les Blacks.

– Ça doit être épouvantable.

Au bout d'une heure, les Italiennes allèrent voir plus loin. La bouteille de vodka était vide.

La fête commença après quatre heures du matin, quand ils pénétrèrent dans une brasserie bavaroise bourrée à craquer, avec un groupe de reggae sur la scène. L'anglais était la langue dominante – il y avait une flopée d'étudiants américains et de jeunes de vingt ans. En revenant du bar avec quatre chopes de bière, Rick se retrouva coincé par un groupe de dames du sud des États-Unis, à entendre leur accent traînant.

« Dallas », confirma l'une d'elles. Elles étaient agents de voyage, le milieu de la trentaine, et probablement mariées, bien que sans alliance. Il alla déposer les chopes à leur table et les leur offrit. Merde à ses coéquipiers. Pas question de fraternité virile. Quelques secondes après, il dansait avec Beverly, une rousse un peu trop enrobée, à la peau superbe, et quand Beverly dansait, c'était du full contact. La piste était envahie, les corps se tamponnaient et, pour conserver cette proximité, Beverly gardait ses mains posées sur lui. Elle l'étreignait, elle se penchait contre lui, elle le pelotait et, entre deux morceaux de musique, suggéra qu'ils se retirent dans un coin où ils seraient seuls, loin des rivales. C'était une sangsue, et déterminée, avec ça.

Aucun signe des autres Panthers.

Rick préféra ramener Beverly vers sa table, où ses collègues agents de voyage prenaient toutes sortes de messieurs d'assaut. Il dansa avec l'une d'elles, une dénommée Lisa, de Houston, dont l'ex-mari avait filé avec son associée, de son cabinet juridique, etc. Elle était ennuyeuse à mourir ; il préférait encore Beverly.

Paolo fit un crochet par là pour voir ce que fabriquait son quarterback et, avec son anglais à l'accent très prononcé, égrena à l'adresse de ces dames un chapelet de mensonges proprement sidérants. Ricky et lui étaient de célèbres rugbymen originaires de Rome qui voyageaient à travers le monde, gagnaient des millions et menaient la grande vie. Rick mentait rarement pour draguer ; ce n'était pas nécessaire, tout simplement. Quoi qu'il en soit, il était comique de voir l'Italien travailler son public.

Sly et Trey étaient partis, lui signala Paolo tandis qu'il s'installait à une autre table. Il le laissa entre deux blondes qui parlaient l'anglais avec un drôle d'accent. Des Irlandaises, sans doute.

Après la troisième danse, peut-être la quatrième, Beverly le convainquit finalement de s'en aller par une porte dérobée afin d'éviter ses amies. Ils marchèrent quelques rues, complètement perdus, puis trouvèrent un taxi. Ils se pelotèrent dix minutes sur la banquette arrière, jusqu'à ce que le chauffeur s'arrête devant le Regency. Sa chambre était au cinquième étage. Au moment de tirer les rideaux, il entrevit les premiers indices de l'aube.

Il réussit à rouvrir un œil, un seul, en début d'après-midi, aperçut des ongles d'orteils rouges, et comprit que Beverly était encore endormie. Il le referma et sombra de nouveau. À son second réveil, son mal de tête avait encore empiré. Elle n'était pas dans le lit, mais sous la douche et, pendant quelques minutes, il réfléchit à la meilleure manière de s'éclipser.

Même si les au revoir empêtrés n'étaient jamais qu'un mauvais moment à passer, il les détestait. Il les avait toujours détestés. Le sexe facile valait-il qu'on recoure à ces mensonges fuyants ? « Hé, dis-moi, c'était super, mais faut que j'y aille, maintenant. » « Bien sûr, je t'appelle. »

Combien de fois avait-il ainsi ouvert les yeux en essayant de se rappeler le nom de la fille, l'endroit où il l'avait dénichée, les détails de la performance et, pour commencer, les circonstances cruciales qui l'avaient poussé vers ce lit ?

La douche coulait. Ses vêtements étaient restés en tas près de la porte.

Subitement, il se sentit plus vieux, pas nécessairement plus mûr, mais certainement fatigué de ce rôle du célibataire au bras d'or sautant de lit en lit. Toutes ces femmes n'avaient compté pour rien, depuis les pom-pom girls jusqu'à cette inconnue dans une ville étrangère.

Son numéro d'étalon du football était terminé. Il avait pris fin à Cleveland, avec son dernier vrai match.

Il repensa à Gabriella, puis essaya de s'en empê-cher. Comme c'était curieux, il se sentait coupable d'être couché ici sous ces draps si fins, à écouter l'eau couler sur le corps d'une femme dont il n'avait jamais entendu prononcer le nom de famille.

Il s'habilla en vitesse et attendit. L'eau cessa de couler, et Beverly sortit de la salle de bains enve-loppée d'un peignoir de l'hôtel.

– Tu es réveillé, fit-elle avec un sourire forcé.

– Il est tard, dit-il en se levant, impatient d'en finir. – Il espérait qu'elle ne chercherait pas à le retenir, pour boire un verre, dîner, passer une autre nuit du même ordre. – Il faut que j'y aille.

– Salut ! lança-t-elle, puis elle retourna brusquement dans la salle de bains et referma la porte. Il entendit le loquet cliqueter.

Quelle aubaine. Dans le couloir, il en déduisit qu'elle était bel et bien mariée, et qu'elle se sentait beaucoup plus coupable que lui.

Devant une bière et une pizza, les quatre amigos soignèrent leur gueule de bois en comparant leurs aventures. Non sans surprise, Rick s'aperçut qu'il trouvait ces conversations de mecs très sottes.

– Jamais entendu parler de la règle des quarante-huit heures ? lança-t-il. Et avant que l'un d'eux ait pu répondre, il poursuivit : Dans le football pro, on dit : pas de gnôle quarante-huit heures avant le coup d'envoi.

– Le coup d'envoi est dans vingt-quatre heures, observa Trey.

– Tant pis pour la règle, fit Sly, en avalant sa bière d'un trait.

– Et moi je vous dis que ce soir, on se calme, insista Rick.

Les trois autres hochèrent la tête, sans prendre d'engagement. Ils repérèrent un club disco à moitié désert et lancèrent des fléchettes pendant une heure, tandis que l'endroit se remplissait et qu'un groupe de musique se mettait en piste. Subitement, le bar fut envahi par une vague d'étudiants allemands, des étudiantes pour la plupart, tous prêts à vivre une nuit déchaînée. Dès que la danse débuta, on oublia les fléchettes.

On oublia beaucoup de choses.

Le football américain était moins populaire à Milan qu'à Parme. Quelqu'un avait prétendu que cent mille Américains vivaient dans la capitale lombarde : à l'évidence, la majorité détestait le foot. Au coup d'envoi, seuls deux cents supporters étaient présents.

Le terrain des Rhinos, qui jouaient à domicile, était une vieille pelouse de calcio entourée de quelques rangées de gradins. L'équipe avait peiné des années dans les séries B avant d'obtenir sa promotion, cette saison. Ils n'étaient pas un rival à la hauteur des puissants Panthers, et on expliquait difficilement leur avance de vingt points à la mi-temps.

La première partie de la rencontre avait transformé le pire cauchemar de Sam en réalité. Comme il l'avait prévu, son équipe était terne, apathique, et aucune exhortation ne parvenait à les motiver. Après quatre courses ballon en main, Sly se trouvait sur la ligne de touche, haletant, le souffle court. Franco avait lâché le ballon dès sa première et unique course. Même son as de quarterback lui semblait un peu lent, et ses passes étaient irrattrapables. Il en avait frappé deux suffisamment longues pour que le safety des Rhinos s'en saisisse. Rick avait aussi relâché le cuir sur une transmission, et refusé de courir avec. Ses pieds pesaient le poids de deux briques.

À leur sortie du terrain, au petit trot, à la mi-temps, Sam s'en prit à lui.

– Tu as la gueule de bois ? lui lança-t-il, assez fort pour que le reste de l'équipe entende. Depuis combien de temps tu es à Milan ? Le début du week-end ? Tu t'es saoulé tout ce temps-là ? Tu as une mine de merde et tu joues comme une merde, tu le sais, ça !

– Merci, coach, fit l'intéressé, toujours au petit trot.

Sam resta à sa hauteur, il ne le lâchait pas d'une semelle, et les Italiens s'écartèrent.

– Tu es censé être le chef, non ?

– Merci, coach.

– Et tu te ramènes les yeux rouges, la gueule de travers, incapable de toucher une grange. Tu m'as écœuré, tu le sais, ça ?

– Merci, coach.

À l'intérieur des vestiaires, Alex Olivetto reprit le manche en italien, et ce ne fut pas joli. Nombre de Panthers lançaient des regards furieux à Dockery et Sly, qui luttait contre la nausée. Durant la première mi-temps, Trey n'avait pas commis d'erreurs grossières, mais il n'avait rien réussi de spectaculaire non plus. Jusqu'à présent, Paolo avait été capable de survivre en se fondant dans la masse humaine qui peuplait la ligne d'avantage.

Flash-back. Sa chambre d'hôpital, à Cleveland, en train de regarder les temps forts sur ESPN, avec l'envie de tendre la main vers le sac de perfusion et de tourner la valve à fond pour laisser la Vicodine le sortir définitivement de cette misère.

Où étaient les produits chimiques, quand il en avait besoin ? Et pourquoi aimait-il tant ce jeu, au juste ?

Quand Alex commença de fatiguer, Franco demanda aux entraîneurs de quitter la pièce, ce qu'ils firent volontiers. C'est alors que le juge s'adressa à ses coéquipiers. Sans élever la voix, il plaida pour un plus grand effort. Ils avaient tout le temps devant eux. Les Rhinos leur étaient inférieurs.

Tout cela était exprimé en italien, mais Dockery capta le message.

Le retour sur le terrain débuta de manière dramatique, et s'acheva avant d'avoir vraiment commencé. Dès la deuxième action de la deuxième mi-temps, Sly transperça la ligne et fonça sur soixante-quinze yards pour un touchdown facile. Mais lorsqu'il eut atteint la zone d'en-but, sa journée tourna court. Il était à peine revenu en ligne de touche quand il s'accroupit derrière le banc et dégorgea l'équivalent de tout un week-end d'une vie de bâton de chaise. Rick entendit, mais préféra ne pas regarder. L'arbitre jeta son mouchoir jaune sur le terrain : flag. Après une discussion, on procéda à la remise en jeu. Nino avait brutalement arraché la grille du casque d'un linebacker, avant de lui coller un genou dans l'entre-jambe. Nino fut exclu, et si cela mit le feu aux poudres chez les Panthers, les Rhinos n'en étaient pas moins en rage. Les injures et les sarcasmes frôlaient l'ignoble. Rick choisit mal son moment pour son bootleg, une feinte sur transmission du ballon, suivie d'une course dans la direction opposée. Il gagna quinze yards et, afin de prouver sa détermination, rentra la tête dans les épaules, casque baissé, au lieu de se mettre hors d'atteinte. Il se fit massacrer par la moitié de la défense des Rhinos. Encore groggy, il rejoignit le regroupement de son équipe en titubant et appela un jeu de passes pour Fabrizio. Le nouveau centre, un quadragénaire prénommé Sandro, cafouilla sur son snap entre les jambes, la balle s'envola loin de la ligne, et Rick réussit à s'écrouler dessus. Un plaquage assez vicieux le laissa étendu pour le compte. En troisième tentative, avec quatorze yards à jouer en offensive, il dégaina une passe à Fabrizio. Le missile était bien trop violent ; il percuta le gamin en plein casque, et ce dernier le retira aussitôt pour le jeter avec colère à Dockery tandis qu'ils sortaient tous deux du terrain.

Ensuite, Fabrizio quitta le champ clos. On l'aperçut une dernière fois regagnant les vestiaires au petit trot.

Privée de jeu de course et de jeu de passe, l'attaque de Rick conservait peu d'options tactiques. Franco frappait de longues balles dans le tas, sans relâche, et avec héroïsme.

Vers la fin du quatrième quart temps, les Panthers étant menés 34-0, Rick s'assit seul sur le banc de touche et regarda la défense lutter avec vaillance pour sauver la face. Pietro et Silvio, les deux linebackers psychopathes, cognaient comme deux déments en hurlant à leur défense d'abattre, de tuer tous ceux qui étaient en possession de la balle.

Rick n'avait pas souvenir de s'être jamais senti aussi mal pendant un match. Sur la dernière possession du ballon, il se fit consigner sur le banc de touche.

— Tu prends une pause, lui siffla Sam, et Alberto rejoignit le regroupement à petites foulées.

Cette possession de balle en attaque leur demanda dix actions de jeu, toutes en jeu au sol, et consuma quatre précieuses minutes. Franco martelait le milieu adverse, et Andreo, le remplaçant de Sly, marchait en essuie-glace, un coup à droite, à gauche, sans beaucoup de vitesse, quelques déplacements seulement, mais avec une détermination intraitable. Jouant pour la fierté et rien d'autre, les Panthers finirent par marquer avec dix secondes de jeu devant eux, quand Franco se rua dans la zone d'en-but. La transformation fut renvoyée par le poteau.

Le trajet du retour en bus fut lent et pénible. Rick se vit attribuer un siège isolé, et souffrit en solitaire. Assis à l'avant, les entraîneurs bouillaient. Un membre du groupe équipé d'un téléphone portable reçut la nouvelle : Bergame avait battu Naples 42-7, à Naples, ce qui ne faisait qu'alourdir encore le bilan d'une journée déjà très mauvaise.

16.

Dieu merci, la *Gazzetta di Parma* n'évoqua pas le match. Sam lisait la page des sports tous les lundis matin à la première heure et, pour une fois, il fut content d'être noyé dans le pays du calcio. Il feuilleta le quotidien tout en se garant le long du trottoir, devant l'hôtel palace Maria Luigia, où il attendait Hank et Claudelle Withers, de Topeka, dans le Kansas. Il avait consacré son samedi matin à leur montrer les hauts lieux de la vallée du Pô, et maintenant ils exigeaient une journée entière, pour en voir davantage.

Il aurait aimé avoir passé son dimanche avec eux, plutôt qu'à Milan.

Son téléphone portable sonna.

– Allô.

– Sam, c'est Rick.

Sam laissa filer un temps de silence et quelques pensées horribles avant de répondre.

– Oui, quoi de neuf?

– Où es-tu?

– Aujourd'hui, je fais le guide. Pourquoi?

– Tu as une minute?

– Non, comme je viens de te dire, je suis au travail.

– Où es-tu ?

– Devant l'hôtel palace Maria Luigia.

– J'arrive dans cinq minutes.

Quelques minutes plus tard, Rick tournait le coin au pas de course, en nage, comme s'il courait depuis une heure. Sam s'extirpa lentement de sa voiture et s'assit contre l'aile.

Rick s'arrêta à sa hauteur, sur le trottoir, respira deux ou trois fois, profondément.

– Jolie voiture, remarqua-t-il en faisant mine d'admirer la Mercedes noire.

Sam n'avait pas grand-chose à raconter ; il se contenta donc de répondre :

– C'est une location.

Encore une profonde respiration, et un pas plus près.

– Désolé pour hier, fit Dockery, dans le blanc des yeux de son entraîneur.

– Pour toi, c'est peut-être une amusette, grogna l'autre. Mais moi, c'est mon boulot.

– Tu as le droit d'être en rogne.

– Ah oui, je te remercie.

– Cela ne se reproduira plus.

– Il n'y a pas intérêt. Tu te pointes encore dans un état pareil et je te colle sur le banc de touche pour le reste de la saison. Je préfère perdre avec Alberto et un peu de dignité que perdre avec une prima donna à la gueule de bois. Tu t'es conduit de manière répugnante.

– Vas-y. Défoule-toi. Je le mérite.

– Tu as perdu plus qu'un match, hier. Tu as perdu ton équipe.

– Ils n'étaient pas précisément prêts à jouer.

– Exact, mais n'essaie pas de leur refiler le mistigri. C'est toi la clef, que tu le veuilles ou non. Leur source, c'est toi, enfin, c'était toi, jusqu'ici.

Rick regarda quelques voitures passer, avant de reculer, de s'éloigner.

– Je suis désolé. Ça ne se reproduira plus.

Hank et Claudelle sortirent de l'hôtel et dirent bonjour à leur guide.

– À plus tard, siffla Sam, puis il monta dans la Mercedes.

Le dimanche de Gabriella avait été aussi désastreux que celui de Rick. Lors de la dernière représentation d'*Othello*, elle s'était montrée terne et peu inspirée, c'était la critique qu'elle se formulait à elle-même et, à l'évidence, le public avait été du même avis. Elle lui racontait cela à contrecœur, devant un déjeuner frugal. Rick avait envie de lui demander s'ils l'avaient de nouveau sifflée, mais s'abstint de lui poser la question. Elle était sans gaieté aucune, préoccupée ; il s'efforça de lui remonter le moral en lui décrivant ce match lamentable de Milan. Le malheur aime avoir de la compagnie, et il était convaincu que sa prestation avait été bien pire que la sienne.

Cela ne fonctionna pas. Au milieu du repas, elle l'informa non sans tristesse qu'elle partait quelques heures plus tard pour Florence. Elle avait besoin de rentrer chez elle, de s'éloigner de Parme et de la pression de la scène.

– Vous m'aviez promis de rester encore une semaine, protesta-t-il, en tâchant de ne pas paraître trop désespéré.

– Il faut que je parte.

– Je croyais que vous vouliez voir un match de football.

– J'avais envie, oui, mais plus maintenant. Je suis navrée, Rick.

Il s'arrêta de manger et adopta une attitude qui, l'espérait-il, exprimait un mélange de bienveillance et de détachement. Mais il était trop facile de lire dans ses pensées.

– Je suis navrée, répéta-t-elle.

Il doutait de sa sincérité.

– C'est Carletto ?

– Non.

– Je pense que si.

– Carletto reste ici, quelque part. Il ne part pas, lui. Nous sommes restés ensemble trop longtemps.

Exact, beaucoup trop longtemps. Largue-moi ce type et faisons-nous plaisir. Il refoula les mots qui lui brûlaient la langue et décida de ne pas la supplier. Ces deux-là étaient ensemble depuis sept ans, et leur relation était certainement compliquée. S'il venait s'immiscer ou seulement s'y frotter d'un peu trop près, il risquait de s'y brûler les ailes. Il repoussa son assiette et croisa les doigts. Elle avait les yeux humides, mais elle ne pleurait pas.

Gabriella était en perdition. Elle avait atteint ce stade où une carrière chancelle. Il soupçonnait Carletto de n'avoir que des menaces à lui offrir, et guère de soutien, mais comment pouvait-il en avoir l'assurance ?

Cela s'acheva donc comme la plupart des idylles qu'il avait bâclées sur sa route. Une étreinte sur le trottoir, un baiser maladroit, une ou deux larmes de sa part, des au revoir, des promesses de se rappeler et, finalement, un geste fugace de la main. Il la regarda disparaître vers le bout de la rue, retenant son envie de lui courir après et de la supplier comme un imbécile. Il pria pour qu'elle s'arrête, se retourne d'un coup, et revienne en courant.

Il parcourut quelques rues, tâchant de se débarrasser de son engourdissement, et comme cela ne marchait pas, il enfila sa tenue de jogging et alla courir au Stadio Lanfranchi.

Le vestiaire était désert, hormis la présence de Matteo le soigneur, qui ne lui proposa pas de massage. Il se montra assez aimable, mais quelque chose faisait défaut à son humeur d'ordinaire si joviale. Matteo voulait étudier la médecine sportive aux États-Unis et, pour cette raison, prodiguait à Dockery toutes sortes de marques d'attentions inopportunes. Ce jour-là, le gamin semblait préoccupé, et ne tarda pas à s'éclipser.

Rick s'étira sur la table de massage, ferma les yeux, et repensa à cette fille. Ensuite, il pensa à Sam, à son intention de retourner le voir avant l'entraînement pour encore une fois, la queue basse, tenter de réparer les dégâts. Il pensait aussi aux Italiens et redoutait d'être battu froid. C'était inscrit dans leurs gènes, ils ne seraient pas du genre à refouler leurs sentiments ; il pariait qu'après quelques échanges grincheux et quelques mots rugueux, ils allaient tous s'étreindre et redevenir copains.

– Hé, mon pote, lui chuchota quelqu'un, et cela le sortit de sa méditation. C'était Sly, vêtu d'un jeans et d'un blouson, qui se rendait quelque part.

Rick se redressa, les pieds ballants.

– Qu'est-ce qu'il y a ?

– Tu as vu Sam ?

– Il n'est pas encore là. Où vas-tu ?

Sly s'adossa contre l'autre table de soins, croisa les bras, prit un air grave et dit à voix basse :

– Je rentre, Ricky, je rentre chez moi.

– Tu abandonnes ?

– Appelle ça comme tu voudras. On abandonne tous, à un certain point.

– Tu ne peux pas te défiler de cette façon, Sly, pas au bout de deux matches. Allez !

– J'ai bouclé mes valises et le train part dans une heure. Ma charmante épouse m'attendra à l'aéroport de Denver, à mon arrivée là-bas, demain matin. Il faut que j'y aille, Ricky. C'est terminé. Je suis fatigué de courir après un rêve qui ne se réalisera jamais.

– Je crois comprendre, Sly, mais tu t'en vas en plein milieu de la saison. Tu me laisses avec une ligne d'attaquants derrière ma ligne de scrimmage où personne ne court les quarante yards au-dessus des cinq secondes à part moi, et je ne suis pas censé courir.

Sly opinait, avec des regards furtifs à droite à gauche. Il avait espéré entrer en catimini, échanger quelques mots avec Sam, et ressortir aussi discrètement. Rick avait envie de l'étrangler, car l'idée de remettre la balle en direct au juge Franco vingt fois par match n'avait rien de folichon.

– Je n'ai pas le choix, Rick, reprit l'autre, d'une voix encore plus feutrée, encore plus triste. Ma femme m'a appelé ce matin, elle est enceinte et très étonnée de l'être. Elle en a marre. Elle veut un vrai mari, à la maison. Et de toute manière, je vais faire quoi, ici ? Courir après les filles à Milan, comme si j'étais encore à la fac ? On se berce d'illusions.

– Tu t'es engagé à jouer toute cette saison. Tu nous laisses, tu nous prives de jeu de course, Sly. Ce n'est pas correct.

– Rien n'est correct.

Sa décision était prise, et se chamailler n'y changerait rien. Ils étaient des Yankees, contraints l'un comme l'autre à l'émigration. Ils avaient survécu ensemble, et ils y avaient pris du plaisir, mais ils ne seraient jamais deux amis proches.

– Ils trouveront quelqu'un d'autre, reprit Sly, debout, droit sur ses jambes, prêt à déguerpir. Des joueurs, ils en récupèrent tout le temps.

– Pendant la saison ?

– Bien sûr. Tu verras. D'ici dimanche, Sam aura déniché un nouveau tailback.

Rick se détendit un peu.

– Tu rentres aux US, en juillet ? lui demanda Sly.

– Bien sûr.

– Tu vas essayer de te trouver un point de chute ?

– J'en sais rien.

– Si tu passes par Denver, donne-moi un coup de fil, d'ac ?

– Bien sûr.

Une rapide étreinte virile, et Sly était parti. Rick le regarda filer par la porte latérale, et comprit qu'il ne le reverrait plus jamais. Et Sly ne reverrait jamais Rick, Sam, ni aucun des Italiens. Il disparaîtrait d'Italie et n'y reviendrait jamais.

Une heure plus tard, Rick apprenait la nouvelle à Sam, qui sortait d'une très longue journée passée avec Hank et Claudelle. Il balança un magazine contre le mur en proférant le torrent d'insanités auxquelles on pouvait s'attendre. Puis, quand il se fut calmé, il le questionna :

– Tu en connais, toi, des running backs ?

– Oui, j'en connais un formidable. Franco.

– Ha-ha. Non, un Américain, de préférence un joueur universitaire, qui coure vraiment vite.

– Pas à la minute, non.

– Tu peux appeler ton agent ?

– Je pourrais, mais pour ce qui est de répondre à mes appels, il n'a pas été très rapide, dernièrement. À mon avis, il m'a lourdé à titre officieux.

– Tu as le vent en poupe, toi, dis-moi.

– Je passe vraiment une très bonne journée, Sam.

17.

Les Panthers arrivèrent sur le terrain les uns après les autres, à huit heures, ce lundi soir. L'humeur était sombre et silencieuse. Et la nouvelle que la moitié de l'attaque venait de fuir la ville n'allait pas contribuer à leur remonter le moral. Rick restait assis sur un tabouret, devant son casier, le dos tourné, la tête plongée dans le cahier de jeu. Il percevait les regards fixés sur lui, le ressentiment, conscient qu'il s'était très mal conduit. Ce n'était peut-être que du sport de club amateur, mais la victoire revêtait un sens. Et l'engagement encore plus.

Il tournait les pages lentement, considérant ces X et ces O d'un œil vide. L'auteur de ces schémas était parti du principe que la défense possédait un tailback capable de courir et un receveur capable de réceptionner. Dockery pouvait toujours transmettre la balle, mais s'il n'y avait personne à l'autre bout, les statistiques de jeu enregistraient encore une carence.

Personne n'avait vu Fabrizio. Son casier était vide.

Sam réclama l'attention et prononça quelques propos mesurés. Inutile de les engueuler. Ses joueurs se sentaient déjà assez mal comme ça. La rencontre était terminée, et il y en avait une autre dans six jours. Il leur apprit le départ de Sly, mais la rumeur avait déjà fait le tour du vestiaire.

Leur prochain adversaire serait Bologne, une équipe traditionnellement forte qui avait l'habitude de jouer le Super Bowl. Sam leur présenta les Warriors sous un jour redoutable. Ils avaient facilement remporté leurs deux premiers matches grâce à une attaque au sol impitoyable, menée par un tailback nommé Montrose, qui avait joué jadis à Rutgers. Montrose était un nouveau venu dans le championnat italien, et de semaine en semaine sa légende s'étoffait. La veille, contre les Rome Gladiators, il avait été porteur du ballon à vingt-huit reprises pour un total de trois cents yards à la passe et de quatre touchdowns.

Pietro jura haut et fort de lui casser la jambe, un serment que l'équipe accueillit avec considération.

Après quelques échanges d'encouragement un peu tièdes, l'équipe sortit des vestiaires en file indienne et pénétra en petites foulées sur le terrain. Comme tous les lendemains de match, les joueurs se sentaient raides et endoloris. Alex les guida en douceur dans de légers étirement et quelques exercices, sans forcer, puis ils se scindèrent en deux, une attaque et une défense.

La proposition de Rick, pour reconstituer leur attaque, était de déplacer Trey de son poste de free safety à celui de receveur offensif, et de lui lancer le ballon trente fois par match. Trey avait pour lui la vitesse de déplacement, des mains formidables, de la rapidité d'exécution, et il avait joué au poste de receveur extérieur au lycée. Sam n'était pas très chaud, surtout parce que l'idée venait de Dockery, et qu'il était fâché contre lui. Il lança un appel à la cantonade : qui accepterait de jouer au poste de receveur ? Pendant une demi-heure, Rick et Alberto lancèrent des passes tranquilles à une dizaine de candidats, après quoi Sam appela Trey à prendre la relève. Mais sa présence en attaque laissait un vide énorme en défense.

– Si nous ne parvenons pas à les stopper, nous arriverons peut-être à les dominer au score, marmonna Russo en grattant le sommet de sa casquette. Allons voir la vidéo, ajouta-t-il, et il battit le rappel d'un coup de sifflet.

La vidéo du lundi soir était synonyme de bières fraîches et de quelques rires, exactement ce dont l'équipe avait besoin. Les cannettes de Peroni, la bière nationale, circulèrent de main en main, et l'humeur s'allégea considérablement. Sam choisit de faire l'impasse sur la cassette des Rhinos pour s'attarder sur Bologne. En défense, les Warriors étaient puissants sur toute leur première ligne, dotés d'un safety qui avait joué deux ans en arena ball et frappait vraiment fort. Un chasseur de scalps.

Pile ce qu'il me faut, songea Rick en avalant une longue gorgée de bière. Encore une commotion cérébrale. Montrose lui sembla un brin trop lent, toujours en retard d'un pas ou deux, les défenseurs encore plus lents. Pietro et Silvio ne tardèrent pas à traiter cette menace-là par le mépris. « On va l'écraser », annonça Pietro dans un anglais on ne peut plus clair.

La bière continua de couler à flots jusqu'à onze heures, heure à laquelle Sam éteignit le projecteur et congédia son équipe sur la promesse habituelle d'une rude séance le mercredi. Rick et Trey s'attardèrent, et quand tous les Italiens furent partis, ils ouvrirent une autre bouteille avec Sam.

– M. Bruncardo rechigne à l'idée de faire appel à un nouveau running back, leur apprit Russo.

– Pourquoi ? s'étonna Trey.

– Je ne sais pas au juste, mais je pense que c'est une question d'argent. Il est vraiment contrarié par la défaite d'hier. Si nous ne sommes pas capables de disputer le Super Bowl, pourquoi dépenser plus ? Pour lui, de toute manière, ce n'est pas une affaire lucrative.

– Alors pourquoi s'est-il lancé là-dedans ? lui demanda Rick.

– Excellente question. Ils ont quelques réglementations fiscales curieuses, ici, en Italie, et la propriété d'un club sportif lui donne droit à de grosses déductions. Sinon, cela n'aurait aucun sens.

– La solution, c'est Fabrizio, lança Rick.

– Oublie.

– Je suis sérieux. Avec Trey et Fabrizio, nous avons deux grands receveurs. Aucune équipe du championnat ne peut se permettre d'avoir deux Américains en deuxième rideau, donc ils sont incapables de nous marquer. Nous n'avons pas besoin d'un tailback. Franco peut arracher cinquante yards par match et tenir honnêtement la défense. Avec Trey et Fabrizio, on peut jouer la passe et la réception pour quatre cents yards.

– Ce gamin me fatigue, lâcha Sam, et le cas Fabrizio fut évacué.

Plus tard, dans un pub, Rick et Trey portèrent à Sly un toast chargé de malédiction. Ils avaient beau refuser de l'admettre, l'un et l'autre, ils avaient le mal du pays et enviaient leur équipier d'avoir osé plier bagage.

Le mardi après-midi, Rick et Trey, accompagnés d'Alberto, la doublure consciencieuse, retrouvèrent Sam sur le terrain et travaillèrent durant trois heures sur des tracés de passes de précision, sur le timing, les signaux de mains et un remaniement général de la défense. Nino arriva sur le tard pour être de la fête. Sam l'informa qu'ils se redéployaient en formation shotgun pour le reste de la saison, et il travailla ses snaps avec acharnement. Avec le temps, Rick put finalement s'abstenir d'aller les chercher aux quatre coins du terrain.

Le mercredi soir, muni de toutes ses protections, Rick déploya les receveurs, Trey et Claudio, et se mit à leur tirer des passes dans tous les sens. Des slants, des hooks, des posts, des curls – tous les tracés fonctionnèrent. Il lança suffisamment souvent à Claudio pour forcer la défense à demeurer vigilante et, toutes les dix actions, il collait le cuir dans les tripes de Franco, histoire de créer un peu de violence sur la ligne. Quant à Trey, rien ne pouvait plus l'arrêter. Il passa une heure à sprinter d'une extrémité à l'autre du terrain, avant de s'accorder une pause. L'attaque, presque étouffée par la minable équipe de Milan trois jours plus tôt, semblait maintenant capable de marquer à volonté. L'équipe sortait de sa torpeur, reprenait vie. Nino se mit à couvrir la défense d'insultes, et Pietro et lui en furent vite à échanger des jurons. Quelqu'un lâcha un coup de poing, une courte bagarre s'ensuivit. Sam sépara tout ce petit monde avec le sourire. Il était le plus heureux des hommes de Parme. Il venait de voir ce que tout entraîneur avait envie de voir – de l'émotion, du feu, et de la colère !

Il suspendit la séance à 10 h 30. Le vestiaire était en plein chaos ; l'air était chargé d'odeurs de chaussettes sales, de plaisanteries salaces, d'insultes, de menaces de voler sa fiancée au voisin. Les choses reprenaient leur cours normal. Les Panthers étaient sur le sentier de la guerre.

Le coup de fil lui parvint sur son portable. L'homme se présentait comme un avocat qui avait quelque chose à voir avec les athlètes et le marketing. Il s'exprimait dans un italien précipité et, au téléphone, cela donnait à l'affaire une urgence plus terrible encore. Sam avait souvent dû sa survie à sa faculté de lire sur les lèvres et de déchiffrer la gestuelle des mains.

L'avocat en vint enfin au fait. Il représentait Fabrizio, et Sam crut d'abord que le gamin s'était attiré des ennuis. Loin de là. L'avocat était aussi un agent sportif, avec de nombreux footballeurs et basketteurs dans son écurie ; il voulait négocier un contrat pour son client.

Sam en resta bouche bée. Des agents ? Ici, en Italie ?

C'était la fin des haricots.

– Ce fils de pute est sorti du terrain au milieu d'un match, siffla Sam dans un italien rugueux et approximatif.

– Il était vexé. Il est désolé. Sans lui, vous ne pouvez pas gagner, c'est l'évidence.

Sam tint sa langue, compta jusqu'à cinq. Garde ton sang-froid, se répéta-t-il. Un contrat signifie de l'argent, un but qu'aucun des Panthers italiens n'avait jamais visé. Selon la rumeur, certains Italiens de Bergame étaient payés, mais dans le reste du championnat, c'était du jamais-vu.

Entre dans son jeu, se dit-il.

– Quel style de contrat avez-vous en tête ? lui demanda-t-il, soudain très professionnel.

– C'est un grand joueur, vous le savez. Probablement le meilleur que l'Italie ait jamais connu, vous ne croyez pas ? Je l'évalue à deux mille euros par mois.

– Deux mille, fit Sam après son interlocuteur.

Ensuite, ce fut le stratagème habituel des agents.

– Et nous sommes en pourparlers avec d'autres équipes.

– Bien. Continuez. Nous ne sommes pas preneurs.

– Il pourrait envisager moins, mais pas trop.

– La réponse est non, mon pote. Et conseillez au gamin de se tenir à l'écart du terrain. Il risquerait d'en ressortir la jambe en morceaux.

Charley Cray, du *Cleveland Post*, était entré dans Parme en douce, un samedi en fin d'après-midi. L'un de ses nombreux lecteurs était tombé sur le site Internet des Panthers, et la nouvelle que l'andouille numéro un sur la liste de Cray se cachait en Italie l'avait intrigué.

L'info était tout simplement trop belle pour qu'il ne s'en serve pas.

Dimanche, le correspondant du *Post* monta dans un taxi, devant son hôtel, et tâcha d'expliquer où il voulait aller. Le chauffeur n'était pas très connaisseur du « *football americano* » et n'avait aucune idée de l'endroit où se trouvait ce stade. Merveilleux, se dit l'Américain. Les taxis ne sont même pas capables de vous conduire au stade. Son article s'étoffait d'heure en heure.

Finalement, il arriva au Stadio Lanfranchi une demi-heure avant le coup d'envoi. Il compta 145 personnes dans les tribunes, 40 Panthers en noir et argent, 36 Warriors en blanc et bleu, un visage noir dans chaque équipe. Au coup d'envoi, il estimait le public à 850 spectateurs.

Tard dans la soirée, il termina son article et l'expédia à l'autre bout du monde, à Cleveland, largement à temps pour l'édition spéciale de la page sports du lundi matin. Il ne se souvenait pas s'être jamais autant amusé.

UN *BIG CHEESE*
DANS LE FOOTBALL PIZZA

(PARME, ITALIE). Dans sa misérable carrière au sein de la NFL, Rick Dockery a transmis le ballon 16 fois, pour un total de 241 yards cumulés à la passe, et c'était avec six équipes différentes en quatre ans. Aujourd'hui, en évoluant avec les Panthers de Parme, dans la version italienne de la NFL, Dockery a dépassé ce chiffre. Avant la mi-saison !

21 actions, 275 yards, 4 touchdowns et, la statistique la plus invraisemblable de toutes – il n'a pas subi une seule interception.

Est-ce le même quarterback qui avait réussi, à lui seul, à gâcher un match du championnat AFC, avec le titre en jeu ? Le même personnage inexistant engagé par les Browns en fin de saison dernière, pour des raisons demeurées inconnues à ce jour, désormais considéré comme l'Andouille Numéro Un de l'histoire du football pro ?

Oui, c'est le Signor Dockery. Et par cette belle journée de printemps, dans la vallée du Pô, il a été tout simplement magistral – lançant de magnifiques balles vrillées, bravement campé dans la poche offensive de la ligne d'avantage, sachant lire la défense (on emploie ici le mot dans son sens le plus libre) et, croyez-le ou non, fonçant pour comptabiliser des yards quand c'est nécessaire. Rick Dockery a enfin trouvé son style. Il est l'Homme, le vrai, qui évolue au milieu d'une bande d'ados trop vite grandis.

Devant une foule tapageuse de moins de mille spectateurs, et sur un terrain de rugby long de 90 yards, les Panthers de Parme ont reçu les Warriors de Bologne. Chacune de ces deux équipes aurait match perdu d'une vingtaine de points contre l'équipe universitaire de Slippery Rock, Pennsylvanie, mais qui s'en soucie ? En vertu des règles italiennes, chaque équipe a le droit de compter trois Américains dans ses rangs. Aujourd'hui, le receveur préféré de Dockery était Trey Colby, un jeune homme assez fluet qui joua autrefois avec l'Ole Miss, l'université du Mississipi, et qui ne s'est jamais laissé marquer par le deuxième rideau des secondeurs de Bologne, dans aucun schéma défensif.

Et Colby a couru, un feu follet, libre comme l'air. Il a engrangé trois touchdowns dans les dix premières minutes !

Les autres Panthers sont de jeunes messieurs assez bagarreurs qui ont choisi ce sport dans leur âge mûr, en guise de hobby. Aucun d'entre eux ne serait admis dans une équipe de lycée catégorie 5A de l'Ohio. Ils sont blancs, lents, petits et jouent au football parce qu'ils sont incapables de jouer au calcio ou au rugby. (Au fait, dans cette partie du monde, le rugby, le basket-ball, le volley-ball, la natation, le motocyclisme et le vélo occupent tous un rang bien supérieur à celui du *football americano*.)

Mais les Warriors n'étaient pas des clients faciles. Leur quarterback a joué à Rhodes (où donc ? – à Memphis, en D-3) et leur tailback a autrefois caressé la balle (58 fois en 3 ans) pour Rutgers, l'université du New Jersey. Il s'appelle Ray Montrose et aujourd'hui il a couru 200 yards et marqué 3 touchdowns, notamment celui qui a scellé le sort de la rencontre, à une minute de la fin.

C'est la vérité, même ici, à Parme, Dockery ne peut pas échapper aux fantômes de son passé. Menant 27 points à 7 à la mi-temps, il a encore une fois réussi à arracher la défaite aux griffes de la victoire. Mais, en toute équité, ce n'était pas entièrement sa faute. Lors d'une première action de la deuxième mi-temps, Trey Colby a sauté très haut, pour capter une passe hasardeuse (ô surprise, suivez mon regard) et s'est mal reçu. On l'a sorti du terrain sur une civière – bilan : fracture avec complications quelque part dans le bas de la jambe gauche. L'attaque s'est enlisée et M. Montrose s'est mis à écumer le terrain d'une extrémité à l'autre, au pas de charge. Les Warriors ont exercé un pressing spectaculaire, alors que l'horloge tournait, et l'ont emporté 35-34.

Rick Dockery et ses Panthers ont perdu leurs deux dernières rencontres, et avec cinq matches seulement devant eux, leurs chances d'atteindre les play-offs paraissent minces. Un Super Bowl italien se joue en juin et, à l'évidence, les Panthers ont cru que Dockery saurait les y conduire.

Ils auraient dû poser la question aux supporters des Browns. Nous leur suggérerions de se débarrasser de ce nul sans tarder et de se trouver un vrai quarterback, qui sorte d'un institut universitaire de premier cycle. Et vite, avant que Dockery ne commence à tirer des passes en boulet de canon – offertes à l'équipe adverse.

Nous savons, nous, de quoi cet as du pistolet est capable. Pauvres Parma Panthers.

18.

Rick et Sam attendaient au bout du couloir du deuxième étage de l'hôpital comme deux futurs papas. C'était dimanche soir, à 23 h 30, et Trey était au bloc opératoire depuis à peu après 20 heures. En l'occurrence, l'action était une passe des trente yards vers le milieu de terrain, à proximité du banc de touche des Panthers. Sam avait entendu le craquement du péroné. Pas Rick. En revanche, il avait vu le sang couler et le fragment d'os saillir à travers la chaussette.

Ils parlaient peu, tuaient le temps en lisant des magazines. Sam estimait qu'ils pouvaient encore se qualifier pour les play-offs s'ils remportaient les cinq prochaines rencontres, une mission redoutable, car Bergame était en tête. Et Bolzano avait retrouvé ses forces ; leur équipe venait de perdre contre Bergame avec seulement deux points d'écart. Toutefois, leur attaque étant désormais réduite à la portion congrue, la victoire semblait peu vraisemblable, surtout sans un Américain chez les secondeurs pour étouffer le jeu de passes adverse.

Il valait mieux ignorer le football et s'absorber dans les pages des magazines.

Une infirmière les appela et les conduisit au troisième étage, dans le box où l'on avait installé Trey pour la nuit. Sa jambe gauche était enrobée d'un énorme plâtre. Des tubes sortaient de son bras et de ses narines.

– Il va dormir toute la nuit, les avertit une autre infirmière.

D'après le médecin, poursuivit-elle, tout s'était bien passé ; pas de difficultés opératoires, une fracture compliquée du péroné somme toute assez ordinaire. Elle sortit une couverture et un oreiller, et Rick s'installa dans un fauteuil en Skaï, au chevet du lit. Sam promit de repasser en coup de vent lundi matin pour prendre des nouvelles.

On tira un rideau, et Rick se retrouva seul avec le dernier des Panthers noirs, un chic type de la campagne, venu du fin fond du Mississippi, qu'on allait renvoyer à sa mère comme une marchandise défectueuse. La jambe droite de Trey était dénudée ; il l'examina. La cheville était très fine, bien trop fine pour supporter la violence du football de la Southeastern Conference, le championnat universitaire du sud des États-Unis. Il était trop maigre, et il avait du mal à conserver un poids de forme suffisant, même si, avec son équipe, il avait été élu à la troisième place de toutes les Conférences du football universitaire, lors de sa dernière année à l'Ole Miss.

Qu'allait-il faire, maintenant ? Et Sly, que fabriquait-il, en ce moment ? Que décideraient-ils, tous, une fois confrontés à cette réalité que la partie était terminée ?

Vers une heure, l'infirmière se glissa dans la chambre et éteignit les lampes. Elle tendit à Rick une petite pilule bleue et lui dit : « Pour dormir. » Vingt minutes plus tard, il était dans les vapes, comme Trey.

Sam leur apporta du café et des croissants. Ils trouvèrent deux chaises dans le couloir et se réunirent autour de leur petit déjeuner. Trey avait provoqué pas mal de remue-ménage, une heure plus tôt, au point de pousser les infirmières à intervenir.

– Je viens d'avoir un court rendez-vous avec M. Bruncardo, leur expliqua Sam. Il aime assez débuter la semaine en bottant le cul d'un collaborateur.

– Et aujourd'hui, c'était ton tour.

– Tu m'étonnes. Avec les Panthers, il n'a jamais gagné d'argent, mais il n'aime pas en perdre. Encore moins perdre des matches. Un ego qui se pose un peu là.

– C'est si rare, chez un propriétaire de club...

– Il a eu une sale journée. Son équipe de calcio, qui évolue dans un championnat secondaire, s'est fait battre. Son équipe de volley-ball s'est fait battre. Et ses bien-aimés Panthers, avec un vrai quarterback de la NFL, se font battre pour la deuxième fois de suite. En plus, je crois qu'il perd de l'argent sur toutes ces équipes.

– Il faudrait peut-être qu'il s'en tienne à l'immobilier, enfin, à son métier habituel, quoi.

– Je ne lui ai donné aucun conseil. Il veut être tenu informé. Et il m'a prévenu qu'il ne dépenserait pas un sou de plus.

– C'est très simple, Sam, fit Rick, en posant sa tasse de café par terre. Dans la première mi-temps, hier, nous avons marqué quatre touchdowns les doigts dans le nez. Pourquoi ? Parce que j'avais un receveur. Avec mon bras et une paire de mains énergique, nous sommes irrésistibles, et nous ne perdrons plus. Je garantis que nous pouvons marquer quarante points par match, bon sang, et même par mi-temps.

– Votre receveur, il est là, avec une jambe fracturée.

– Exact. Alors prenons Fabrizio. Il est super, ce gamin. Il est plus rapide que Trey et il a de meilleures jambes.

– Et il veut de l'argent. Il a un agent.

– Un quoi ?

– Tu m'as bien entendu. J'ai reçu un appel, la semaine dernière, d'un avocat mielleux, un type d'ici, qui prétend représenter le fabuleux Fabrizio, et ces deux-là veulent un contrat.

– Des agents sportifs spécialisés dans le foot, en Italie ?

– J'en ai peur.

En grattant sa barbe naissante, Rick s'attarda sur cette nouvelle démoralisante.

– Est-il déjà arrivé qu'un joueur italien touche de l'argent ?

– Le bruit court que les gars de Bergame seraient payés, mais je n'en suis pas sûr.

– Combien veut-il ?

– Deux mille euros par mois.

– Combien accepterait-il ?

– Je n'en sais rien. Nous ne sommes pas allés si loin.

– Négocions, Sam. Sans lui, on est morts.

– Bruncardo ne dépensera plus un sou, Rick, écoute-moi. J'ai suggéré que nous débauchions un autre joueur américain, et il a piqué une crise.

– Prélevez ça sur mon salaire.

– Ne sois pas stupide.

– Je suis sérieux. Pour avoir Fabrizio, je veux bien participer sur mon salaire à raison de mille euros par mois pendant quatre mois.

Sam but une gorgée de café, l'air désapprobateur, et il scruta le sol.

– À Milan, il a déserté. Il est sorti du terrain.

– Et alors ? C'est un morveux, d'accord, on le sait tous. Mais toi et moi nous allons sortir du terrain la queue entre les jambes encore cinq fois de suite si nous ne trouvons pas un type capable de rattraper une balle. Et, Sam, il ne peut pas déserter, il est sous contrat.

– Ne mise pas trop là-dessus.

– Payez-le, je te parie qu'il se comportera comme un pro. Je lui consacrerai les heures qu'il faudra et nous serons si bien réglés, tous les deux, que personne ne pourra nous arrêter. Si vous convainquez Fabrizio, nous ne perdrons plus. Je vous le garantis.

Une infirmière leur fit un signe de tête, et ils se dépêchèrent d'aller voir Trey. Il était réveillé, et très mal. Il essaya de sourire et de balancer une plaisanterie, mais il avait surtout besoin de calmants.

Arnie lui téléphona le lundi en fin d'après-midi. Après une brève discussion sur les mérites de l'arena ball, il passa à la véritable raison de son appel. Il détestait devoir transmettre les mauvaises nouvelles, commença-t-il, mais il fallait que Rick soit informé. Qu'il jette un œil au *Cleveland Post* en ligne, rubrique Sports de lundi. C'était assez méchant.

Rick lut, laissa échapper le flot d'injures de rigueur, puis sortit pour une longue promenade dans le centre du vieux Parme, une ville qu'il appréciait subitement comme jamais auparavant.

Combien de fois peut-on toucher le fond, dans une carrière ? Trois mois après avoir fui Cleveland, ils en étaient encore à se repaître de sa carcasse.

Le juge Franco traita l'affaire pour le compte de l'équipe. Les négociations se déroulèrent à une terrasse de café, sur un trottoir de Piazza Garibaldi, avec Rick et Sam dans les parages, assis devant une bière, et mourant de curiosité. Le juge et l'agent de Fabrizio avaient commandé un café.

Franco le connaissait, cet agent, et ne l'appréciait pas du tout. Deux mille euros, c'était hors de question, prévint-il. Beaucoup d'Américains ne gagnaient pas autant. Et payer les Italiens créerait évidemment un dangereux précédent : l'équipe rentrait déjà à peine dans ses frais ; alors, avec de la masse salariale, on pouvait aussi bien fermer boutique tout de suite.

Franco proposa cinq cents euros pendant trois mois – avril, mai et juin. Si l'équipe arrivait au Super Bowl, en juillet, il y aurait une prime de mille euros.

L'agent sourit poliment et refusa, jugeant la proposition trop modeste. Fabrizio est un superbe joueur, et patati, et patata. Sam et Rick faisaient durer leur bière, trop loin pour capter un mot du dialogue. Les Italiens marchandaient, la conversation était de plus en plus animée – chacun se montrant choqué de la position de l'autre, avant de chicaner sur un point mineur. Les négociations étaient courtoises, mais tendues, et puis, tout d'un coup, il y eut une poignée de main et Franco appela le serveur d'un claquement de doigts. Servez-nous deux coupes de champagne.

Fabrizio jouerait pour huit cents euros mensuels.

Le Signor Bruncardo fit savoir qu'il appréciait l'offre de Rick de contribuer au contrat, mais la déclina. Il était homme de parole, il refusait de diminuer le salaire d'un joueur.

À l'heure de l'entraînement, le mercredi soir, l'équipe était informée dans les détails des conditions du retour de Fabrizio. Pour endiguer le ressentiment, Sam organisa une rencontre préalable de Nino, Franco et Pietro avec leur receveur vedette, et leur expliqua quelques aspects de la situation. Nino mena le gros de la discussion, promettant à Fabrizio, détails à l'appui, de lui rompre quelques os s'il abandonnait encore une fois l'équipe sur le terrain. Fabrizio fut trop heureux d'acquiescer sur tous les points, y compris la liste des os menacés. Il n'y aurait pas de problème. Il était très emballé à l'idée de rejouer et consentirait n'importe quoi pour ses bien-aimés Panthers.

Ensuite, Franco s'adressa à l'équipe, et confirma les rumeurs. Fabrizio était payé, en effet. Personne ne manifesta son désaccord mais on voyait que les Panthers n'aimaient pas trop ça. Il y eut quelques réactions d'indifférence – si le gamin peut en tirer un peu d'argent, pourquoi pas ?

Cela prendra du temps, confia Sam à Rick. La victoire change tout. Si nous gagnons le Super Bowl, ils seront en adoration devant Fabrizio.

Une feuille de papier circulait entre les joueurs. Rick avait espéré que le poison de Charley Cray ne franchirait pas l'Atlantique, mais il avait oublié Internet. Quelqu'un avait repéré et imprimé l'article, que ses coéquipiers étaient en train de lire.

Sur la demande de Rick, Sam aborda la question et conseilla à l'équipe d'ignorer la chose. Ce n'était que l'œuvre dénuée de rigueur d'un plumitif américain en mal de gros titre. Mais pour les joueurs, cela restait perturbant. Ils aimaient le football et jouaient pour le plaisir, alors pourquoi les ridiculiser ?

Pour la plupart, ce qui les préoccupait surtout, c'était leur quarterback. Il était déjà injuste de l'expulser du championnat et d'Amérique, mais le pourchasser jusqu'à Parme leur paraissait particulièrement cruel.

– Je suis désolé, Rick, lui fit Pietro dans la file indienne, à la sortie du vestiaire.

Des deux équipes de Rome, les Lazio Marines étaient les plus faibles. Ils avaient perdu leurs trois premières rencontres avec une marge de vingt points en moyenne, et sans beaucoup de cran. Les Panthers, eux, avait faim de victoire, et donc le trajet de cinq heures en autocar vers le sud ne fut pas du tout déplaisant. C'était le dernier dimanche d'avril, le ciel était couvert, le temps frais, parfait pour un match de football.

Le stade, quelque part dans la vaste périphérie de la très ancienne cité, à des kilomètres et des siècles de distance du Colisée et de quelques autres splendeurs en ruines, ne donnait guère l'impression de servir à autre chose qu'à des séances d'entraînement sous la pluie. La pelouse était pelée, clairsemée, émaillée de terre grise et bien dure. Les lignes de marquage des yards avaient été tracées par un ivrogne ou un infirme. Deux alignements de gradins à l'allure penchée contenaient peut-être deux cents supporters.

Dès le premier quart temps, Fabrizio justifia son salaire d'avril. La Lazio n'avait pas visionné son jeu à la vidéo, elle n'avait aucune idée de qui il était et, le temps qu'elle rameute ses backers, il avait réceptionné trois longues passes et les Panthers menaient 21-0. Avec une telle avance, Sam ordonna le blitz sur toutes les actions, et l'attaque des Marines s'effondra. Avant chaque snap, leur quarterback, un Italien, sentait la pression peser sur lui.

Opérant uniquement depuis leur formation en shotgun, et avec une superbe protection, Dockery sut lire le marquage adverse, appeler la trajectoire de Fabrizio par quelques signes de main, avant de s'installer confortablement dans la poche de l'attaque, où il n'avait plus qu'à attendre que le gamin jongle et feinte avant d'écarter vers la ligne de touche. C'était du tir d'exercice. À la mi-temps, les Panthers menaient 38-0, et subitement la vie redevenait merveilleuse. Ils riaient et s'amusaient dans leur minuscule vestiaire et ignorèrent ouvertement les propos de Sam qui essayait de trouver matière à se plaindre. Au quatrième quart temps, Alberto dirigeait l'offensive, et Franco avalait le terrain en trombe. Les quarante joueurs avaient leur uniforme raide de boue séchée.

Dans l'autocar du retour, ils renouèrent avec les agressions verbales à l'encontre des Bergamo Lions. Alors que la bière coulait à flots et que les chansons montaient d'un ton, les puissants Panthers osèrent se prédire un premier titre de Super Bowl.

Charley Cray était dans les gradins, assis au milieu des supporters de la Lazio, à suivre son deuxième match de *football americano*. Son reportage sur le match de la semaine précédente contre Bologne avait été si bien reçu, à Cleveland, que son rédacteur en chef lui avait demandé de rester encore une semaine sur place et de remettre ça. Rude tâche, mais il fallait bien que quelqu'un s'en charge. Il avait passé cinq journées délicieuses à Rome, aux frais du journal, et maintenant il devait justifier ses petites vacances par une nouvelle descente en flammes de son andouille préférée.

Qui fut rapidement mise au point.

(ROME, ITALIE). Derrière le bras étonnamment précis de Rick Dockery, les féroces Panthers de Parme, après une série de deux défaites, ont repris le dessus et dûment étrillé les Marines du Lazio, toujours à court de victoire, aujourd'hui, à l'issue d'un nouvel affrontement capital dans cette version italienne de notre championnat NFL. Score final : 60-12.

Évoluant sur ce qui ressemblait à une gravière reconvertie, et devant 261 supporters qui n'avaient rien payé, les Panthers et Dockery ont totalisé presque 400 yards à la passe dans la seule première mi-temps. Démantibulant avec talent un second rideau de défenseurs qui s'est montré lent, brouillon et totalement pétrifié à l'idée d'aller au contact, Mister Dockery a fait étalage de sa science, grâce à son bras en forme de coup de fusil et aux mouvements merveilleux d'un receveur doué, Fabrizio Bonozzi. À deux reprises au moins, Mister Bonozzi a su feinter si adroitement que le dernier safety de la ligne arrière en a perdu une chaussure. Tel est le niveau du jeu, ici, dans la NFL italienne.

Au troisième quart temps, Mister Bonozzi paraissait épuisé d'avoir marqué tant d'essais au bout de si longues courses. Six, pour être exact. Et le grand Dockery souffrait apparemment du bras d'avoir exécuté tant de passes.

Les fans des Browns seront stupéfaits d'apprendre que, pour la deuxième semaine d'affilée, Dockery a oublié de faire cadeau de la balle à l'équipe adverse. Stupéfiant, n'est-ce pas ? Mais je le jure. J'ai tout vu. Avec cette victoire, les Panthers sont de retour dans la chasse au titre italien. Même si, en réalité, ici, en Italie, tout le monde s'en moque.

Les fans des Browns ne peuvent que remercier le Seigneur que de tels championnats existent. Ils permettent à la lie des footballeurs, comme ce Rick Dockery, de jouer loin des terres où les choses comptent vraiment.

Pourquoi, ah mais pourquoi Dockery n'a-t-il pas découvert ce championnat un an plus tôt ? À force de méditer cette douloureuse question, j'en pleurerais presque. Ciao.

19.

Le car entra sur le parking du Stadio Lanfranchi quelques minutes après trois heures du matin, le lundi. La quasi-totalité des joueurs étaient attendus à leur travail quelques heures plus tard. Sam beugla pour réveiller la troupe, puis annonça qu'il lui accordait une semaine de liberté. Le week-end prochain, c'était relâche. Ils descendirent du bus en titubant, en sortirent leur matériel et rentrèrent chez eux. Rick raccompagna Alberto, puis traversa le centre de Parme sans croiser une seule voiture. Il se gara le long d'un trottoir, à trois rues de son appartement.

Douze heures plus tard, il fut réveillé par le vibreur de son téléphone portable. C'était Arnie, toujours aussi délicat.

– Et on remet ça, mon pote. Tu as vu le *Cleveland Post*?

– Non. Dieu merci, on ne le reçoit pas, ici.

– Va jeter un œil en ligne. Ce ver de terre était à Rome, hier.

– Non.

– Malheureusement.

– Encore un article?

– Oh oui, et tout aussi méchant.

Rick se passa la main dans les cheveux et fit l'effort de se remémorer le public de la Lazio. Une toute petite assistance, disséminée sur de vieux gradins. Non, il n'avait pas pris le temps d'examiner les visages et, de toute manière, il n'avait aucune idée de la tête que pouvait avoir Charley Cray.

– OK, je vais le lire.

– Désolé, Rick. C'est vraiment injustifié. Si je croyais que ça servirait à quelque chose, j'appellerais le journal et je ferais un scandale. Mais ça les amuse beaucoup trop. Il vaut mieux les ignorer.

– S'il se montre encore à Parme, je lui brise la nuque. Je lui tords le cou. Je suis intime avec un juge, moi.

– Bravo, mon garçon. Mais ce sera pour plus tard, si tu veux bien.

Rick se trouva un soda light, prit une douche froide en vitesse, puis alluma son ordinateur. Vingt minutes après, il fonçait dans le trafic au volant de sa Punto, passant les vitesses sans effort, en douceur, en véritable italien. L'appartement de Trey était situé juste au sud du centre-ville, au deuxième étage d'un bâtiment à moitié moderne conçu pour entasser le plus de monde possible dans aussi peu de mètres carrés que possible.

Trey était sur le canapé, la jambe en hauteur, calée sur des oreillers. Son petit salon ressemblait à une décharge – assiettes sales, cartons de pizza vides, quelques boîtes de bière et de sodas. La télévision diffusait de vieilles émissions de la *Roue de la fortune* et, dans la chambre, une chaîne stéréo passait des vieux titres de Tamla Motown.

– Je t'ai apporté un sandwich, lui annonça Rick, en posant un sac sur la table basse encombrée.

Trey actionna la télécommande et coupa le son.

– Merci.

– Comment va ta jambe ?

– Super, lui répondit-il, le sourcil froncé, l'œil noir. – Une infirmière venait lui rendre visite trois fois par jour pour subvenir à ses besoins et lui apporter ses antalgiques. Il avait eu très mal et s'était plaint de la douleur. – Comment on s'en est tiré ?

– Une partie facile, on les a battus de cinquante points.

Dockery prit place dans un fauteuil et s'efforça d'oublier les détritus.

– Donc je ne vous ai pas manqué.

– Les Lazio ne sont pas très forts.

Le sourire facile et l'attitude désinvolte avaient disparu, cédant la place à l'amertume et aux idées noires. Voilà l'effet d'une fracture avec complications sur un jeune athlète. Sa carrière, quelle que soit la définition qu'en donnait Trey, était terminée, et la phase suivante de son existence débutait. Comme beaucoup de jeunes athlètes, il n'avait que peu réfléchi à cette prochaine étape. Quand vous avez vingt-six ans, vous croyez jouer pour l'éternité.

– L'infirmière prend soin de toi ? s'enquit Rick.

– Elle est bien. Mercredi, on me met un nouveau plâtre, et jeudi je m'en vais. J'ai besoin de rentrer chez moi. Je deviens dingue, ici.

Ils regardèrent l'écran de la télévision muette un long moment. Depuis que Trey était sorti de l'hôpital, Rick était venu faire un saut tous les jours, et le minuscule appartement ne cessait de rapetisser. C'était peut-être l'empilement des ordures, le linge pas lavé, ou les fenêtres hermétiquement fermées, masquées par des rideaux. Ou alors c'était l'enfouissement de Trey dans sa morosité. Rick se réjouissait d'apprendre qu'il allait bientôt s'en aller.

– En défense, je n'ai jamais reçu la moindre blessure, remarqua Trey, l'œil fixé sur la télé. Je suis un arrière défensif, jamais été blessé. Tu m'as mis en attaque, et voilà où j'en suis.

Il tapa sur son plâtre avec force, pour insister sur le côté dramatique de la chose.

– Tu me rends responsable de ta blessure ?

– En défense, je ne me suis jamais blessé.

– C'est rien que des conneries. Tu es en train de me raconter que les joueurs des premières lignes seraient les seuls à se ramasser des blessures ?

– Je parle juste de moi.

Rick était irrité, avec l'envie de lui hurler dessus, mais il respira un bon coup, se força à ravaler sa salive, posa les yeux sur le plâtre et ne releva pas. Au bout de quelques minutes, il reprit la parole.

– Allons chez Polipo manger une pizza, ce soir, non ?

– Non.

– Tu veux que je t'en rapporte une ?

– Non.

– Un sandwich, un steak, quelque chose ?

– Non.

Et là-dessus, Trey braqua la télécommande, appuya sur un bouton et, à l'écran, une petite ménagère toute contente piqua une voyelle. La *Roue de la fortune*. Rick se leva discrètement de son fauteuil et sortit de l'appartement en silence.

Il s'assit à une table, en terrasse, sous le soleil de cette fin d'après-midi, et but une chope frappée de Peroni. Il tirait sur un cigare cubain en regardant les dames passer par là. Soudain très seul, il se demanda à quoi il pourrait s'occuper, pendant une semaine entière.

Arnie le rappela, cette fois avec une certaine excitation dans la voix.

– Le Rat est de retour, lui annonça-t-il triomphalement. Il a été embauché hier par l'équipe de

Saskatchewan, au poste d'entraîneur principal. Son premier coup de fil a été pour moi. Il te veut, Rick, tout de suite.

– Saskatchewan ?

– Tu as pigé. Quatre-vingt mille.

– Je croyais que Rat avait raccroché depuis des années.

– Il avait raccroché, il s'était installé dans une ferme du Kentucky, il a pelleté du crottin de cheval pendant quelques années, ça a fini par le barber. Saskatchewan a viré tout le monde la semaine dernière, et ils ont fait des pieds et des mains pour convaincre Rat de sortir de sa retraite.

Rat Mullins avait été engagé par davantage d'équipes pros que Rick. Vingt ans plus tôt, il avait créé un système d'attaque en tir de barrage assez insolite consistant, sur toutes les actions, en un jeu de passe systématique et à expédier des receveurs dans tous les azimuts. Il avait accédé à la notoriété, mais cela n'avait eu qu'un temps et, avec les années, ses équipes devenant incapables de gagner, sa cote avait baissé. Il était le coordinateur de l'attaque, à Toronto, quand Rick jouait là-bas, et les deux hommes avaient fini par devenir assez proches. Si Rat avait été entraîneur principal, Rick serait entré sur le terrain dès le coup d'envoi de chaque match, avec cinquante occasions de passes.

– Saskatchewan, marmonna-t-il et, en un éclair, il repensa à la ville de Regina et aux vastes plaines de blé qui l'entouraient. C'est loin de Cleveland ?

– Un million de miles. Je vais t'acheter un atlas. Écoute, à chaque rencontre, ils attirent cinquante mille spectateurs, Rick. C'est du grand football, et ils te proposent quatre-vingt mille dollars. Tout de suite.

– Je ne sais pas, hésita-t-il.

– Ne sois pas idiot, mon garçon. D'ici à ton retour, j'aurai fait monter le tarif jusqu'à cent mille.

– Je ne peux pas tout plaquer, Arnie, enfin.

– Bien sûr que si.

– Non.

– Mais si. Ça tombe sous le sens. C'est ton come-back. Et ça commence là, tout de suite.

– J'ai un contrat, ici, Arnie.

– Écoute-moi, mon garçon. Pense à ta carrière. Tu as vingt-huit ans, et cette occasion ne se représentera pas. Rat te veut dans sa poche d'attaquants, avec ton bras d'enfer, et que tu balances des missiles dans tout le Canada. C'est magnifique.

Rick engloutit sa bière en quelques gorgées et s'essuya la bouche.

Arnie était lancé.

– Boucle tes bagages, va en voiture à la gare, range-la, laisse les clefs sur le siège, et tu leur dis adios. Qu'est-ce qu'ils vont faire, t'attaquer ?

– Ce n'est pas correct.

– Pense un peu à toi, Rick.

– Je ne fais que ça.

– Je te rappelle dans deux heures.

Quand Arnie le rappela, Rick regardait la télévision.

– Ils en sont à quatre-vingt-dix mille, mon garçon, et ils ont besoin d'une réponse.

– Il a cessé de neiger, dans le Saskatchewan ?

– Bien sûr, et il fait splendide. Le premier match est dans six semaines. Les redoutables Roughriders, ils étaient dans la course pour la Grey Cup, l'an dernier, tu te souviens ? Une organisation remarquable et ils sont prêts à débouler. Pour t'avoir là-bas, Rat s'est mis en quatre.

– Laisse-moi réfléchir jusqu'à demain.

– Tu réfléchis trop, mon garçon. Ce n'est pas si compliqué.

– Laisse-moi la nuit.

20.

Cette nuit-là, il lui fut impossible de trouver le sommeil. Il n'arrêta pas de ruminer, resta devant la télévision, essaya de lire et de se débarrasser de cette culpabilité qui le paralysait et rongeait toute velléité de s'enfuir. Ce serait tellement facile, et cela pourrait se faire de telle sorte qu'il ne serait jamais forcé de se confronter à Sam, Franco, Nino et tous les autres. Il pourrait filer, dès l'aube, sans jamais se retourner. Du moins, c'était ce qu'il se racontait.

À 8 heures, il se rendit à la gare, gara la Fiat, et entra dans le hall. Il attendit son train une heure.

Trois heures plus tard, il arrivait à Florence. Un taxi le conduisit à l'hôtel Savoy, qui donnait sur la Piazza della Repubblica. Il remplit sa fiche d'hôtel, laissa son sac dans sa chambre et trouva une table dehors, à la terrasse d'un des nombreux cafés qui entouraient cette piazza grouillante de monde. Il tapa le numéro du portable de Gabriella, tomba sur une boîte vocale en italien, mais décida de ne pas laisser de message.

Au milieu de son déjeuner, il la rappela. Elle avait l'air relativement contente d'entendre le son de sa voix, un peu surprise, peut-être. Quelques bredouillements ici ou là, mais elle s'anima considérablement au fur et à mesure qu'ils bavardaient. Elle était à son travail, mais ne lui expliqua pas ce qu'elle faisait. Il lui suggéra de la retrouver pour un verre au Gilli, un café très fréquenté, situé en face de son hôtel et, d'après son guide, parfait pour un verre en fin d'après-midi. D'accord, finit-elle par répondre, à cinq heures.

Il flâna sans but dans les rues entourant la piazza, se fondit dans la foule, admirant les vieux bâtiments. Au duomo, il se fit presque broyer par une foule de touristes japonais. Il entendit parler anglais, beaucoup, partout, dans la bouche de hordes de ce qui ressemblait fort à des étudiantes américaines. Il s'attarda devant les échoppes du Ponte Vecchio, le pont très ancien qui enjambe l'Arno. Encore des étudiantes.

Quand il reçut le coup de téléphone d'Arnie, il prenait un espresso en étudiant son guide dans un café de la Piazza della Signoria, près du Museo degli Uffizi, où des foules de touristes attendaient de voir la plus grande collection de peinture du monde. Il avait décidé de ne pas dire à son agent où il était.

– Tu as bien dormi ? commença l'autre.

– Comme un chérubin. Ça ne marchera pas, Arnie. Je ne vais pas tout lâcher en plein milieu de la saison. L'année prochaine, pourquoi pas.

– Il n'y aura pas d'année prochaine, mon gars. C'est maintenant ou jamais.

– Il y a toujours une année prochaine.

– Pas pour toi. Rat se trouvera un autre quarterback, tu ne comprends pas ?

– Je comprends tout ça mieux que toi, Arnie. J'ai vécu dans le circuit.

– Ne fais pas l'idiot, Rick. Fie-toi à moi, sur ce coup-là.

– Et la loyauté ?

– La loyauté ? C'était quand, la dernière fois qu'une équipe s'est montrée loyale envers toi, mon garçon ? Tu t'es fait saquer tellement de fois…

– Attention, Arnie.

Un silence, et son agent poursuivit.

– Rick, si tu n'acceptes pas cette offre, alors tu peux te trouver un autre agent.

– Celle-là, je m'y attendais.

– Allons, mon garçon. Écoute-moi.

Rick faisait la sieste dans sa chambre, quand son agent le rappela. Pour Arnie, une réponse négative n'était jamais qu'un revers temporaire.

– Je les ai obligés à t'augmenter jusqu'à cent mille, d'accord ? Je me crève le cul, là, Rick, et de ton côté je ne gagne rien. Rien.

– Merci.

– Je t'en prie. Voilà l'offre. L'équipe te paie ton billet d'avion pour traverser l'océan et venir rencontrer Rat. Aujourd'hui, demain, vite, en tout cas, d'accord ? Vraiment vite. Tu veux bien juste faire ça pour moi ?

– Je n'en sais rien…

– Tu as une semaine de liberté. Je t'en prie, Rick, c'est un service que tu me rends. Dieu sait si je le mérite.

– Laisse-moi réfléchir.

Et il referma lentement le clapet de son téléphone, alors que l'autre lui parlait encore.

Quelques minutes avant cinq heures, il repéra une table en terrasse chez Gilli, commanda un Campari sur glace et s'efforça de ne pas suivre du regard les femmes qui traversaient la piazza. Oui, admit-il au fond de lui-même, il était très tendu, mais aussi excité. Il n'avait pas revu Gabriella depuis deux semaines et ne lui avait pas non plus parlé au téléphone. Pas d'échanges d'e-mails. Aucun contact. Ce petit rendez-vous déterminerait l'avenir de leur relation – si avenir il y avait. Ce pourrait être des retrouvailles chaleureuses, un verre succédant à un autre, ou ce serait guindé, gêné, l'ultime retour à la dure réalité.

Un petit groupe d'étudiantes s'abattit sur une table voisine. Elles parlaient toutes en même temps – la moitié dans leur téléphone portable, les autres entre elles, à tue-tête. Des Américaines. Un accent du Sud. Huit filles, six blondes. Presque toutes en jeans, mais deux en jupes très courtes. Les jambes bronzées. Pas un seul manuel, pas un cahier en vue. Elles réunirent deux tables, tirèrent des chaises, disposèrent leurs sacs, accrochèrent leurs vestes et, dans le remue-ménage et l'agitation de cette installation, trouvèrent le moyen de ne jamais s'arrêter de parler une seule seconde.

Rick pensa changer de place, et puis il changea d'avis. La quasi-totalité de ces filles étaient mignonnes, et entendre parler anglais était réconfortant, en dépit de ce flot de paroles désordonnées. Quelque part à l'intérieur de la salle du Gilli, un serveur qui avait tiré à la courte paille et perdu fut désigné pour venir noter leurs commandes, essentiellement des verres de vin, et pas une seule énoncée en italien.

Une fille remarqua Rick, puis trois autres. Rapides coups d'œil dans sa direction. Deux d'entre elles allumèrent une cigarette. Pendant un petit moment, les portables restèrent fermés. Il était cinq heures dix.

Dix minutes plus tard, il appela le portable de Gabriella et écouta la boîte vocale. Les beautés du

Sud avaient pris Rick pour sujet de conversation : Italien ou Américain ? Comprenait-il ce qu'elles racontaient ? En réalité, ça leur était égal.

Il commanda un autre Campari et, d'après une des deux étudiantes qui n'étaient pas blondes, ceci prouvait qu'il n'était pas américain. Elles l'abandonnèrent subitement, car l'une d'elles venait d'annoncer des soldes de chaussures chez Ferragamo.

Il fut cinq heures et demie, puis cinq heures et demie passées, et Rick commença à s'inquiéter. Si elle était en retard, elle aurait appelé, mais peut-être pas si elle avait décidé de ne pas venir le retrouver.

Une étudiante apparut devant lui, la brune en minijupe, et se laissa tomber sur la chaise en face de lui.

– Salut, lui dit-elle avec un sourire rehaussé de deux fossettes. Vous pouvez nous aider à trancher ? C'est un pari. – Elle lança un regard vers ses amies, et Rick l'imita. Elles les observaient avec curiosité. Avant qu'il ait pu répondre, elle continua : – Vous attendez un homme ou une femme ? À notre table, c'est fifty-fifty. Les perdants paient un verre.

– Et vous vous appelez ?

– Livvy. Et vous ?

– Rick. – L'espace d'une milliseconde, l'idée de révéler son nom de famille le terrorisa. C'étaient des Américaines. Allaient-elles reconnaître l'Andouille Numéro Un de l'histoire de la NFL ?

– Qu'est-ce qui vous fait croire que j'attends quelqu'un ? lui demanda-t-il.

– C'est assez évident. Vous consultez votre montre, vous appelez un numéro sur votre portable, vous attendez sans dire un mot, vous observez la foule, vous regardez de nouveau l'heure. Vous attendez quelqu'un, c'est une certitude. C'est juste un pari idiot. Choisissez… homme ou femme.

– Texas ?

– Pas loin, Géorgie.

Elle était vraiment mignonne – des yeux bleus pleins de douceur, des pommettes saillantes, des cheveux noirs et soyeux qui frôlaient les épaules. Il avait envie de bavarder.

– Touriste ?

– Programme d'échanges universitaires. Et vous ?

Question intéressante, et la réponse était compliquée.

– Affaires, prétendit-il.

Vite gagnées par l'ennui, ses amies s'étaient remises à bavarder, cette fois au sujet d'une nouvelle discothèque où traînaient des garçons français.

– Qu'est-ce que vous en pensez, homme ou femme ? demanda-t-il.

– Une femme. La vôtre, pourquoi pas ?

Elle avait les coudes sur la table et se pencha plus près, prenant un profond plaisir à cette conversation.

– Jamais eu de femme.

– C'était bien ce que je pensais. Je dirais que vous attendez une femme. On est après les horaires de bureau. Vous n'avez pas l'air d'un cadre d'entreprise. Vous n'êtes franchement pas gay.

– Ça, c'est clair, hein ?

– Ah, oui !

S'il admettait qu'il attendait une femme, il aurait l'allure d'un perdant à qui l'on a posé un lapin. S'il lui racontait qu'il attendait un homme, à l'arrivée de Gabriella (si elle arrivait), il aurait l'air bête.

– Je n'attends personne.

Elle sourit, parce qu'elle connaissait la vérité.

– Là, j'en doute.

– Alors, à Florence, où traînent-elles, les étudiantes américaines ?

– Nous avons nos repaires.

– Il se pourrait que je m'ennuie, ce soir.

– Envie de vous joindre à nous ?

– Certainement.

– Il y a un club qui s'appelle… – Elle s'interrompit et regarda ses amies, déjà passées à une autre affaire urgente : la commande de la tournée suivante. Livvy venait de changer d'avis, manifestement – Donnez-moi votre numéro de portable, dit-elle, et je vous appelle plus tard, quand nous nous serons décidées.

Ils échangèrent leurs numéros. « Ciao », lança-t-elle, et elle retourna à leur table, où elle annonça à la petite bande qu'il n'y avait ni gagnants ni perdants. Rick, là-bas, n'attendait personne.

Après avoir patienté quarante-cinq minutes, il paya ses consommations, puis, avec un clin d'œil à Livvy, se perdit dans la foule. Encore un coup de fil à Gabriella, une ultime tentative. Quand la messagerie se mit en route, il lâcha un juron et referma sèchement son combiné.

Une heure plus tard, alors qu'il regardait la télévision dans sa chambre, son téléphone sonna. Ce n'était pas Arnie. Ce n'était pas Gabriella.

– La fille ne s'est pas pointée, hein ? commença Livvy, toute joyeuse.

– Non, elle ne s'est pas pointée.

– Donc vous êtes tout seul.

– Très seul.

– Quel gâchis. Je réfléchissais au dîner. Vous avez besoin de compagnie ?

– Et comment.

Ils se retrouvèrent chez Paoli, à deux pas de son hôtel. Un vieil endroit, avec une salle à manger tout en longueur, sous un plafond voûté décoré de fresques médiévales. C'était plein, et Livvy fut heureuse de lui annoncer qu'elle avait usé de son influence pour obtenir une table. C'était une petite table, et ils s'assirent tout près l'un de l'autre.

Ils burent un vin blanc et se prêtèrent aux préliminaires d'usage. Elle était en troisième année à l'université de Géorgie, achevait son semestre d'échange à l'étranger, l'histoire de l'art était sa matière principale, ses études ne l'obnubilaient pas trop, et sa famille ne lui manquait pas.

Elle avait un copain, mais c'était temporaire. Sans importance.

Rick lui jura qu'il n'avait pas d'épouse, pas de fiancée, pas de relation suivie. La fille qui n'était jamais venue était une chanteuse d'opéra, ce qui, à l'évidence, modifiait considérablement le cours de la conversation. Ils commandèrent des salades, des *pappardelle* au râble de lapin et une bouteille de Chianti.

Après une robuste gorgée de vin, il serra les dents et plongea dans la question du football bille en tête. Le meilleur (l'université), le pire (sa carrière professionnelle de nomade) et l'épouvantable (sa brève apparition en janvier dernier sous les couleurs des Browns de Cleveland).

– Le football ne m'a pas manqué non plus, lui avoua-t-elle, et il eut envie de la serrer dans ses bras.

Elle lui expliqua qu'elle ignorait qui avait gagné la Southeast Conference ou le titre à l'échelon national, et qu'elle s'en moquait. Elle ne s'intéressait pas plus au football professionnel. Elle avait été pom-pom girl, au lycée, où elle avait absorbé une dose suffisante de football pour le restant de ses jours.

Enfin une pom-pom girl en Italie.

Il lui décrivit brièvement Parme, ses Panthers et le championnat italien, avant de s'intéresser à elle.

– Il y a pas mal d'Américains, ici, à Florence, on dirait.

Elle leva les yeux, comme si elle en avait par-dessus la tête des Américains.

– J'étais impatiente de partir étudier à l'étranger, j'en rêvais depuis des années, et maintenant je vis avec trois de mes camarades de l'association étudiante de Géorgie. Apprendre la langue d'ici ne les intéresse pas, pas plus que de s'imprégner de cette culture. Tout ce qui les attire, c'est le shopping et les boîtes. Il y a des milliers d'Américains, dans cette ville, mais ils restent collés les uns aux autres, comme des moutons.

Dans ces conditions, autant rester à Atlanta. Elle allait souvent se balader seule dans la campagne, pour échapper à ses amies.

Son père était un chirurgien réputé qui entretenait une liaison, cause d'un divorce interminable. La situation était assez trouble, chez elle, et elle n'était pas du tout emballée par l'idée de quitter Florence à la fin du semestre, trois semaines plus tard.

– Désolée, fit-elle, en mettant un point final à ce résumé familial.

– Pas de problème.

– J'aimerais passer l'été à voyager en Italie, loin de mon association estudiantine, enfin, loin des garçons de la fraternité étudiante qui se saoulent toutes les nuits, et très loin de ma famille.

– Et qu'est-ce qui vous en empêche ?

– Papa. Il paie les factures, et me prie de rentrer à la maison.

Au-delà de cette fin de saison, qui pouvait se prolonger jusqu'en juillet, il n'avait aucun projet.

Sans trop savoir pourquoi, il lui mentionna le Canada, peut-être pour l'impressionner. S'il partait jouer là-bas, la saison ne s'achèverait qu'en novembre. Cela ne fit sur elle aucune impression.

Le serveur leur apporta des assiettes pleines à ras bord de *pappardelle* et de râble de lapin, avec une sauce de viande capiteuse qui avait l'air divine et dégageait un fumet qui ne l'était pas moins. Ils parlèrent de la cuisine et des vins italiens, des Italiens en général, des endroits qu'elle avait déjà visités et de ceux qui figuraient sur la liste de ses envies.

Ils mangeaient lentement, comme tout le monde chez Paoli. Quand ils eurent terminé, par un fromage et un porto, il était onze heures passées.

— Je n'ai pas vraiment envie d'aller en boîte, admit-elle. Je serais ravie de vous en faire découvrir une ou deux, mais ça ne me dit rien. Nous sortons tellement souvent.

— Qu'est-ce que vous avez en tête ?

— Un gelato.

Ils traversèrent le Ponte Vecchio et trouvèrent un marchand de glaces qui proposait cinquante parfums différents. Ensuite, il la raccompagna à pied jusqu'à son appartement et la quitta sur un baiser.

21.

– Il est cinq heures du matin, ici, commença Rat sur un ton enjoué. Et bon sang, pourquoi suis-je déjà réveillé, bon pied bon œil, pour te téléphoner à cinq heures du matin? Pourquoi? Réponds un peu à cette question, tête de lard.

– Salut, Rat, fit Rick avec une envie d'étouffer Arnie pour avoir transmis son numéro de téléphone sans autorisation.

– Tu es un abruti, tu le sais. Un imbécile de première classe, mais enfin, ça, on était déjà au courant, il y a cinq ans, non? Comment ça va, Ricky?

– Ça roule, Rat, et toi?

– Super, une forme ahurissante, je pète déjà le feu et la saison n'est pas encore commencée. – Rat Mullins parlait d'une voix haut perchée, à toute vitesse, et attendait rarement une réponse avant de se lancer dans son assaut verbal suivant. Rick ne put réprimer un sourire. Il n'avait plus entendu cette voix-là depuis des années, et elle lui rappelait d'agréables souvenirs, liés à l'un des rares entraîneurs qui avaient cru en lui. – On va gagner, mon biquet, on va leur marquer cinquante points par match, les autres équipes peuvent toujours en marquer quarante, je m'en tamponne, parce qu'elles ne

229

nous rattraperont jamais. J'ai prévenu le patron, hier, que pour afficher les statistiques du match, on aurait besoin d'un nouveau tableau électronique, leur vieux machin n'est pas capable de compter assez vite pour moi, pour mon attaque et mon super quarterback, Dockery la Tête de Lard. Tu es là, mon gaillard ?

– J'écoute, Rat, comme toujours.

– Donc, voilà le marché. Le patron t'a déjà acheté un billet aller-retour, en première classe, espèce de manche, pour moi, il en a pas lâché autant, j'ai dû me taper le voyage du retour en classe éco, tu décolles de Rome le matin à huit heures, vol sans escale jusqu'à Toronto, ensuite direction Regina, toujours en première classe, Air Canada, une super compagnie, d'ailleurs. On t'envoie une voiture à l'aéroport dès que tu poses le pied à terre et demain soir on dîne ensemble et on invente des tracés de passe tout nouveaux-tout beaux, de l'inédit.

– Pas si vite, Rat.

– Je sais, je sais. Ce que tu peux être lent, toi. Ça, je m'en souviens très bien, mais…

– Écoute, Rat, je ne peux pas plaquer mon équipe comme ça.

– Ton équipe ? Tu as bien dit « équipe » ? J'en ai lu des trucs, sur ton équipe. Ce type de Cleveland, comment il s'appelle, Cray, il te lâche pas. Un millier de supporters pour un match à domicile. C'est quoi, du touch-football ? Il suffit que tu effleures le porteur du ballon pour qu'il le lâche ?

– Rat, j'ai signé un contrat.

– Et moi j'en ai un autre à te faire signer, de contrat. Un bien plus gros, avec une véritable équipe, dans un vrai championnat, sur de vrais stades, devant de vrais supporters. Télévision.

Sponsors. Contrats avec des fabricants de chaussures. Fanfares et pom-pom girls.

– Je suis heureux, ici, Rat.

Il y eut un silence, le temps que Mullins reprenne son souffle. Rick se l'imaginait très bien, dans son vestiaire, à la mi-temps, arpentant le local comme un forcené, parlant comme un fou en giflant l'air des deux mains, marquant un arrêt soudain, le temps de se remplir les poumons, une violente goulée d'air, avant de se lancer dans la tirade suivante.

Une octave plus bas, se donnant beaucoup de mal pour paraître froissé, il reprit.

– Écoute, Rick, ne me fais pas ça, pas à moi. Je me mouille, là. Après ce qui est arrivé à Cleveland, enfin, bon…

– Lâche-moi, là-dessus, Rat.

– D'accord, d'accord. Désolé. Mais est-ce que tu veux bien juste venir me voir ? Venir me rendre visite et me laisser une chance de te causer en face ? Tu ne peux pas faire ça pour ton vieil entraîneur, hein ? Ça ne t'engage à rien. Le billet d'avion est déjà payé, un billet non remboursable, je t'en prie, Ricky.

Dockery ferma les yeux, se massa le front, et finit par accepter, à contrecœur.

– OK, coach. Rien qu'une visite. Sans engagement.

– Tu es moins stupide que je ne pensais. Je t'adore, Ricky. Tu ne le regretteras pas.

– Qui a choisi l'aéroport de Rome ?

– Tu es en Italie, non ?

– Oui, mais…

– La dernière fois que j'ai vérifié, Rome, c'était en Italie. Alors maintenant tu vas me le trouver, ce foutu aéroport, et tu viens me voir.

Avant le décollage, il siffla deux Bloody Mary et réussit à dormir pendant la quasi-totalité des huit heures de vol jusqu'à Toronto. Même si ses craintes avaient un aspect un peu ridicule, la perspective d'atterrir où que ce soit en Amérique le rendait nerveux. Pour tuer le temps en attendant sa correspondance, il appela Arnie et l'informa de l'endroit où il se trouvait. Arnie était très fier. Rick envoya un e-mail à sa mère, mais sans détails. Il en envoya un autre à Livvy, avec un rapide bonjour. Il jeta un œil au *Cleveland Post*, juste pour s'assurer que Charley Cray était enfin passé à d'autres cibles. Il y avait un mot de Gabriella : « Rick, je suis tellement désolée, mais vous revoir ne serait pas sage. Je vous en prie, pardonnez-moi. »

Il resta le regard un instant fixé au sol, et décida de ne pas répondre. Il appela le portable de Trey, sans obtenir de réponse.

Ses deux années à Toronto n'avaient pas été déplaisantes. Cela semblait si loin, et il avait l'impression d'être tellement plus jeune, à l'époque. À peine sorti de l'université, avec de grands rêves et une longue carrière devant lui, il s'était cru invincible. Il était encore à l'état d'ébauche, un blanc-bec doté de tous les atouts, il avait juste besoin d'être un peu dégrossi ici ou là et, sous peu, il débuterait dans le championnat NFL.

Rick n'était plus certain de rêver de jouer dans la cour des grands.

Il y eut une annonce à propos de Regina. Il s'approcha d'un écran d'affichage et s'aperçut que le vol était retardé. Il alla se renseigner à la porte d'embarquement, où on le prévint que ce retard était dû à la météo. « Il neige à Regina », lui précisa l'employé de la compagnie.

Il trouva une cafétéria et commanda un soda light. Il se renseigna sur Regina et, oui, il neigeait, et beaucoup. « Un blizzard de printemps plutôt rare », d'après quelqu'un.

Histoire de tuer encore le temps, il feuilleta le quotidien de Regina, le *Leader-Post*. Il y avait des infos sur le foot. Rat faisait beaucoup de tapage, il embauchait un coordinateur défensif, visiblement un individu de peu d'expérience. Il avait licencié un tailback, suscitant des conjectures sur l'inutilité du jeu de course dans ses choix stratégiques. Les ventes de billets pour la prochaine saison avaient atteint trente-cinq mille unités, un record. Un chroniqueur sportif livrait un pot-pourri de potins, le genre de type qui se traîne depuis trente ans jusqu'à son clavier pour taper six cents mots quatre fois par semaine même quand le monde sportif, dans le Saskatchewan ou ailleurs, paraît absolument mort. Un joueur de hockey avait refusé toute opération chirurgicale avant la fin de la saison. Un autre s'était séparé de son épouse, affligée d'un nez cassé des plus suspects.

Dernier paragraphe : Rat Mullins confirmait que les Roughriders étaient en pourparlers avec Marcus Moon, un quarterback au style débridé, un attaquant à tout-va, au bras très rapide. Moon avait passé les deux dernières saisons avec les Packers et il « mourait d'envie de jouer tous les jours ». Et Rat Mullins refusait de confirmer ou de démentir que l'équipe discutait aussi avec Rick Dockery, qui « la dernière fois qu'on l'avait vu passer par là, servait de superbes passes interceptées pour le compte des Browns de Cleveland ».

En réponse à cette rumeur autour de Dockery, l'article citait la réponse de Rat, un « sans commentaire » des plus sobres.

Le journaliste sportif réservait le meilleur pour la fin, un entrefilet qui sautait trop aux yeux pour être ignoré. L'emploi des parenthèses le distanciait un peu de ses propres ragots : « (Pour en savoir plus sur Dockery, adressez-vous à charleycray@clevel andpost.com.) »

Sans commentaire ? Rat a-t-il trop peur ou trop honte pour se risquer à commenter ? Il se posa cette question à voix haute et s'attira un ou deux regards interloqués. Il referma lentement son ordinateur portable et partit faire une longue marche dans l'aérogare.

Quand il embarqua à bord de la navette d'Air Canada, il ne se dirigeait plus vers Regina, mais vers Cleveland. Là, il prit un taxi pour le centre-ville. L'immeuble du *Cleveland Post* était une structure aussi terne que moderne, sur Slate Avenue. Curieusement, il se situait à quatre rues au nord du quartier de Parma.

Rick paya le chauffeur et le pria de l'attendre au coin, au prochain carrefour. Sur le trottoir, il s'arrêta juste une seconde pour s'imprégner de cette réalité : il était de retour à Cleveland, Ohio. Il aurait pu conclure la paix avec cette ville, mais elle était déterminée à le tourmenter.

S'il avait eu la moindre hésitation à ce moment-là, il n'en conserverait aucun souvenir.

Dans le hall d'accueil trônait la statue en bronze d'un personnage méconnaissable ornée d'une citation prétentieuse sur la vérité et la liberté. Un poste de vigile se dressait juste à côté. Tous les visiteurs étaient obligés d'inscrire leur nom. Rick portait une casquette de base-ball des Cleveland Indians, achetée quelques instants plus tôt à l'aéroport pour trente-deux dollars et, quand le vigile lui fit : « Oui, monsieur ? », il répliqua sans hésiter : « Charley Cray. »

– Et votre nom ?

– Roy Grady. Je joue avec l'équipe des Indians.

Cette nouvelle eut l'air de ravir le vigile, et il fit glisser le bloc vers lui, pour qu'il y appose sa signature. D'après le site Internet des Indians, Roy Grady était le dernier en date des lanceurs de l'équipe, un jeunot que l'on venait de pêcher en première ligue mineure AAA et qui, jusqu'à présent, avait lancé dans trois manches avec des résultats très mitigés. Cray reconnaîtrait probablement le nom, mais sans doute pas le visage.

– Deuxième étage, lui dit le vigile avec un grand sourire.

Rick prit l'escalier, car c'était par là qu'il avait prévu de repartir. La salle de rédaction du deuxième étage correspondait à ce qu'il avait prévu – un vaste espace ouvert, truffé de boxes et de postes de travail, avec des journaux empilés de tous côtés. Des petits bureaux étaient aménagés sur le pourtour et Rick s'avança, en vérifiant le nom inscrit près de chaque porte. Il avait le cœur battant et du mal à conserver une allure nonchalante.

– Roy, s'exclama quelqu'un, sur sa droite, et il se tourna dans cette direction.

Il devait avoir quarante-cinq ans, le crâne dégarni, avec quelques longues mèches de cheveux gris et gras au-dessus des oreilles, pas rasé, de tristes lunettes de lecture posées sur l'arête du nez, de l'embonpoint, et le genre de physique qui n'a jamais récolté le moindre succès au lycée, jamais endossé aucun uniforme, jamais emballé de pom-pom girl. Un allumé du sport, un débraillé incapable de jouer le moindre match et qui gagnait sa vie en éreintant ceux qui en étaient capables. Il se tenait debout sur le seuil de son petit bureau encombré, à regarder venir ce Roy Grady le sourcil froncé ; il ne fut pas long à se douter de quelque chose.

– Monsieur Cray ? fit Rick, à un mètre cinquante de lui, en se rapprochant d'un pas rapide.

– Oui, répondit l'autre avec un petit sourire méprisant qui laissa place à une expression de saisissement.

Rick l'avait déjà repoussé dans la pièce en claquant la porte derrière lui. D'un geste brusque de la main gauche, il retira sa casquette et, de la droite, prit Cray à la gorge.

– C'est moi, enfoiré, Rick Dockery, ton nullard préféré.

Le journaliste écarquilla les yeux, ses lunettes tombèrent par terre.

Après mûre réflexion, Rick s'était décidé : il n'y aurait qu'un seul coup de poing. Une droite appuyée, en pleine tête, que l'autre verrait clairement venir. Pas de coups en traître, pas de coups de pied dans l'entrejambe, rien de tel. Un face-à-face, d'homme à homme, chair contre chair, sans l'aide d'aucune arme. Et, avec un peu de chance, sans que le sang coule.

Ce n'était pas une manchette, ce n'était pas un crochet non plus, juste une droite lourde et bien centrée, un geste né des mois plus tôt et qu'il assenait enfin depuis l'autre extrémité de l'océan. Sans aucune résistance, car Cray était trop mou, trop apeuré, et consacrait trop de temps à se cacher derrière son clavier. Ce coup de poing parfait le cueillit à la gauche du menton, avec un joli craquement que Rick se remémorerait avec plaisir, à maintes et maintes reprises, au cours des semaines à venir. L'autre s'écroula comme un sac de vieilles patates et, l'espace d'une seconde, Rick fut tenté de lui décocher son pied dans les côtes.

Il avait pensé à ce qu'il pourrait lui dire, mais rien ne semblait coller. Des menaces ne seraient pas prises au sérieux – Rick était assez stupide pour se pointer à Cleveland, mais il ne remettrait sûrement pas ça. Maudire Charley Cray ne ferait que le réjouir encore davantage, et tout ce que Dockery lui dirait ne tarderait pas à être imprimé. Donc il le laissa là, ratatiné sur le sol, le souffle coupé, terrorisé, à moitié conscient après le choc, et Rick ne se sentit absolument pas désolé pour lui, non, pas un seul instant.

Il se glissa hors du bureau en douceur, adressa un ou deux signes de tête à des journalistes qui ressemblaient étonnamment à M. Cray, puis trouva l'escalier. Il fonça au sous-sol et, au bout de quelques minutes d'errance, repéra une porte qui ouvrait sur un quai de chargement. Cinq minutes après ce knock-out, il était de retour dans le taxi.

Le vol du retour vers Toronto s'effectua aussi par Air Canada, et quand Rick atterrit sur le sol canadien, il se détendit un peu. Trois heures plus tard, il était en partance pour Rome.

22.

Dimanche soir, très tard, un orage diluvien s'abattit sur Parme. La pluie tombait droite et drue, et les nuages donnaient l'impression de vouloir camper là-haut une pleine semaine. Le tonnerre finit par le réveiller, et la première vision que captèrent ses yeux gonflés de sommeil, ce furent des ongles de pied rouges. Non pas les ongles rouges de cette dernière nana, à Milan, et pas non plus les ongles roses, orange ou marron de tant d'innombrables anonymes. Non, monsieur. C'étaient ceux, soigneusement manucurés (mais non par leur propriétaire) et vernis (Rouge Minuit, de chez Chanel) de l'élégante, de la sensuelle et de la très dénudée Miss Livvy Galloway, venue de Savannah, Géorgie, en passant par l'association étudiante Alpha Chi Omega et, plus récemment, par une colocation florentine surpeuplée. Elle se trouvait maintenant dans un appartement un peu moins envahi, à Parme, au troisième étage d'un immeuble ancien, dans une rue calme, loin de ses colocataires encombrantes et très loin de sa famille en guerre.

Rick referma les yeux et l'attira contre lui, sous les draps.

Elle était arrivée tard jeudi soir, par un train de Florence. Après un charmant dîner, ils s'étaient retirés dans sa chambre pour une longue séance au lit, une première. Et s'il s'y était préparé, Livvy ne s'était pas révélée moins empressée. Pour la journée du vendredi, il avait eu l'intention de la passer au lit ou quelque chose de ce style. Elle avait des projets radicalement différents. Dans le train, elle avait lu un livre sur Parme. Il était temps d'étudier l'histoire de la cité.

Munie de son appareil photo et de ses notes, elle se lança avec lui dans un tour de la ville, inspectant attentivement des édifices que Rick avait à peine remarqués en passant devant. Le premier, c'était le duomo – il avait jeté un œil à l'intérieur, une fois, par curiosité – où la jeune femme entra dans un état proche de la transe, l'entraînant de recoins en recoins. Il ne savait pas trop quelles pensées lui traversaient l'esprit, mais elle le gratifia à quelques reprises de remarques éclairantes comme « c'est l'un des plus beaux exemples d'architecture romane de la vallée du Pô ».

– De quand ça date ? lui demandait-il invariablement.

– Il a été consacré en 1106 par le pape Pasquale, puis détruit par un tremblement de terre en 1117. Ils l'ont reconstruit en 1130, durée typique de l'époque, ils y ont travaillé à peu près trois cents ans. Magnifique, non ?

– Vraiment.

Il déployait de gros efforts pour prendre un air captivé, mais il ne lui fallait jamais beaucoup de temps pour faire le tour d'une cathédrale. Livvy, elle, évoluait dans un autre monde. Rick suivait le mouvement en pensant à leur première nuit ensemble, posant de temps à autre des regards furtifs sur son joli postérieur, et projetant un nouvel assaut pour l'après-midi.

Dans l'allée centrale, le nez levé en l'air, elle continua :

– La coupole a été décorée d'une fresque par le Corrège dans les années 1520. Elle représente l'Assomption de la Vierge. À couper le souffle.

Très loin au-dessus d'eux, sur la voûte, ce sacré vieux Corrège était parvenu on ne savait trop comment à peindre une scène extravagante, d'où émergeait une Vierge entourée d'anges. Livvy admirait l'œuvre comme si elle allait se laisser submerger par son émotion. Rick, lui, avait la nuque douloureuse.

Ils s'avancèrent d'un pas traînant dans la nef, la crypte et de nombreux renfoncements, étudièrent les tombes des saints anciens. Au bout d'une heure, Rick était en manque de soleil.

Ensuite, ce fut le baptistère, un bel édifice octogonal situé non loin du duomo, où ils restèrent sans bouger un long moment, plantés devant le portail nord, le portail de la Vierge. Au-dessus de la porte, des sculptures au style très orné représentaient les événements de la vie de Marie. Livvy consulta ses notes, mais elle semblait tout connaître dans les moindres détails.

– Tu t'es déjà arrêté ici ? lui demanda-t-elle.

S'il lui avait dit la vérité, elle l'aurait pris pour un péquenaud. Mentir importait peu puisque Livvy était sur le point d'inspecter un autre édifice. À dire vrai, il était passé devant une centaine de fois, et savait en effet que c'était un baptistère. Il n'était pas certain de savoir exactement à quoi servait un baptistère, mais il fit semblant.

Elle parlait à voix basse, comme pour elle seule – elle aurait pu, cela n'aurait pas changé grand-chose.

– Quatre étages de marbre de Vérone. Commencé en 1196, une transition entre le roman et le gothique.

Elle prit quelques photos de l'extérieur, puis le conduisit à l'intérieur, où ils restèrent bouche bée devant une nouvelle coupole. Byzantine, XIIIe siècle, soufflait-elle. Le roi David, la fuite en Égypte, les Dix Commandements.

Il ponctuait en opinant du chef, et sa nuque se remettait à le faire souffrir.

– Tu es catholique, Rick ? lui demanda-t-elle.

– Luthérien. Et toi ?

– Moi, rien, en réalité. Ma famille appartient à je ne sais quel courant du protestantisme. Mais enfin, j'ai tout de même creusé le sujet, l'histoire du christianisme et les origines de l'Église. J'adore l'art.

– Il y a plein d'églises, par ici, lui rappela-t-il. Toutes catholiques.

– Je sais.

Et elle savait, en effet. Avant le déjeuner, ils visitèrent l'église renaissance de San Giovanni Evangelista, toujours dans le cœur religieux de la cité, ainsi que l'église de San Francesco del Prato. Selon Livvy, c'était l'un « des exemples les plus remarquables d'architecture gothique franciscaine d'Émilie ». Pour lui, le seul détail intéressant, c'était que cette église magnifique ait servi de prison.

À une heure, il insista pour qu'ils déjeunent. Ils trouvèrent une table chez Sorelle Picchi, dans Strada Farini et, pendant qu'il se plongeait dans la carte, Livvy prit encore quelques notes. Devant leurs *anolini*, les meilleurs de Parme, de l'avis de Rick, arrosés d'une bouteille de vin, ils parlèrent de l'Italie. Depuis huit mois qu'elle était à Florence, elle avait visité onze des vingt régions du pays, souvent seule, le week-end, parce que ses colocataires étaient apathiques ou parce qu'elles avaient la gueule de bois. Son objectif était de voir toutes les régions, mais elle manquait de temps. Les examens étaient dans deux semaines, et ensuite ses longues vacances seraient finies.

En guise de sieste, ils s'attaquèrent aux églises de San Pietro Apostolo et San Rocco, puis allèrent se balader dans le Parco Ducale. Elle prenait des notes et des photos, s'imprégnait d'art et d'histoire, tandis que Rick suivait bravement tel un somnambule. Il s'écroula sous le soleil, dans l'herbe chaude du parc, la tête sur les genoux de Livvy, occupée à étudier le plan de la ville. Quand il se réveilla, il finit par la convaincre à force de cajoleries de rentrer à l'appartement pour une vraie sieste.

Chez Polipo, le vendredi soir, après l'entraînement, elle fut la star. Leur quarterback avait déniché une ravissante Américaine, une ancienne pom-pom girl s'il vous plaît, et ces garçons, ces Italiens, tenaient beaucoup à lui faire forte impression. Ils chantèrent des chansons paillardes et éclusèrent des litres de bière.

Le récit de la folle équipée de Rick à Cleveland, rien que pour aller étendre Charley Cray d'un direct bien senti, avait un statut de légende. La version officielle, façonnée par Sam, et malgré Rick qui refusait d'évoquer l'épisode, était restée assez proche des faits. Au détail près que le quarterback des Panthers avait quitté Parme pour aller explorer un contrat qui l'aurait obligé à abandonner son équipe en pleine saison ; en Italie, personne n'était au courant, et personne ne le serait jamais.

Le méchant, Charley Cray, avait effectué le voyage jusque dans leur Italie natale pour écrire des vilenies sur eux et leur quarterback. Il les avait insultés, et Dockery avait remonté la piste, engageant apparemment des frais considérables, et l'avait étendu pour le compte avant de rentrer dare-dare à Parme, en sécurité. Et comment, qu'il était en sécurité, ici. Malheur à quiconque viendrait s'en prendre à Rick, là, dans leur patrie.

Le fait qu'il soit désormais un fugitif ajoutait à l'histoire un romantisme que les Italiens jugeaient irrésistible. Rien d'étonnant dans ce pays où la conversation finissait toujours par rouler sur d'éventuelles poursuites policières engagées à l'encontre de l'un ou de l'autre, où toute atteinte aux lois était invariablement présentée comme un haut fait et son auteur comme un héros plein de charme. Dans la salle bondée de chez Polipo, ils n'avaient que cette histoire aux lèvres, et l'enrichissaient volontiers de détails de leur cru.

À la vérité, Rick n'avait rien d'un homme traqué. Certes, il était visé par un mandat d'arrêt pour coups et blessures, mais, selon son nouvel avocat à Cleveland, personne n'était à ses trousses. Les autorités savaient où il était et il ne serait traduit en justice que s'il revenait à Cleveland.

Mais pour les Panthers, il était en fuite, et ils se devaient de le protéger tant sur le terrain qu'en dehors.

Le samedi se révéla tout aussi instructif que le vendredi. Livvy le guida dans la visite du Teatro Regio, un endroit qu'il était extrêmement fier d'avoir déjà vu, puis le musée Diocésain, l'église de San Marcellino, la chapelle de San Tommaso Apostolo. Pour le déjeuner, ils prirent une pizza dans les jardins du Palazzo della Pilotta.

— Je refuse de mettre les pieds dans une autre église, la prévint-il, défait.

Il était allongé dans l'herbe, bras écartés, inondé de soleil.

— J'aimerais voir le Musée national, plaida-t-elle en l'enlaçant de ses jambes bronzées.

– Il y a quoi, dedans ?

– Des tas de tableaux, de toute l'Italie.

– Non.

– Si, et après, le musée archéologique.

– Et après, quoi d'autre ?

– Après je serai fatiguée. On ira au lit, on fera une sieste, et on pensera au dîner.

– Demain, j'ai un match. Tu veux me tuer ?

– Oui.

Après deux journées de tourisme assidu, Rick était mûr pour le foot. Il brûlait de passer en voiture devant toutes ces vieilles églises pour se rendre au stade, enfiler son uniforme, se couvrir de boue et pourquoi pas rentrer dans quelqu'un.

– Mais il pleut, roucoula Livvy sous les draps.

– Dommage, mademoiselle Pom-pom girl. Il faut y aller.

Elle se retourna et lui barra le passage de la jambe.

– Non, fit-il avec conviction. Pas avant un match. Je suis déjà assez mou du genou comme ça.

– Je croyais que tu étais l'étalon des quarterbacks.

– Juste quarterback, ce sera tout pour le moment.

Elle retira sa jambe et la bascula hors du lit.

– Alors, les Panthers jouent contre qui, aujourd'hui ? minauda-t-elle en se levant, aguicheuse.

– Les Gladiators de Rome.

– Quel nom. Ils savent jouer ?

– Ils sont assez bons. Il faut qu'on y aille.

Il l'installa sous l'auvent au milieu d'une dizaine de supporters déjà arrivés, du côté de l'équipe qui recevait à domicile. Elle s'était couverte d'un poncho et blottie sous un parapluie plus ou moins imperméable. Il se sentait presque désolé pour elle. Vingt minutes plus tard, il était sur le terrain en grande tenue, à s'étirer, à échanger des plaisanteries avec ses coéquipiers, un œil sur Livvy. Il se sentait comme en équipe universitaire ou même au lycée, impatient de jouer par amour du jeu, pour la gloire de la victoire, mais aussi pour une jolie fille, là-bas, dans les tribunes.

Le match se joua dans une cuvette de boue ; il ne cessa pas de pleuvoir. Franco laissa deux fois échapper la balle dans le premier quart temps, et sur deux passes, Fabrizio la lâcha à deux reprises tant le cuir était glissant. Les Gladiators s'enlisaient eux aussi. Avec une minute à jouer avant la mi-temps, Rick jaillit de la poche comme une fusée et sprinta sur trente yards, pour aller marquer les premiers points de la rencontre. Fabrizio cafouilla sur le snap à suivre et le score restait de 6-0 à la mi-temps. Sam, qui n'avait pas eu l'occasion de leur beugler dessus depuis deux semaines, se défoula dans le vestiaire, et tout le monde se sentit mieux.

Au quatrième quart temps, l'eau stagnait en larges flaques sur la pelouse, et la partie se transforma en rixe sur la ligne de scrimmage. Sur une deuxième tentative, avec deux yards en attaque, Rick feinta vers Franco, feinta vers Giancarlo, le tailback de l'équipe troisième, avant d'exécuter une longue passe aérienne vers Fabrizio, qui s'envolait à l'autre bout du terrain, vers un poteau d'en-but. Il loupa à moitié la réception, réussit à la bloquer à l'arraché et courut vingt yards, intouchable. Avec deux touchdowns d'avance, Sam se mit à réclamer le blitz sur toutes les actions, et les Gladiators ne parvinrent même pas à placer une première tentative. Au terme du match, ils avaient péniblement récolté cinq points.

Dimanche soir, Rick dit au revoir à Livvy sur le quai de la gare, puis regarda l'Eurostar s'éloigner avec un mélange de tristesse et de soulagement. Jusque-là, il n'avait pas pris toute la mesure de sa solitude. Ce n'était pas seulement que la compagnie d'une femme lui manquait ; Livvy apportait quelque chose de plus. Avec elle, il avait le sentiment de redevenir étudiant. En même temps, elle n'était pas sans exigences. Elle réclamait une attention de tous les instants, avec une forte propension à l'hyperactivité. Il avait besoin de souffler un peu.

Dimanche soir tard, un e-mail de sa mère :

Cher Ricky : ton père a finalement décidé de ne pas faire ce voyage en Italie. Il est très en colère après toi à cause de ton petit exploit à Cleveland – l'histoire du match était déjà assez pénible comme ça, mais maintenant, les journalistes n'arrêtent pas d'appeler ici pour nous questionner sur cette agression avec coups et blessures. Je méprise ces gens. Je commence à comprendre pourquoi tu es allé rosser ce pauvre homme à Cleveland. Mais tu aurais pu t'arrêter à la maison, venir nous dire bonjour, tant que tu étais là. Nous ne t'avons pas vu depuis Noël. J'essaierais bien de venir seule, mais ma diverticulite pourrait se réveiller. Il vaut mieux que je fasse attention. S'il te plaît dis-moi que tu seras de retour à la maison d'ici un mois environ. Ils vont vraiment t'arrêter ?
Baisers, Maman

Elle traitait sa diverticulite comme s'il s'agissait d'un volcan en activité – toujours logée dans le bas du côlon, en attente d'une éruption, au cas où l'on exigerait d'elle quelque chose qu'elle n'avait pas vraiment envie de faire. Cinq ans plus tôt, Randall et elle avaient commis l'erreur de partir en Espagne avec un groupe de retraités, et ils se chamaillaient encore à cause du coût de ce voyage, de la grossièreté des Européens et de l'ignorance choquante de ces gens qui ne savaient pas parler anglais.

Rick n'avait franchement pas envie de les recevoir en Italie.

Un e-mail en réponse à sa mère :

Chère Maman : je suis vraiment désolé que vous ne puissiez pas effectuer la traversée, mais, de toute façon, ici, il a fait un temps épouvantable. On ne va pas m'arrêter. J'ai des avocats qui s'occupent de tout – c'était un simple malentendu. Dis à Papa de garder son calme – tout va bien se passer. La vie ici est agréable, mais j'ai vraiment le mal du pays. Baisers, Rick

Un e-mail du dimanche soir de la part d'Arnie :

Cher petit con,
L'avocat de Cleveland a mis au point un accord selon lequel tu plaides coupable, tu paies une amende, et tu te fais un peu taper sur les doigts. Mais si tu plaides coupable, Cray peut s'en servir contre toi, et t'intenter une procédure civile. Il prétend que tu lui as fracassé la mâchoire et il a provoqué tout un raffut autour de cette histoire. Je suis certain que tout Cleveland le pousse en ce sens. Ça te plairait de te retrouver en face d'un jury, à Cleveland ? Ils sont capables de te coller la peine de mort. Et dans un procès au civil, ils accorderont un milliard de dollars à Cray en dommages et intérêts punitifs. Enfin, j'y travaille, sans trop savoir pourquoi, d'ailleurs. Rat m'a maudit, hier, et pour la dernière fois, j'espère. Tiffany a accouché avant terme et apparemment, l'enfant serait métis. Il semble que, sur ce coup-là, tu t'en tires bien.
Désormais, il est officiel que l'agent de Rick Dockery perd de l'argent. J'ai pensé que ça t'intéresserait de l'apprendre.

Un e-mail en réponse à Arnie :

Je t'adore, mon pote. Tu es le meilleur, Arn. Continue de repousser les vautours. Aujourd'hui, ça roulait pour nous, les invincibles, les Panthers ; on a étouffé les Gladiators de Rome sous un vrai déluge de flotte. Ton serviteur a été magnifique.

Cray a un maxillaire fracturé ? Il faudrait songer à s'occuper du deuxième. Conseille-lui de m'attaquer et moi je déposerai le bilan – en Italie ! Que ses avocats méditent là-dessus.

La cuisine et les femmes continuent de m'étonner. Merci beaucoup de m'avoir si habilement expédié à Parme.
RD

Et un e-mail à Gabriella :

Merci pour votre gentil petit mot, il y a quelques jours. Ne vous inquiétez pas pour l'épisode de Florence. Je me suis déjà fait poser des lapins par des plus coriaces que vous. Si vous voulez reprendre contact, pas de souci.

23.

La jolie ville de Bolzano se situe dans les régions montagneuses du nord-est de la botte, le Trentin-Haut-Adige, rattachée à l'Italie à une époque relativement récente : les Alliés la subtilisèrent à l'Autriche en 1919 et l'offrirent en récompense aux Italiens pour les remercier d'avoir combattu les Allemands. L'histoire de ce territoire est compliquée. Ses frontières ont été fixées abusivement, au terme de quelques charcutages administratifs, par les puissances qui se trouvaient posséder alors l'armée la plus puissante. Nombre de ses habitants se considèrent comme étant d'ascendance germanique et en ont effectivement l'allure. La plupart parlent l'allemand d'abord, l'italien ensuite, et encore, le plus souvent à contrecœur. Les Italiens sont connus pour murmurer sous cape : « Ces gens-là ne sont pas de vrais Italiens. » Tous les efforts déployés pour italianiser, germaniser, homogénéiser la population ont lamentablement échoué, mais, avec le temps, une trêve s'est imposée dans la sérénité, et la vie y est belle. La culture est purement alpestre. La population est conservatrice, accueillante et prospère, et elle aime sa terre.

Le panorama est saisissant – pics montagneux déchiquetés, vignobles et oliveraies sur les pentes des lacs, vallées tapissées de pommeraies, et des milliers de kilomètres carrés de forêts protégées.

Rick avait appris tout cela dans son guide. Mais Livvy recueillait de son côté des informations plus détaillées. À l'origine, comme elle n'était encore jamais venue dans la région, elle avait prévu d'accompagner Rick. Mais ses examens la retenaient, et Bolzano se trouvait à plus de six heures de train de Florence. Donc elle lui transmettait le fruit de ses recherches dans une succession d'e-mails interminables. La semaine de leur arrivée, il les avait parcourus du regard avant de les laisser sur la table de sa cuisine. Il était bien plus préoccupé par le foot que par la manière dont Mussolini avait pressuré la région entre les deux guerres.

Et côté football, il y avait largement de quoi s'inquiéter. Les Bolzano Giants n'avaient perdu qu'une seule fois, face à Bergame, et par seulement deux points d'écart. Sam et lui avaient regardé la vidéo de ce match à deux reprises, et ils étaient tombés d'accord : Bolzano aurait dû gagner. Un snap raté sur un tir facile entre les poteaux avait suffi à créer la différence.

Bergame. Bergame. Toujours invaincu, une série de soixante-six victoires, désormais. Tout ce que faisaient les Panthers était en rapport avec Bergame. Leur schéma de jeu contre Bolzano était influencé par leur match suivant, qui les opposerait à Bergame.

Le trajet en autocar dura trois heures; à mi-parcours, le paysage changea. Les Alpes firent leur apparition. Rick était assis à l'avant, avec Sam et, quand ils ne sommeillaient pas, ils parlaient d'activités de plein air – d'escalader les Dolomites, de skier, de camper dans la région du lac. N'ayant pas d'enfants, Sam et Anna passaient des semaines chaque automne à explorer l'Italie du Nord et le sud de l'Autriche.

Un match contre les Giants.

Si Rick Dockery n'avait eu qu'un seul souvenir de son triste petit parcours dans la NFL, ç'aurait été cette rencontre face aux Giants, par un dimanche de brouillard, dans les Meadowlands, jouée devant quatre-vingt mille supporters braillards, et retransmise sur une chaîne nationale. Il jouait avec Seattle, à son poste habituel de quarterback numéro trois. Le numéro un s'était fait assommer dans le premier quart temps, et le numéro deux multipliait les passes interceptées, quand il ne cafouillait pas sur la balle. Avec vingt points de retard dans le troisième quart, les Seahawks avaient jeté l'éponge et fait appel à Dockery. Il avait réussi sept passes, toutes à ses équipiers, pour un gain total de quatre-vingt-dix yards. Deux semaines plus tard, il était déchargé de ses responsabilités.

Il entendait encore la clameur assourdissante du Giants Stadium.

Le stade de Bolzano était beaucoup plus petit et beaucoup plus calme, mais bien plus charmant. Avec les Alpes en fond de décor, les équipes s'alignèrent pour le coup d'envoi devant deux mille supporters. Il y avait des banderoles, une mascotte, des chants et des fusées éclairantes.

Dès la deuxième action, à partir de la ligne d'avantage, le cauchemar débuta. Il s'appelait Quincy Shoal, un tailback trapu qui avait joué autrefois avec l'université de l'Indiana. Après les détours habituels par le Canada et le football en salle, Quincy était arrivé en Italie dix ans plus tôt, où il s'était créé un foyer. Il avait une épouse italienne, deux enfants italiens, et détenait la quasi-totalité des records d'Italie en matière de courses balle à la main.

Il déboula sur soixante-dix-huit yards pour un touchdown. On n'aurait pu affirmer qu'un Panthers avait réussi à l'effleurer au passage, même à la vidéo. La foule se déchaîna ; ce furent encore des fusées et même une bombe fumigène. Rick essaya de s'imaginer des bombes fumigènes dans les Meadowlands.

Bergame était l'étape suivante au calendrier, et Sam n'ignorait pas que son équipe était venue suivre les matches en éclaireur. Rick et lui avaient donc opté pour un jeu de courses et choisi de minimiser le rôle de Fabrizio. C'était une stratégie risquée, le genre de pari dont le coach Russo raffolait. Ils étaient tous les deux convaincus que leur attaque saurait s'imposer à volonté, mais ils préféraient garder quelques atouts en réserve en prévision du match contre Bergame.

Comme à chaque match, il était de règle que Franco rate sa première transmission de balle directe, Rick adressa une balle aérienne très écartée pour Giancarlo, un jeune tailback qui avait commencé la saison en équipe troisième, mais s'améliorait de semaine en semaine. Rick l'aimait bien ; il avait un faible pour les joueurs d'équipe troisième, et Giancarlo avait un jeu de course unique. Il était petit, pas musclé, pesait quatre-vingt-cinq kilos tout mouillé, et craignait les coups. Adolescent, il avait fait de la natation et de la plongée ; il avait le pied rapide et léger. Quand il était confronté à un contact imminent, il se précipitait vers l'avant, s'envolait littéralement, gagnant un peu plus de yards à chaque bond. Ses courses devenaient spectaculaires, surtout dans les phases de sweep, quand les défenseurs centraux le repoussaient sur les flancs, et sur les balles aériennes, qui lui permettaient de prendre son élan avant de se livrer à un parcours de saut d'obstacles par-dessus les plaqueurs adverses.

Sam lui avait donné le conseil que reçoit tout jeune coureur en classe de cinquième : ne laisse pas traîner tes pieds ! Baisse la tête, protège la balle, et protège tes genoux, mais surtout, ne laisse pas traîner tes pieds ! De tels bonds au-dessus de la mêlée avaient mis un terme à des milliers de carrières de joueurs universitaires. Des centaines de running backs professionnels avaient fini estropiés à vie.

Giancarlo n'avait que faire de ces sages conseils. Il adorait voguer dans les airs et n'avait pas peur des atterrissages forcés. Il courait huit yards sur la droite, puis s'envolait sur les trois yards suivants. Douze sur la gauche, dont quatre sur une espèce de demi-saut périlleux inversé. Rick feinta pour enchaîner sur une attaque en bootleg à l'opposé – un gain de quinze yards –, puis annonça un jeu sur Franco pour une attaque directe au centre de la défense adverse.

– Ne cafouille pas ! grogna-t-il en agrippant la grille faciale de son équipier, quand ils rompirent le regroupement.

Franco, l'œil fou, l'air d'un psychotique, empoigna Rick et lui siffla une vacherie en italien. Qui ose agripper la grille de masque du quarterback ?

Il ne relâcha pas la balle, mais engrangea péniblement une avance de dix yards jusqu'à ce que la moitié de la défense l'ensevelisse aux quarante yards des Giants. Six actions de jeu plus tard, Giancarlo surgissait dans la zone d'en-but et le score était nul.

Il fallut à Quincy quatre actions complètes pour marquer de nouveau.

– Qu'il cavale, glissa Rick à Sam, sur la ligne de touche. Il a trente-quatre ans.

– Je sais l'âge qu'il a, lui rétorqua Sam sur un ton cassant. Mais j'aimerais assez le cantonner sous les cinq cents yards en première mi-temps.

La défense de Bolzano s'était préparée à un jeu de passe et cette succession de courses la désorientait. Fabrizio ne toucha pas un ballon avant la deuxième mi-temps. Sur une deuxième tentative et six yards à parcourir, Rick feinta une remise de balle pour Franco, enchaîna sur une course en bootleg dans la direction opposée, puis expédia la balle en chandelle pour son receveur, qui marqua sans coup férir. Une partie propre et nette – chaque équipe avait marqué deux touchdowns dans chaque quart temps. Le public, très bruyant, était comblé.

À la mi-temps, dans le vestiaire, les cinq premières minutes sont les plus périlleuses. Les joueurs ont chaud, ils transpirent, certains saignent. Ils jettent leur casque, ils jurent, critiquent, hurlent, s'exhortent mutuellement à faire tout ce qui n'a pas été fait. Une fois dissipée la décharge d'adrénaline, ils se détendent un peu. Boivent de l'eau. Retirent leurs épaulières, le cas échéant. Se massent une blessure.

Ça se passait en Italie comme dans l'Iowa. Rick n'ayant jamais été un joueur très démonstratif, il préférait s'accroupir en retrait et laisser les têtes brûlées remonter l'équipe à bloc. Égalité avec Bolzano, ça ne l'inquiétait pas du tout. Quincy Shoal tirait la langue, alors que Rick et Fabrizio n'avaient pas encore dégainé leur jeu de passes.

Sam savait quand intervenir. Au bout de cinq minutes, il fit son entrée dans la salle et ce fut son tour de hurler. Quincy bouffait dans leur assiette – 160 yards, quatre touchdowns.

– Quelle stratégie superbe ! fulminait-il. « Laissons-le courir, jusqu'à ce qu'il s'effondre ! » Je n'avais encore jamais entendu ça ! Vous êtes des génies, les gars !

Et ainsi de suite.

Plus on avançait dans la saison, plus Rick était impressionné par la violence des invectives de Sam. Il s'était déjà fait étriller par bon nombre d'experts en la matière et pouvait apprécier en connaisseur, d'autant que le coach Russo était capable d'insulter ses joueurs en deux langues. Ça forçait le respect.

La tempête dans un vestiaire eut peu d'effet. Après vingt minutes de repos et un rapide massage, Quincy reprit la partie là où il l'avait interrompue. Le cinquième touchdown survint sur le premier drive des Giants en deuxième mi-temps, et le sixième au bout d'une longue course de cinquante yards, quelques minutes plus tard.

Un effort héroïque, mais pas tout à fait suffisant. Que ce soit son grand âge (trente-quatre ans) ou l'excès de pasta, ou simplement un engagement excessif, Quincy était lessivé. Il resta dans la partie jusqu'à la fin, mais trop fatigué pour sauver son équipe. Dans le quatrième quart temps, la défense des Panthers, sentant sa mort imminente, revint à la vie. Quand Pietro étouffa Quincy sur sa troisième tentative et deux yards à parcourir en le projetant au sol, le match fut gagné.

Avec Franco pilonnant le milieu adverse et Giancarlo bondissant sur les flancs comme un lièvre, les

Panthers égalisèrent dix minutes avant la fin. Une minute plus tard, ils marquèrent une nouvelle fois après que Karl eut récupéré une balle malencontreusement lâchée par l'adversaire. Le Danois partit alors pour accomplir la course la plus bancale et marquer le touchdown le plus laid de toute l'histoire du football italien. Sur les dix derniers yards, il avançait avec deux minuscules Giants grimpés sur son dos comme un couple d'insectes.

Pour faire bonne mesure et rester tout aussi percutants, Rick et Fabrizio se relayèrent sur une longue montée vers l'en-but, avec une passe du premier au second, à trois minutes de la fin. Score final : 56-41.

Après le match, les vestiaires étaient un autre monde. Ils s'étreignirent, pour certains au bord des larmes. Quelques semaines plus tôt, l'équipe paraissait moribonde ; et ils étaient subitement au seuil d'une formidable saison. La puissante Bergame était le prochain adversaire, à Parme même.

Sam félicita ses joueurs et leur accorda exactement une heure pour savourer leur victoire.

– Ensuite, vous la bouclez et vous commencez à penser à Bergame, ordonna-t-il. Soixante-six victoires consécutives, huit titres de Super Bowl d'affilée. Une équipe que nous n'avons jamais battue en dix ans.

Rick s'assit par terre, dans un coin, le dos contre le mur, à tripoter ses lacets de chaussures en écoutant Sam parler en italien. Même s'il ne pouvait pas comprendre ce que racontait son entraîneur, il savait exactement ce qu'il disait. Bergamo par-ci et Bergame par-là. Ses coéquipiers étaient pendus à ses paroles, avec une impatience déjà grandissante.

Une vague d'énergie nerveuse submergea Rick, et il ne put réprimer un sourire.

Il n'était plus un mercenaire, un clone importé du Wild West pour diriger une ligne d'attaquants et remporter des matches. Il ne rêvait plus de la gloire et des richesses du championnat NFL. Ces rêves-là étaient derrière lui, à présent, et s'effaçaient en vitesse. Il était celui qu'il était, un Panther, et en regardant autour de lui, ce vestiaire exigu, embué de sueur, il se sentait parfaitement heureux.

24.

Ce lundi soir, au cours de la séance vidéo, il se consomma beaucoup moins de bière qu'à l'ordinaire. Il y eut moins de vannes, d'insultes, de rires. L'humeur n'était pas grave, ils demeuraient encore très fiers de leur victoire à l'extérieur, la veille, mais ce n'était pas non plus un lundi soir comme les autres. Sam passa en revue les temps forts de Bolzano, sans s'attarder, puis il projeta un montage de séquences montrant Bergame, sur lequel Rick et lui avaient travaillé toute la journée.

Ils s'étaient accordés sur une évidence : Bergame était bien encadrée, bien financée, bien organisée, et disposait de talents qui se situaient un cran au-dessus du reste du championnat – à certains postes, mais certainement pas dans tous les compartiments du jeu. Ils alignaient trois Américains : un quarterback plutôt lent, transfuge de l'équipe universitaire de San Diego, un safety costaud qui tapait fort et qui essaierait d'étouffer au plus tôt Fabrizio, et un cornerback capable de court-circuiter le jeu de courses sur les extérieurs mais, d'après la rumeur, le type en question souffrait d'une élongation du mollet. Bergame était la seule équipe du championnat à compter deux de leurs trois Américains en défense. Leur joueur clef, en revanche, le linebacker central, n'était pas originaire des États-Unis. C'était un Italien, un dénommé Maschi, un showman extravagant, avec les cheveux longs, les chaussures blanches, et une attitude très « moi d'abord » inspirée de la NFL à laquelle il se figurait appartenir. Fort et rapide, Maschi avait de superbes réactions instinctives, il aimait les coups, et surtout avoir le dernier mot ; il se retrouvait à la base de la plupart des mêlées. Avec ses cent kilos, il était assez costaud pour semer la dévastation dans toute l'Italie et aurait pu jouer dans la quasi-totalité des équipes universitaires de division I aux États-Unis. Portant le numéro 56, il insistait pour se faire appeler L.T., à l'image de son idole, Lawrence Taylor, l'ancien linebacker des New York Giants, sacré meilleur joueur de l'histoire par la presse américaine.

Bergame était donc forte en défense, mais pas excessivement impressionnante quand elle était en possession du ballon. Contre Bologne et Bolzano – toutes ces équipes d'abeilles tueuses –, elle s'était fait mener jusqu'au quatrième quart temps, et aurait pu perdre dans les deux cas. Rick était convaincu que les Panthers leur étaient supérieurs, mais Russo avait tant de fois connu la défaite contre Bergame qu'il refusait de se montrer confiant, du moins en privé. Après huit titres de Super Bowl d'affilée, les Bergamo Lions avaient acquis une aura d'invincibilité qui valait au moins dix points d'avance par match.

Sam repassa la cassette et insista lourdement sur les faiblesses de Bergame en attaque. Leur tailback était très vite sur la ligne, mais il n'aimait pas rentrer la tête dans les épaules et prendre des coups. Ils franchissaient rarement l'obstacle tant qu'ils n'y étaient pas obligés, et jamais avant leur troisième tentative, surtout parce qu'ils manquaient d'un receveur fiable. Leur ligne offensive était puissante et foncièrement solide, mais souvent trop lente dans les montées en blitz.

Quand Sam eut terminé, Franco s'adressa à l'équipe et, avec l'éloquence superbe de l'avocat, lança un appel vibrant pour que cette semaine soit un moment de dévouement total qui les mènerait à une victoire écrasante. En conclusion, il suggéra qu'ils s'entraînent tous les soirs jusqu'à samedi. L'idée fut approuvée à l'unanimité. Pour ne pas être en reste, Nino prit la parole à son tour et commença par annoncer que, pour souligner la gravité de l'heure, il avait décidé de cesser de fumer jusqu'au lendemain de leur victoire sur Bergame. Cette promesse fut accueillie avec chaleur car, de toute évidence, l'auditoire avait déjà eu l'occasion d'apprécier la force terrifiante que représentait un Nino privé de nicotine. En conclusion, il invita toute l'assistance à dîner au Café Montana le samedi soir, aux frais de la maison. Carlo étudiait déjà le menu.

Les Panthers avaient les nerfs à vif. Rick revécut dans un éclair son match au Davenport Central, le plus important de l'année pour Davenport South. Dès le lundi, l'établissement scolaire avait établi un programme sur l'intégralité de la semaine, et la ville ne parlait plus de grand-chose d'autre. Les joueurs étaient si angoissés que certains avaient vomi bien avant le match. Rick doutait qu'aucun Panther se laisse à ce point dominer par le trac, mais cela restait possible.

Ils sortirent du vestiaire avec une détermination solennelle. Cette semaine serait la leur. Cette année serait la leur.

Le jeudi après-midi, Livvy débarqua, armée de toute sa splendeur et d'une quantité de bagages surprenante. Rick était alors sur le terrain avec Fabrizio et Claudio, travaillant sans relâche sur des trajectoires de précision et des codes d'appels tactiques. Quand il profita d'une pause pour écouter sa messagerie, elle était dans le train.

Sur le trajet de la gare à l'appartement, il apprit qu'elle 1) avait terminé ses examens, 2) ne supportait plus ses colocataires, 3) envisageait sérieusement de ne pas retourner à Florence pour les dix derniers jours de son semestre d'étude à l'étranger, 4) était dégoûtée de sa famille, 5) n'adressait plus la parole à aucun membre de ladite famille, même pas à sa sœur, avec qui elle bataillait depuis le jardin d'enfants et qui s'était beaucoup trop impliquée dans le divorce de leurs parents, 6) avait besoin d'un endroit où se poser quelques jours, d'où les bagages, 7) s'inquiétait beaucoup de son visa, parce qu'elle avait envie de rester en Italie pour une durée indéterminée, et 8) brûlait de sauter dans son lit. Elle ne geignait pas ni ne mendiait la compassion ; en fait, elle masquait sa pléthore de soucis derrière un froid détachement que Rick trouvait admirable. Elle avait besoin de quelqu'un, et elle avait accouru.

Il charria ses sacs d'un poids invraisemblable sur trois étages avec aisance et énergie. Trop heureux. L'appartement était excessivement tranquille, sans vie, presque. Il y passait moins de temps qu'à marcher dans les rues de Parme, à boire des cafés et des bières aux terrasses des cafés, à parcourir les marchés à la viande et à rendre visite aux marchands de vin, voire à entrer vite fait dans de vieilles églises, n'importe quoi, pourvu que cela le tienne à l'écart de l'ennui et de l'engourdissement de son appartement vide. Et il était tout le temps seul. Sly et Trey l'avaient abandonné ; les e-mails qu'il leur avait envoyés recevaient rarement une réponse. Cela n'en valait guère la peine. Sam était pris tous les jours ou presque, il était marié et menait une vie différente de la sienne. Franco, son coéquipier préféré, était bien disponible pour un déjeuner de temps à autre, mais il exerçait un métier prenant. Tous les Panthers travaillaient ; ils y étaient obligés. Ils ne pouvaient pas se permettre de dormir jusqu'à midi, de passer deux heures en salle de sport et de baguenauder dans Parme, à tuer le temps sans gagner un sou.

Rick n'était pas preneur d'une vie installée, non plus. Cette existence-là allait de pair avec des complications et requérait un engagement qu'il avait déjà du mal à envisager. Il n'avait jamais vécu avec une femme, n'avait, en fait, vécu avec personne depuis l'époque de Toronto, et ne prévoyait pas d'avoir une compagne à demeure et à plein temps.

Tandis qu'elle déballait le contenu de ses bagages, il se demanda, pour la première fois, combien de temps elle prévoyait de rester, au juste.

Ils repoussèrent leurs ébats amoureux après l'entraînement. Ce serait une séance allégée, sans protections, mais il préférait quand même disposer du plein usage de ses forces.

Assise dans les tribunes, Livvy lisait un livre de poche pendant que les garçons procédaient à leurs exercices et révisaient leurs tactiques. Il y avait là une poignée d'autres épouses et amies disséminées, et même quelques gamins qui sautaient dans les gradins.

À 22 h 30, un employé municipal arriva et se fit connaître de Sam. Son travail consistait à éteindre les éclairages.

Tous ces châteaux n'attendaient qu'eux. Rick apprit la nouvelle vers 8 heures du matin, mais réussit à se tourner et à se rendormir. Livvy sauta dans son jeans et alla chercher du café. À son retour, deux grandes tasses en carton à la main, elle lui répéta que des châteaux les attendaient et qu'elle voulait commencer par celui de la petite cité de Fontanellato.

— Il est très tôt, se défendit-il, en buvant une gorgée de café, assis dans son lit.

— Tu es déjà allé à Fontanellato ? demanda-t-elle en retirant son jeans, puis elle attrapa un guide annoté par ses soins, et regagna son côté du lit.

— Jamais entendu parler.

— Tu es déjà sorti de Parme depuis que tu es arrivé ?

— Bien sûr. Nous avons disputé un match à Milan, un à Rome, et un à Bolzano.

— Non, Ricky, je te parle de sauter dans ta petite Fiat rouge cuivré et d'aller visiter la campagne.

— Non, pourquoi…

— Tu n'es pas du tout curieux de ton nouveau pays ?

— J'ai appris à ne pas m'attacher à mes terres d'accueil. Elles sont toutes temporaires.

— Sympa. Écoute, je ne vais pas me prélasser dans cet appart toute la journée, à baiser une fois par heure sans penser à rien d'autre que le déjeuner et le dîner.

— Pourquoi pas ?

— J'ai envie de faire un tour en voiture. Soit tu conduis, soit je prends un car. Il y a trop de choses à voir. Nous n'avons même pas fini de visiter Parme.

Une demi-heure plus tard, ils roulaient en direction du nord-ouest, à la recherche de Fontanellato, un château du XVe siècle que Livvy mourait d'envie d'inspecter de fond en comble. C'était une journée chaude et ensoleillée. Les vitres étaient baissées. Elle portait une jupe courte en jeans et un chemisier de coton, et le vent s'engouffrait joliment dans tout ça, ce qui du coup le maintenait très éveillé. Il lui caressait les jambes, elle le repoussait d'une main en tenant son guide de l'autre, qu'elle lisait attentivement.

– Ils fabriquent cent vingt mille tonnes de parmesan par an, lui apprit-elle. Ici, dans ces fermes.

– Au moins. Ces gens-là en saupoudrent même leur café.

– Cinq cents laiteries, toutes situées dans une région bien délimitée autour de Parme. C'est réglementé par la loi.

– Ils font aussi des glaces.

– Et dix millions de jambons de Parme chaque année. Cela paraît difficile à croire.

– Pas si tu vis ici. Ils t'en servent à table avant que tu te sois assis. Pourquoi nous parlons de nourriture ? Nous n'avons même pas déjeuné tellement tu étais pressée.

Elle reposa son livre et lui avoua :

– Je suis affamée.

– Et que dirais-tu de quelques bouts de jambon et de fromage ?

La petite route tranquille traversa bientôt le village de Baganzola, où ils tombèrent sur un bar proposant café et croissants. Elle était très désireuse de pratiquer son italien, et Rick la jugea très efficace, mais la signora à la caisse avait du mal.

– C'est parce qu'ils parlent un dialecte, ici, lui certifia Livvy alors qu'ils revenaient vers la voiture.

La Rocca, ou forteresse, de Fontanellato avait été édifiée quelque cinq cents ans plus tôt. Ceinte d'une douve et flanquée de quatre tours massives aux larges meurtrières, elle paraissait imprenable. À l'intérieur, toutefois, c'était un merveilleux palais, avec des murs couverts d'œuvres d'art et des chambres aux décorations remarquables. Au bout d'un quart d'heure, Rick en avait vu assez, mais la dame de ses pensées n'en était qu'au prélude.

Il parvint enfin à la ramener à la voiture, et ils continuèrent vers le nord, sous sa directive, en direction de Soragna. Située dans des plaines fertiles sur la rive gauche de la Stirone, la ville avait été le théâtre de nombreuses batailles, à en croire l'historienne que Rick avait pour passagère – un Rick incapable de digérer tous ces détails au rythme demandé. Il avait l'esprit ailleurs, chez les Bergamo Lions, avec le Signor Maschi, le très agile linebacker de milieu de terrain qui, à son avis, serait la clef du match. Il repensait à toutes les actions et tous les schémas concoctés par de brillants entraîneurs pour neutraliser les meilleurs linebackers de ligne centrale. Qui fonctionnaient rarement.

Le château de Soragna (encore habité par un prince véritable!) ne datait que du XVIIe siècle et, après une visite vite expédiée, ils s'accordèrent un déjeuner chez un petit traiteur. Ensuite ils repartirent, cette fois pour San Secondo, aujourd'hui fameux pour son *spalla*, un jambon bouilli. Le château de la cité, bâti au XVe siècle, une vraie forteresse, avait joué un rôle dans nombre de batailles importantes.

– Pourquoi ces gens se battaient-ils autant? s'étonna Rick.

Livvy lui répondit brièvement, mais les guerres ne l'intéressaient guère. Elle était plus attirée par l'art, le mobilier, les cheminées en marbre, et ainsi de suite. Rick s'éclipsa en douce pour aller faire une sieste sous un arbre.

Ils finirent par Colorno, surnommé « le petit Versailles du Pô ». C'était une forteresse majestueuse reconvertie en splendide demeure, avec de vastes jardins et des cours intérieures. Livvy était tout aussi surexcitée que sept heures plus tôt, à leur entrée dans leur premier château, dont Rick se souvenait à peine. Il continua de suivre bravement, d'un pas lourd, avant de finalement se défiler.

— Retrouve-moi au bar, fit-il, et il la laissa, interdite, dans un corridor monumental, à contempler les fresques là-haut, très haut, au-dessus d'elle, perdue dans un autre monde.

Le samedi, Rick déclara forfait, et ils eurent une brève dispute. C'était la première fois, et ils trouvèrent cela tous deux très amusant. Ce fut vite terminé, et ils ne s'en tinrent aucune rigueur, un signe prometteur.

Elle mijotait un autre voyage, vers le sud, à Langhirano, le pays du vin, avec seulement deux châteaux à inspecter. Lui avait un autre projet, une journée tranquille, histoire de se détendre, et se concentrer davantage sur Bergame et moins sur les jambes de Livvy. Ils optèrent pour une solution de compromis : ils resteraient en ville et se contenteraient de la visite de deux ou trois églises.

Il avait l'œil frais, reposé, surtout parce que l'équipe avait décidé de faire l'impasse sur le rituel du vendredi, la pizza et les baquets de bières chez Polipo. Ils avaient survolé une série de rapides exercices d'échauffement, écouté l'exposé de nouveaux schémas de jeux que leur avait concoctés Sam, puis un autre laïus plein d'émotion énoncé cette fois par Pietro, avant de finalement se séparer à dix heures. Ils s'étaient suffisamment entraînés.

Samedi soir, ils se réunirent au Café Montana pour le repas d'avant match, une fiesta gastronomique de trois heures avec Nino occupant l'avant-scène et un Carlo rugissant en cuisine. Le Signor Bruncardo, qui était présent, s'adressa à son équipe. Il remercia ses joueurs pour cette saison palpitante, qui ne serait toutefois pas complète tant qu'ils n'auraient pas battu Bergame à plate couture, le lendemain.

L'absence des femmes – elles n'étaient pas admises – inspira deux poèmes grivois et une ode truffée de blasphèmes composée par un Franco particulièrement lyrique.

Sam les renvoya chez eux avant onze heures.

25.

À l'extérieur, Bergame se déplaçait en force. Ils emmenaient avec eux un nombre impressionnant de supporters, arrivés tôt, très voyants et très bruyants – banderoles, coups de trompe et slogans. En règle générale, ils s'installaient au Stadio Lanfranchi. Huit Super Bowl de suite leur octroyaient le droit de prendre les stades d'assaut. Ils avaient des pom-pom girls en tenue appropriée, jupettes dorées et bottes hautes, une distraction appréciée des Panthers durant le long échauffement d'avant match. À voir ces filles s'étirer, sautiller et gigoter, leur concentration s'effilocha quelque peu.

– Qu'est-ce qui nous empêche d'avoir des pom-pom girls ? demanda Rick à Sam.

– Boucle-la.

Le coach Russo arpentait le pourtour du terrain en grondant, aussi nerveux qu'un entraîneur de la NFL avant une rencontre capitale. Il discuta brièvement avec un journaliste de la *Gazzetta di Parma*. Une équipe de télévision tourna quelques séquences, sur les pom-pom girls autant que sur les joueurs.

Les supporters des Panthers n'allaient pas se laisser déborder. Alex Olivetto avait consacré sa semaine à battre le rappel des jeunes joueurs des championnats de flag football. Ceux-ci s'entassèrent à une extrémité des gradins réservés à l'équipe qui recevait, et se mirent aussitôt à beugler sur leurs homologues de Bergame. Beaucoup d'anciens Panthers étaient venus avec leur famille et leurs amis. Quiconque avait un vague intérêt pour le *football americano* occupait son siège longtemps avant le coup d'envoi.

Dans le vestiaire, la tension était à son comble, et Sam ne fit aucun effort pour calmer ses joueurs. Le football est un jeu d'émotions, pour la plupart enracinées dans la peur, et tous les entraîneurs n'ont qu'un seul désir, que leur équipe éructe ses pulsions de violence. Il formula les avertissements d'usage contre les pénalités, les pertes de possession du ballon et les erreurs stupides, avant de les lâcher.

Quand les deux équipes s'alignèrent pour le coup d'envoi, le stade était plein. Parme recevait le coup de pied d'engagement. Giancarlo, qui réceptionna la balle, fonça le long de la ligne de touche, jusqu'à ce qu'il se fasse pousser sur le banc de Bergame, aux 31 yards. Rick trottait avec son attaque, l'air détendu, en apparence, mais le ventre noué.

Les trois premières actions de jeu furent conformes au scénario; aucune n'était conçue pour marquer. Rick appela une sneak, une course plein centre du quarterback après réception de la balle au snap entre les jambes de son centre. Il avait fait cet appel en anglais, mais il ne fut pas nécessaire de traduire. Nino tremblait de rage et de manque de nicotine. Ses muscles fessiers étaient totalement figés, mais le snap fut rapide et il bondit en avant comme une fusée, vers Maschi, qui le repoussa vigoureusement et enraya cette action après un gain d'un yard.

– Bien couru, l'Andouille, hurla Maschi avec un accent très marqué.

L'infâme sobriquet serait lancé à la tête de Dockery à maintes reprises au cours de la première mi-temps.

La deuxième action de jeu fut encore une quarterback sneak. Elle n'aboutit nulle part, conformément aux plans. Sur toutes les troisièmes tentatives et longues, 5 yards ou plus de progression obligatoire, Maschi blitzait chaque fois violemment, sans exception, et certains de ses plaquages étaient de véritables actes de brutalité. Toutefois, il avait tendance, peut-être par manque d'expérience et peut-être aussi parce qu'il aimait se faire voir, à blitzer très haut, à plaquer trop haut. Lors du regroupement, Rick appela leur action spéciale : « À mort Maschi. » L'attaque avait eu maintenant toute une semaine pour mettre au point ce dispositif. En formation shotgun, sans tailback et avec trois receveurs éloignés le long de la ligne de scrimmage, Franco vint s'aligner juste derrière Karl le Danois, en position de bloqueur offensif. Il s'accroupit, pour se cacher. Sur le snap, les joueurs de la ligne d'attaque s'écartèrent du centre pour bloquer la ligne défensive, laissant un vide béant pour que le Signor « L.T. » Maschi vienne s'engouffrer dans ce boulevard, un méchant sack direct sur Rick en perspective. Maschi mordit à l'hameçon, et sa rapidité faillit le tuer. Rick recula loin pour sa passe, espérant que le jeu fonctionne avant que le linebacker ne lui tombe dessus. À la seconde où Maschi franchissait la ligne de scrimmage, plein de confiance, électrisé d'avoir une occasion de se dresser contre Dockery si tôt dans le match, le juge Franco surgit de nulle part et provoqua entre eux une violente collision. Le casque de Franco vint

270

frapper avec précision, juste sous la grille de Maschi, lui arrachant sa mentonnière et expédiant en chandelle le casque doré aux couleurs de Bergame. Maschi bascula en arrière, son pied suivit la même trajectoire que son casque et, quand il retomba sur le crâne, Sam crut qu'ils l'avaient tué. C'était une décapitation parfaite, un haut fait exceptionnel, le genre d'action que l'on repasserait des millions de fois sur les chaînes sportives des États-Unis. Parfaitement réglementaire, parfaitement brutal.

Rick loupa le spectacle car il avait la balle avec lui, dos à l'action. Il entendit tout, néanmoins, le craquement, le crissement du coup vicieux à l'extrême, tout aussi violent que le vrai championnat NFL.

À mesure que le jeu se développait, les choses se compliquaient et, quand ce fut terminé, les arbitres eurent besoin de cinq minutes pour tout régler. Il y eut au moins quatre mouchoirs jaunes jetés sur le gazon, à côté de ce qui ressemblait à trois cadavres.

Maschi ne bougeait plus et Franco pas davantage. Mais il n'y avait pas de faute de ce côté-là du jeu. Ce furent les secondeurs qui écopèrent du premier mouchoir jaune. Le safety était un petit voyou, un dénommé McGregor, un Yankee de l'université de Gettysburg qui se croyait sorti de l'école d'assassins des safetys en maraude. Dans une tentative de marquer son territoire, d'intimider, de brutaliser et de donner le ton au match, il avait balancé une méchante manchette à Fabrizio, qui traversait alors tranquillement le terrain en courant, loin de l'action. Heureusement, un arbitre avait tout vu. Malheureusement, Nino, lui, n'avait rien vu, et le temps qu'il se précipite sur McGregor et l'étende pour le compte, deux autres mouchoirs jaunes avaient jailli. Les entraîneurs empêchèrent la bagarre de justesse.

Les derniers mouchoirs vinrent voleter sur ce carré de pelouse où Rick s'était fait plaquer, après un gain de cinq yards. Le cornerback, surnommé le Professeur, avait joué sporadiquement à Wake Forest dans sa jeunesse ; à présent au milieu de la trentaine, il préparait encore un diplôme de littérature italienne. Quand il n'étudiait pas ou n'enseignait pas, il jouait et entraînait les Bergamo Lions. Loin de toute mollesse universitaire, le Professeur frappait à la tête, et c'était un amateur de coups bas. Si son tendon le tracassait, cela n'apparaissait pas. Après un coup violent assené à Rick, il beugla comme un dément :

– Super course, l'Andouille ! Allez, maintenant, ta prochaine passe, elle est pour moi !

Rick lui flanqua une bourrade, le Professeur riposta, et les mouchoirs jaunes furent de sortie.

Tandis que les juges se concertaient dans l'affolement, ne sachant visiblement pas quel parti prendre, les soigneurs s'occupèrent des blessés. Franco fut le premier debout. Il rejoignit la ligne de touche à petites foulées, et ses coéquipiers se pressèrent autour de lui. L'opération « À mort Maschi » avait marché à la perfection. Les jambes de l'intéressé bougèrent, il y eut un frémissement de soulagement dans le stade. Puis on vit ses genoux se plier, les soigneurs se redresser, et Maschi se relever d'un bond. Il marcha jusqu'à la ligne de touche, trouva une place sur le banc, et se fit administrer de l'oxygène. Il serait de retour, et vite, mais il oublierait sa prédilection pour le blitz, du moins pour cette journée.

Sam cria aux arbitres d'expulser McGregor, ce qui était mérité. Mais ils auraient aussi à éjecter

Nino. La solution de compromis fut une pénalité de quinze yards contre les Lions – première tentative à suivre aux Panthers, qui récupéraient le cuir. Quand Fabrizio vit que les arbitres replaçaient le ballon au point de pénalité, il se releva lentement et alla s'asseoir sur le banc de touche.

Pas de blessures irréversibles. Tout le monde serait de retour dans le jeu. Les deux bancs de touche étaient furibonds, et tous les entraîneurs beuglaient sur les officiels, dans un mélange de langues très vif.

Depuis son échauffourée avec le Professeur, Rick fulminait, et donc le provoqua de nouveau. Il partit en sweep côté droit, vers l'extérieur de la ligne de scrimmage, coupa en bout de course vers le camp adverse et fondit sur lui. La collision fut impressionnante, surtout pour Dockery, qui ne percutait jamais personne. Une fois le Professeur expédié d'un coup de bélier devant le banc de touche des Panthers, ses coéquipiers hurlèrent de joie. Un gain de sept yards. Le taux de testostérone montait en flèche. Deux collisions frontales ; son corps tout entier le lançait, à présent. Mais il avait la tête claire, et aucune séquelle de ses commotions cérébrales précédentes. La même action de jeu, le même sweep du quarterback vers l'extérieur de la ligne de scrimmage. Claudio tenta un blocage sur le Professeur, et, quand celui-ci se dégagea en pivotant sur lui-même, Rick le chargea à pleine vitesse, tête baissée, le casque braqué sur la poitrine de son adversaire. Encore une collision impressionnante. Rick Dockery, chasseur de scalps.

– Qu'est-ce que tu fabriques, bordel ? aboya Sam quand Rick passa devant lui au petit trot.

– Je fais avancer la balle.

S'il n'avait pas été payé, Fabrizio aurait regagné le vestiaire en décrétant que cela suffisait pour la journée. Mais le salariat allait de pair avec un sens des responsabilités que le gamin assumait. Il avait envie de jouer dans le football universitaire aux États-Unis. Abandonner la partie ne servirait guère son rêve. Il rentra sur le terrain au petit trot en compagnie de Franco ; l'attaque demeurait intacte.

Et Rick était fatigué de courir. Une fois Maschi relégué sur le banc de touche, il travailla le milieu avec Franco, qui avait juré sur la tombe de sa mère de ne pas lâcher la balle, et qui lança en chandelle vers Giancarlo, autour des poteaux d'en-but. Il courut deux fois en bootleg, et ces deux jeux au sol lui valurent de jolis gains en yards. Lors d'une deuxième tentative à partir de la ligne des 19 yards et deux yards à couvrir pour atteindre les dix et conserver l'avantage, il feinta sur Franco, feinta sur Giancarlo, sprinta sur la droite dans un nouveau bootleg, puis s'arrêta juste avant de dépasser la ligne de scrimmage pour une passe tendue vers Fabrizio, dans la zone d'en-but. McGregor n'était pas loin, mais pas assez près.

– Qu'est-ce que t'en penses ? demanda Sam, tandis qu'ils observaient les deux équipes, qui s'alignaient pour la remise en jeu.

– Surveille McGregor. S'il peut, il va casser la jambe de Fabrizio, je te le garantis.

– Tu les entends, leurs conneries, quand ils te traitent d'Andouille ?

– Non, Sam, je suis sourd.

Le tailback de Bergame, celui dont les rapports signalaient qu'il n'aimait pas frapper, s'empara du ballon sur la troisième action de jeu et réussit à cogner (très dur) tous les membres de la défense des Panthers qui se trouvaient sur son chemin tandis qu'il traçait une superbe course de soixante-quatre yards ; les supporters étaient électrisés et Sam au bord de la crise de nerfs.

Après le coup de pied d'engagement, M. Maschi refit son entrée sur le terrain, avec, toutefois, un peu moins de ressort dans la démarche. En fin de compte, il n'était pas mort. « Je vais le choper », prévint Franco. Pourquoi pas ? se dit Rick. Il appela un jeu au sol en plein centre, remit la balle à Franco et, avec horreur, le vit la lâcher. Elle fut bottée par un genou qui traînait dans le pack, et qui la propulsa très haut, loin derrière la ligne de scrimmage, dans le camp adverse. Dans la mêlée qui suivit, la moitié des joueurs du terrain toucha ce ballon perdu ; il roula et rebondit de pack en pack avant de finalement obliquer, échappant à tout le monde, hors des limites du terrain. Les Panthers conservaient le ballon. Un gain de seize yards.

– Ça pourrait être notre jour, grommela Sam, sans s'adresser à personne.

Rick changea de formation d'attaque, éloigna Fabrizio sur la gauche, et joua sur lui une passe tendue pour un gain de huit yards et le premier down. McGregor le poussa en touche, mais il n'y avait pas faute. Retour sur la droite, même action de jeu, pour huit yards supplémentaires. Ce jeu de passes courtes fonctionnait pour deux raisons : Fabrizio était trop rapide pour que McGregor le marque de trop près, le Warrior étant obligé de lui céder un espace qui lui laisse le temps de réagir en cas de changement de direction rapide ; et le bras de Rick était trop puissant pour que l'on puisse l'arrêter dans un enchaînement de passes courtes. Fabrizio et lui avaient consacré des heures à synchroniser ces schémas de passes – leurs quick-outs (la course du receveur vers l'en-but adverse, et qui écarte vers l'extérieur), leurs slants (une course oblique vers l'en-but), leurs hooks (un crochet au centre du receveur lancé en pleine course, avant

réception de la balle) et leurs curls (quand le receveur dévale le terrain vers les poteaux adverses
avant de piquer vers la ligne de scrimmage).

Combien de fois Fabrizio accepterait-il de se
faire culbuter par McGregor après avoir réceptionné les passes de Rick ? C'était la clef du match.

Les Panthers marquèrent en fin de premier quart
temps, quand Giancarlo bondit au-dessus d'une
vague de bloqueurs, atterrit sur ses pieds, puis
sprinta sur dix yards jusqu'à la zone d'en-but. Ce
fut une manœuvre stupéfiante, intrépide, acroba-
tique, et les fidèles de Parme se déchaînèrent. Sam
et Rick secouèrent la tête. On ne voyait ça qu'en
Italie.

Les Panthers menaient 14-7.

Dans le deuxième quart temps, le jeu de dégagements au pied prit le dessus, car les deux attaques
piétinaient. Maschi reprenait lentement ses esprits,
retrouvait la forme. Certaines de ses actions étaient
impressionnantes, du moins pour Rick, qui jouissait
d'un point de vue privilégié, derrière la poche de
protection que formait sa ligne d'attaquants.
Maschi semblait toutefois hésiter à renouer avec ses
blitz de kamikaze. Un Franco menaçant rôdait à
proximité de son quarterback.

Avec une minute à jouer avant la mi-temps, et
les Panthers possédant un touchdown d'avance, la
rencontre entra dans sa phase de jeu cruciale. Rick,
qui n'avait pas subi une seule interception en cinq
matches, finit par en concéder une. C'était une curl
pour Fabrizio, un tracé de passe avec retour sur la
ligne de scrimmage, mais le lancer était mal ajusté
et la balle s'envola trop haut. McGregor s'en
empara sur les 50 yards, et remonta tout le terrain
jusqu'à la zone d'en-but. Rick fonça vers la ligne de
touche, suivi de Giancarlo. Fabrizio put se saisir de

McGregor, le déséquilibrer et le ralentir, mais l'autre resta debout et continua de courir. Giancarlo fut le suivant, et quand McGregor voulut l'éviter, cela le mit subitement sur la trajectoire du quarterback : la collision était inévitable.

Le rêve de tout quarterback, c'est de mettre à mort le safety qui vient de lui subtiliser sa passe. Un rêve qui ne se réalise jamais, parce que la plupart des quarterbacks n'ont en réalité aucune envie de s'approcher du safety en possession qui, lui, ne veut qu'une chose : marquer. Ce n'est donc qu'un rêve.

Mais Rick avait fracassé des casques toute la journée et, pour la première fois depuis le lycée, il recherchait le contact. Soudain, il se sentait comme un tueur à gages en maraude, le type qu'on évite. Une fois McGregor dans sa ligne de mire, Rick oublia ses abattis, se propulsa, et visa la cible. L'impact fut sonore et violent. McGregor tomba en arrière, comme tué d'une balle en pleine tête. Rick resta hébété une seconde, mais se releva d'un bond avec l'air de celui qui tue un homme par jour. On sentait le public abasourdi, frissonnant d'émotion.

Giancarlo fondit sur le ballon et Rick choisit de jouer la montre. Quand ils quittèrent le terrain, à la mi-temps, il lança un regard vers le banc de touche des Bergamasques et vit McGregor appuyé sur un soigneur, l'image d'un boxeur qui vient de se faire aplatir.

– Tu as essayé de le tuer ? lui demanderait Livvy plus tard, sans dégoût, mais sans admiration non plus.

– Oui, répliquerait-il.

Au coup de sifflet de réengagement, McGregor manquait à l'appel. Pour Fabrizio, la seconde mi-temps vira vite à la démonstration. Le Professeur s'avança mais se fit aussitôt griller sur une passe du quarterback à son receveur. S'il jouait serré, Fabrizio le débordait à la course. S'il jouait écarté, ce qu'il préférait, Rick enchaînait les passes de dix yards, qui venaient menacer l'en-but bergamasque. Dans le troisième quart temps, les Panthers marquèrent à deux reprises. Dans le quatrième, les Lions s'engagèrent dans une stratégie de couverture de Fabrizio par deux défenseurs, confiée pour moitié à un Professeur visiblement surclassé, et pour l'autre moitié à un Italien qui n'était pas seulement trop petit, mais aussi trop lent. Fabrizio se montra plus rapide qu'eux deux sur un tracé droit vers l'en-but, surclassa les arrières défensifs et fut servi par une longue et superbe passe de Rick depuis le milieu de terrain ; le score était de 35-14, et les festivités commencèrent.

Les supporters de Parme allumèrent des feux d'artifice, scandaient sans relâche les chants de victoire, agitaient des banderoles dignes du championnat de calcio, et il y eut la bombe fumigène de rigueur. En face, les tifosi de Bergame étaient silencieux, tétanisés. Après avoir remporté soixante-sept rencontres d'affilée, on n'est plus censé perdre. La victoire était automatique.

Une défaite à l'issue d'un match serré aurait été suffisamment cuisante, mais là, c'était une victoire de Parme les doigts dans le nez. Leurs mignonnes petites pom-pom girls en étaient toutes tristounettes.

Dans l'ensemble, les Lions surent s'incliner avec élégance. Chose surprenante, Maschi, qui somme toute avait une bonne nature, s'assit sur la pelouse ; ses épaulières retirées, il bavardait encore avec plusieurs Panthers longtemps après le coup de sifflet final. Il admirait Franco pour ce choc brutal, et quand il apprit l'existence du plan « À mort Maschi », il le prit comme un compliment. Il admit que la longue succession de victoires avait généré trop de pression, trop d'attentes. En un sens, c'était un soulagement d'en être débarrassé. Ils se retrouveraient bientôt, Parme et Bergame, probablement dans le Super Bowl, et les Lions reviendraient au sommet de leur forme. C'était sa promesse.

En temps normal, les Américains des deux équipes se réunissaient après le match pour un rapide au revoir. C'était sympathique d'avoir des nouvelles du pays et de comparer leurs impressions sur des joueurs croisés dans les divers parcours. Mais pas ce jour-là. Contrarié par les « Andouille », Rick sortit précipitamment du terrain. Il se doucha, se changea en vitesse, célébra la victoire juste le temps qu'il fallait, puis s'éloigna sans s'attarder, escorté de Livvy.

Dans le quatrième quart temps, il avait souffert de vertiges et une migraine persistante s'était installée à la base du crâne. Trop de coups à la tête. Trop de football.

26.

Ils dormirent jusqu'à midi, dans la chambre minuscule d'un petit *albergo* proche de la plage, puis rassemblèrent serviettes, écran total, bouteilles d'eau et livres de poche et descendirent, encore groggy, vers l'Adriatique, où ils installèrent leur camp de base pour l'après-midi. C'était le début du mois de juin ; il faisait chaud, la saison touristique approchait, mais la plage n'était pas encore envahie.

– Tu as besoin de soleil, lui expliqua Livvy en s'enduisant de crème solaire.

Elle ne gardait de son haut de maillot de bain que les quelques cordons absolument nécessaires.

– J'imagine que c'est pour ça qu'on est à la plage, non, ironisa-t-il. Et à Parme, je n'ai pas vu un seul centre de bronzage.

– Pas assez d'Américains.

Ils avaient quitté Parme après l'entraînement et la pizza du vendredi soir, chez Polipo. La route jusqu'à Ancône prenait trois heures ; ensuite il y avait encore une demi-heure vers le sud, le long de la côte, pour atteindre la péninsule de Conero et, enfin, la petite ville balnéaire de Sirolo. À leur arrivée à l'hôtel, il était trois heures du matin. Livvy avait réservé la chambre, repéré la route et savait où se trouvaient les restaurants. Elle adorait tous ces détails liés au voyage.

Un serveur finit par les remarquer. Il s'approcha en enfonçant les pieds dans le sable, pour faire ses suggestions. Ils demandèrent des sandwiches et des bières, et attendirent leur commande une bonne heure. Livvy ne levait pas le nez de son livre, tandis que Rick, dans un état semi-conscient, ne sortait de sa torpeur que pour admirer en douce ses seins nus.

Le téléphone portable de la jeune femme bourdonna quelque part au fond de leur sac de plage. Elle l'en extirpa, lut l'identité de son correspondant, et décida de ne pas répondre.

– Mon père, lâcha-t-elle, l'air dégoûté, avant de se replonger dans son roman.

Son père avait déjà appelé, ainsi que sa mère et sa sœur. Son année universitaire terminée depuis dix jours, Livvy multipliait les allusions à une possible décision de rester. Pourquoi rentrer. Elle se sentait plus à l'abri, en Italie.

Malgré sa réserve, Rick avait fini par apprendre l'essentiel. La famille de sa mère était issue d'une lignée patricienne de Savannah, des gens affreux, selon elle, qui n'avaient jamais accepté son père parce qu'il venait de la Nouvelle Angleterre. Ses parents s'étaient rencontrés à l'université de Géorgie, l'établissement traditionnellement fréquenté par la famille. L'opposition discrète mais vive du clan à leur mariage avait renforcé la détermination de sa mère. Il s'en était suivi toutes sortes de querelles intestines, qui avaient fragilisé le couple d'emblée.

Le fait que le nouveau venu soit un neurochirurgien éminent qui gagnait des sommes folles revêtait peu de sens aux yeux de sa belle-famille ; celle-ci, sans beaucoup de liquidités, avait toujours joui du statut que conférait « l'argent de famille ».

Son père se laissait totalement consumer par sa carrière. Il prenait ses repas au bureau, dormait au bureau et, comme de juste, n'avait pas tardé à profiter de la compagnie des infirmières. Ce régime s'était prolongé des années. En représailles, sa mère s'était mise à fréquenter des hommes plus jeunes qu'elle. Beaucoup plus jeunes. L'unique sœur de Livvy était en psychothérapie depuis l'âge de dix ans. « Une famille totalement dysfonctionnelle », tel était le jugement de la jeune femme.

À quatorze ans, elle avait eu hâte d'intégrer un pensionnat. Elle en avait choisi un dans le Vermont, le plus loin possible, et passait ses étés dans le Montana, où elle travaillait comme animatrice dans des camps de vacances.

Pour son retour de Florence, son père lui avait organisé un stage en internat dans un hôpital d'Atlanta, où elle travaillerait auprès d'accidentés de la route souffrant de lésions cérébrales. Il avait prévu qu'elle deviendrait médecin, sans nul doute un grand médecin, comme lui-même. Elle n'avait pas de projets, si ce n'est de suivre une voie très éloignée de celles choisies par ses parents.

La procédure de divorce était programmée pour la fin septembre, avec de gros enjeux à la clef. Sa mère exigeait de Livvy qu'elle témoigne en sa faveur, notamment pour déclarer que, trois ans plus tôt, elle avait surpris son père en train de peloter une jeune interne. Son père, lui, jouait la carte de l'argent. La tempête faisait rage depuis presque deux ans, et tout Savannah attendait avec impatience ce bras de fer public entre un praticien fameux et une mondaine très en vue.

Livvy tenait à s'éviter cela. Elle n'avait pas envie

de voir sa dernière année d'études dévastée par une bagarre sordide entre ses parents.

Rick recevait les informations par bribes, livrées presque à contrecœur, en général après que le portable de Livvy s'était tu. Il écoutait patiemment et elle appréciait. À Florence, ses colocataires étaient trop absorbées par leurs propres existences.

Il s'estimait heureux d'avoir des parents plutôt ternes, menant une vie simple à Davenport.

Le téléphone sonna de nouveau. Elle s'en saisit, grommela trois mots, puis s'éloigna vers le bout de la plage, l'appareil collé à l'oreille. Rick la suivit du regard, et il admirait chacun de ses pas. Des hommes autour de lui rectifièrent leur position pour mieux voir.

Ce devait être sa sœur, supposa-t-il, puisqu'elle avait pris l'appel et s'était mise à l'écart, comme pour lui épargner les détails. Quoi qu'il en soit, il ne saurait rien. À son retour, elle lui glissa un mot – « Désolée » –, se réinstalla au soleil et reprit sa lecture.

Heureusement pour Rick, les Alliés avaient rasé Ancône à la fin de la guerre, et leur visite de la ville en fut allégée – peu de châteaux, peu de palais. D'après les guides de la jeune Américaine, il n'y avait qu'une seule cathédrale digne du détour, et elle ne tenait pas à la voir. Dimanche, ils se levèrent tard, se dispensèrent de toute visite touristique, et finirent par tomber sur le stade.

Les Panthers arrivèrent en autocar à 13 h 30. Rick était seul dans le vestiaire, à les attendre. Livvy était seule dans les gradins, à lire un quotidien en italien.

– Content que tu aies pu être des nôtres, grogna Sam à l'adresse de son quarterback.

– Toujours de bonne humeur, n'est-ce pas, coach ?

– Quatre heures dans un car, ça me met en condition.

L'effet de la grande victoire sur Bergame ne s'était pas encore estompé, et Sam s'attendait à un désastre face aux Dolphins d'Ancône. Un accroc, et les Panthers rateraient les play-offs. Il les avait poussés dans leurs retranchements, mercredi et vendredi, mais ils se délectaient encore du coup d'arrêt sidérant qu'ils avaient mis à la lumineuse trajectoire bergamasque. La *Gazzetta di Parma* avait publié un article en première page, avec un cliché en grand format de Fabrizio dévalant le terrain à l'allure d'une fusée. Mardi, un autre article était paru sur Franco, Nino, Pietro et Giancarlo. Les Panthers étaient devenus l'équipe à battre du championnat; ils avaient la gagne, avec de vrais footballeurs italiens dans leurs rangs. Seul leur quarterback était américain. Et ainsi de suite.

Ancône n'avait remporté qu'une seule rencontre, en avait perdu six, et presque toutes avec de gros écarts. Les Panthers manquaient de jus, comme il fallait s'y attendre, mais on n'oubliait pas qu'ils avaient massacré Bergame, et ça les rendait assez intimidants. Rick et Fabrizio réussirent deux transmissions sur une passe en avant du quarterback dans le premier quart temps, Giancarlo plongea la tête la première et atterrit à plat ventre pour deux essais supplémentaires dans le deuxième. Au début du quatrième, Sam dégagea son banc de touche et Alberto prit la tête de l'attaque.

Les dernières secondes de la saison se passèrent avec une balle en milieu de terrain, les deux équipes groupées dessus comme un pack de rugby. Quand la pendule donna le signal de la fin, les joueurs arrachèrent leurs maillots crasseux et leurs protections, et passèrent une demi-heure à se serrer la main et à s'échanger des promesses pour les retrouvailles de l'an prochain. Originaire de Council Bluffs, dans l'Iowa, le tailback d'Ancône avait évolué au sein d'une petite université du Minnesota. Il avait vu Dockery jouer sept ans plus tôt dans un grand match Iowa-Wisconsin, et ils passèrent ensemble un bon moment à le revivre. L'une des plus belles heures de Rick en football universitaire.

Ils bavardèrent au sujet des joueurs et des entraîneurs qu'ils avaient connus. Le tailback, qui avait un vol le lendemain, avait hâte de rentrer chez lui. Naturellement, Rick resterait jusqu'aux play-offs, mais pour la suite, il n'avait aucun projet. Ils se souhaitèrent bonne chance et promirent de se tenir au courant.

Bergame, visiblement désireuse d'entamer une nouvelle série victorieuse, battit Rome par six touchdowns d'écart et acheva la saison sur un score de 7-1. Parme et Bologne étaient deuxièmes à égalité avec six victoires contre deux défaites et joueraient l'un contre l'autre en demi-finale. La grande nouvelle du jour, ce fut l'effondrement de Bolzano. Les Rhinos de Milan avaient marqué sur la dernière action de jeu, et se faufilaient ainsi dans les play-offs.

Rick et Livvy travaillèrent leur bronzage une journée supplémentaire, puis se lassèrent de Sirolo. Ils poursuivirent leur escapade plus au nord, s'arrêtant une journée et une nuit dans le village médiéval d'Urbino. Livvy avait désormais vu treize des vingt régions de la botte, et militait fortement pour une tournée prolongée qui inclurait les sept autres. Mais avec un visa expiré, irait-elle très loin ?

Elle préférait ne pas en parler. Et elle se débrouillait admirablement bien pour ignorer sa famille aussi longtemps que sa famille l'ignorait. Ils roulaient sur les routes secondaires d'Ombrie et de Toscane, elle étudiait les cartes, avec un chic particulier pour dénicher de minuscules villages, des éleveurs vinicoles et de vieux palais. Elle connaissait l'histoire de ces régions – les guerres et les conflits, leurs souverains et leurs villes-États, l'influence de Rome et son déclin. Elle était capable de jeter un coup d'œil sur la petite cathédrale d'un village et de dire « Baroque, fin du xviie siècle », ou « Roman début du xiie », et, pour la bonne mesure, elle pouvait ajouter : « Mais la coupole a été ajoutée cent ans plus tard par un architecte classique. » Elle connaissait les grands artistes, et pas seulement leur œuvre, mais aussi leur ville natale, leurs excentricités et tous les détails importants de leur carrière. Elle connaissait les vins italiens et savait présenter clairement l'infinie variété des cépages de ces régions. S'ils avaient vraiment soif, elle débusquait un vigneron caché. Ils prenaient le temps d'une brève visite, avant de s'installer et d'accepter une dégustation gratuite.

Ils finirent par rentrer à Parme, tard le mercredi après-midi, à l'heure pour un très long entraînement. Livvy resta à l'appartement (« à la maison ») pendant que Rick se traînait jusqu'au Stadio Lanfranchi pour se préparer une fois encore à affronter les Bologna Warriors.

27.

Tommaso, ou plus simplement Tommy, était le plus âgé des Panthers. Il avait quarante-deux ans et jouait depuis vingt ans. Il ne se retirerait, annonçait-il régulièrement dans les vestiaires, que lorsque Parme aurait remporté son premier Super Bowl. Pour ses coéquipiers, dont beaucoup considéraient qu'il avait dépassé l'âge de la retraite depuis belle lurette, sa résolution était une autre bonne raison de décrocher la timbale.

Tommy jouait en dernier rideau défensif et savait être efficace sur le tiers du match – quel que soit le match. Il était grand, pesait autour de quatre-vingt-dix kilos, mais il était rapide sur la balle et pas mauvais pour la subtiliser au quarterback adverse avant qu'il ait pu exécuter sa passe. Sur les jeux de course, en revanche, il n'avait pas les moyens de rivaliser avec un joueur de ligne ou un fullback parti à l'assaut, et Sam restait prudent dans sa manière d'utiliser Tommy. Ils étaient plusieurs Panthers, les plus anciens, à ne devoir jouer que quelques snaps par rencontre.

Tommy était fonctionnaire de carrière, avec une sécurité de l'emploi assurée et un appartement très chic dans le centre-ville. Chez lui, rien n'était vieux, sauf le bâtiment. Dans son intérieur, Tommy avait soigneusement supprimé toute concession au passé et à l'Histoire. Le mobilier était de verre, de chrome et de cuir, les sols de chêne blond et brut, les murs tapissés d'œuvres d'art déconcertantes, et des appareils high-tech inimaginables y étaient joliment disposés dans les moindres recoins.

Sa cavalière pour la soirée, qui n'était certainement pas une épouse, cadrait superbement avec le décor. Maddalena était aussi grande que Tommy, mais pesait cinquante kilos de moins, et semblait de quinze ans sa cadette. Rick lui dit sobrement bonsoir tandis que Tommy embrassait la joue de Livvy avec l'air d'être sur le point de l'emmener dans la chambre.

Livvy avait attiré l'attention de tous les Panthers, et avec raison. Une belle et jeune Américaine qui vivait avec leur quarterback, ici même, à Parme. Étant tous italiens au sang chaud, ils ne pouvaient s'empêcher de frétiller en l'approchant. Les invitations à dîner n'avaient jamais manqué, mais depuis l'arrivée de la jeune femme, Rick était débordé.

Il réussit à soustraire Livvy au maître de maison et alla admirer la collection de trophées et de souvenirs de football de Tommy. Il y avait une photo de lui avec une équipe de jeunes joueurs.

– Au Texas, précisa-t-il. Près de Waco. J'y retourne tous les ans, au mois d'août, pour m'entraîner avec l'équipe.

– Des lycéens ?

– *Sì*. Je prends mes vacances là-bas, et je fais ce que vous appelez un « two-a-days ». C'est ça, non ?

– Oh oui. Le two-a-days, deux séances d'entraînement quotidiennes, c'est toujours en août.

Rick était sidéré. Il n'avait rencontré personne qui se soit soumis de son plein gré aux horreurs de ces « two-a-days » du mois d'août. En août, la saison italienne était terminée, alors pourquoi se plier à un conditionnement aussi brutal ?

– Je sais, c'est dingue, reconnut l'autre.

– Oui, c'est dingue. Vous y allez encore ?

– Oh non. Il y a trois ans, j'ai raccroché. Ma femme, la deuxième, n'approuvait pas. – Là-dessus, pour une raison obscure, il lança un regard méfiant à Maddalena, avant de poursuivre. – Elle est partie, mais c'est vrai, j'étais trop vieux. Ces garçons n'ont que dix-sept ans, trop jeunes pour un type de quarante-deux ans, vous ne croyez pas ?

– Sans aucun doute.

Rick resta un moment à s'étonner que quiconque puisse aller passer ses vacances dans la canicule texane à foncer dans des béliers de bloc, ces jougs de mêlée qui permettent aux linemen de s'entraîner à bloquer et à pousser. Puis il continua la visite.

Il y avait une étagère pleine de cahiers en cuir parfaitement assortis, d'environ trois centimètres d'épaisseur, avec le chiffre de l'année gravé à l'or fin, un pour chacune des vingt saisons de Tommy.

– Voici la première.

Tout d'abord, un calendrier de matches des Panthers, sur papier glacé, avec les scores ajoutés à la main. Quatre victoires, quatre défaites. Ensuite, les programmes des rencontres, les articles de presse, et des pages de photos. Tommy pointa le doigt sur un portrait de groupe.

– C'est moi, déjà le numéro 82, avec quinze kilos de plus.

Sur la photo, il paraissait monumental, et Rick faillit lui souffler qu'il aurait dû garder un peu de cette masse corporelle. Mais Tommy était un *fashionista* soucieux de son look. Il ne faisait aucun doute que sa perte de poids avait à voir avec sa nouvelle vie amoureuse.

Ils feuilletèrent quelques-uns de ses almanachs, et les saisons finirent par se confondre.

– Jamais un Super Bowl, répéta Tommy plus d'une fois. – Il désigna un espace vide, au centre du rayonnage. – C'est l'emplacement réservé, Reek. C'est là que je mettrai la photo des Panthers, après la victoire dans le Super Bowl. Vous serez des nôtres, Reek, non ?

– Et comment.

Il enveloppa l'épaule de Rick Dockery et le conduisit dans le coin salle à manger, où des verres étaient servis – deux copains bras dessus bras dessous, en toute simplicité.

– On se fait du souci, Reek, reprit-il, soudain très grave.

Un silence.

– Du souci ? À quel sujet ?

– Ce match. Nous sommes si près du but. – Il se déplia et versa deux verres de vin blanc. – Vous êtes un grand footballeur, Reek. Le meilleur que Parme ait jamais eu, peut-être le meilleur de toute l'Italie. Un vrai quarterback de la NFL. Pouvez-vous nous promettre, Reek, que nous allons remporter le Super Bowl ?

Les femmes étaient dans le patio, occupées à admirer des fleurs dans une jardinière.

– Personne n'est assez malin, Tommy. Le jeu est trop imprévisible.

– Mais vous, Reek, vous en avez vu tellement, tant de grands joueurs, dans des stades magnifiques. Vous connaissez le jeu, le vrai, Reek. Vous savez sûrement si on peut gagner ou non.

– Nous pouvons gagner, oui.

– Mais vous me le promettez ? – Tommy sourit et frappa Rick en pleine poitrine. – Allez, mon pote, juste entre nous, de vous à moi. Dites-moi ce que j'ai envie d'entendre.

– Je crois fermement que nous allons gagner les deux prochains matches, et par conséquent le Super Bowl. Mais, Tommy, seul un idiot pourrait vous promettre ça.

– M. Joe Namath l'avait garanti. Quoi, dans le Super Bowl : III ou IV ?

– Le Super Bowl III. Et je ne suis pas Joe Namath.

Tommy était si peu respectueux de la tradition qu'il n'avait pas prévu de parmesan et de jambon de Parme à grignoter, en attendant le dîner. Son vin venait d'Espagne. Maddalena servit des salades d'épinards et de tomates, et ensuite de petites assiettes de morue au four qui n'avaient pas leur place dans un livre de cuisine d'Émilie-Romagne. Aucune trace de pasta nulle part. Le dessert était un gâteau sec et friable aussi noir que du chocolat, mais pratiquement sans aucun goût.

Pour la première fois depuis son arrivée à Parme, Rick sortit de table affamé. Après un café trop léger et des adieux prolongés, ils partirent à pied et s'arrêtèrent chez un glacier, sur le chemin de la maison.

– C'est un vicelard, se plaignit Livvy. J'avais ses mains partout sur moi.

– Je ne peux pas lui en vouloir.

– La ferme.

– Surtout que j'ai tripoté Maddalena.

– Pas du tout, j'ai surveillé tes gestes.

– Jalouse ?

– Extrêmement. – Elle lui fourra une cuillerée de pistache entre les lèvres et ajouta, sans un sourire : Tu m'entends, Rick ? Je suis d'une jalousie maladive.

– Oui, m'dame.

C'était un nouveau pas qu'ils franchissaient. Après le flirt, puis le sexe décontracté, une relation plus intense. Après les e-mails, les longues conversations au téléphone. Après l'amourette à distance, une histoire de couple. Après l'avenir au jour le jour, l'avenir à partager. Et maintenant cet aveu, cet accord d'exclusivité. La monogamie. Le tout scellé par une bouchée de *gelato al pistachio*.

L'entraîneur Russo en avait par-dessus la tête de toutes ces jacasseries autour du Super Bowl. Le vendredi soir, il hurla à son équipe que s'ils ne prenaient pas Bologne plus au sérieux, une équipe devant laquelle ils avaient déjà perdu, d'ailleurs, ils ne joueraient pas le Super Bowl. Un match à la fois, bande d'idiots.

Et le samedi, il leur hurla encore dessus tandis qu'ils expédiaient une séance allégée demandée par Nino et Franco. Les joueurs s'étaient pour la plupart présentés avec une heure d'avance.

À dix heures, le lendemain matin, ils prirent la route de Bologne. Le car s'arrêta dans une cafétéria en lisière de la ville, le temps d'un sandwich et, à 13 h 30, les Panthers arpentaient le plus beau stade de football d'Italie.

Bologne compte un demi-million d'habitants et beaucoup de fans du football américain. Les Warriors ont une longue tradition de bonnes équipes, de championnats juniors actifs et d'investisseurs aux reins solides. Ancienne pelouse de rugby comme les autres, le terrain était aménagé et entretenu pour répondre aux spécifications du football américain. Avant l'ascension de Bergame, c'était Bologne qui dominait le championnat.

Deux cars remplis de supporters de Parme se déversèrent sur le stade à grand tapage. Les deux camps s'engagèrent vite dans un concours d'exclamations enthousiastes. On déploya les banderoles. Rick en remarqua une, du côté de Bologne, qui proclamait : « Grillez l'Andouille. »

D'après Livvy, Bologne était réputée pour sa gastronomie et, sans surprise aucune, prétendait proposer la meilleure cuisine de toute la péninsule. L'andouille faisait peut-être partie des spécialités locales.

Lors de leur précédente rencontre, Trey Colby avait réceptionné trois passes de touchdown dans le premier quart temps. À la mi-temps, il en avait engrangé quatre, avant que sa carrière ne subisse une fin prématurée dans le troisième quart temps. Ray Montrose, un tailback qui avait joué avec Rutgers University et remporté aisément le trophée du meilleur coureur durant la saison proprement dite, avec 228 yards par match, avait transpercé la défense des Panthers dans tous les sens, marqué trois touchdowns et capitalisé 200 yards à la passe. Bologne l'avait emporté 35-34.

Depuis lors, les Panthers n'avaient plus connu la défaite, et plus joué un seul match au score serré. Rick entendait que ça se maintienne. Bologne était l'équipe d'un seul homme – Montrose était omniprésent. Leur quarterback était le joueur type issu des petites universités – costaud, mais un rien trop lent, et irrégulier, même dans le jeu de passes courtes. Le troisième Américain était un safety de Dartmouth qui s'était révélé incapable de s'en tenir au marquage de Trey. Et pourtant, Trey n'était ni aussi rapide ni aussi vif que Fabrizio.

La partie serait excitante, le score élevé, et Rick voulait avoir l'avantage de l'engagement. Mais le tirage au sort favorisa les Warriors. Quand les équipes s'alignèrent en position pour le coup d'envoi, les tribunes étaient houleuses. Le returner, chargé de réceptionner le ballon du coup d'envoi et de remonter le plus loin possible dans le camp adverse, était un Italien minuscule. En visionnant la vidéo, Rick avait remarqué qu'il tenait souvent le ballon très bas, loin du corps, un truc impossible qui, en Amérique, l'aurait cloué sur le banc de touche.

– Arrachez-leur la balle ! leur avait hurlé Sam un millier de fois pendant la semaine. Si c'est le numéro 8 qui récupère la mise en jeu, vous lui arrachez cette saleté de balle.

Encore fallait-il le rattraper. Le numéro 8 traça en milieu de terrain flairant déjà le fumet de la ligne d'en-but. Il saisit la balle dans sa main droite, en la tenant écartée de son bas-ventre. Silvio, le linebacker de petit format, très rapide, le prit par le flanc, lui tira sur le bras droit d'un coup sec à lui démettre l'épaule, et la balle roula à terre. Un Panther la récupéra. Montrose allait devoir patienter.

Sur la première action, Rick feinta une remise de balle à Franco pour une course en plein centre, puis arma son bras, ébaucha une autre feinte de passe vers Fabrizio qui progressa de cinq mètres avant de pivoter à quatre-vingts degrés en direction de la ligne de touche. Le corner back, défenseur direct du receveur, flairant une interception spectaculaire très tôt dans la rencontre, mordit à l'hameçon, et quand Fabrizio pivota sur lui-même, il resta en position démarquée pendant une longue seconde. Rick lança la balle beaucoup trop fort, mais Fabrizio vit venir le coup. Il la contrôla du bout des doigts, amortit le choc avec le torse, puis s'en saisit fermement juste au moment où le safety se rapprochait pour lui porter l'estocade. Mais le safety en question ne le rattrapa jamais. Fabrizio pivota de nouveau, alluma la postcombustion, et se retrouva vite à se pavaner derrière la ligne d'en-but. Sept à rien.

Pour retarder encore l'entrée en lice de M. Montrose, Sam appela un coup de pied court dans l'espoir de récupérer le cuir à seulement dix yards du point d'engagement. Ils avaient répété la manœuvre des dizaines de fois au cours de la semaine passée. Filippo, leur botteur au pied si puissant, cueillit le sommet de la balle à la perfection, et elle alla rebondir comme un feu follet en milieu de terrain. Franco et Pietro déboulèrent en trombe dans son sillage, pas pour la récupérer, mais pour neutraliser les deux Warriors les plus proches. Ils aplatirent au sol deux garçons désorientés qui s'étaient mollement repliés en s'attendant à un coup de pied long, puis changèrent de braquet pour revenir timidement sur la récupération du coup de pied d'engagement. Giancarlo fit la culbute par-dessus la mêlée et atterrit sur le ballon. Trois actions plus tard, Fabrizio était de retour dans la zone d'en-but.

Montrose finit par toucher la balle sur une première tentative et dix yards de progression obligatoire depuis les 31 yards. La petite passe en arrière vers le tailback du Warrior était aussi prévisible qu'un lever de soleil, et Sam envoya tout le monde dessus, sauf le free safety, qui resta sur sa deuxième ligne, juste au cas où. Il s'ensuivit un plaquage en groupe écrasant, mais Montrose réussit quand même à gagner trois yards. Et ensuite cinq, puis quatre, et de nouveau trois. Ses courses étaient brèves, ses gains en yards arrachés de haute lutte à une défense agglutinée comme un essaim. Sur une troisième tentative pour gagner un yard, Bologne finit par tenter quelque chose de créatif. Sam appela un nouveau blitz, et faute d'une meilleure solution, le quarterback opta finalement pour une feinte avec son équipier, Montrose, en lui reprenant la balle d'un coup sec, avant de chercher un receveur. Il en trouva un isolé, qui gigotait en tous sens le long de la ligne de touche opposée, agitant les bras en criant parce qu'il n'avait pas un Panther à moins de vingt yards de lui. La passe fut longue et haute, et, quand le receveur vint se porter à hauteur de la balle, sur la ligne des dix yards, les supporters de l'équipe à domicile se levèrent en poussant des hourras. le type agrippa sa proie à deux mains, et puis ses deux mains la laissèrent s'échapper : ce fut net et douloureux, comme au ralenti. Le receveur se rua vers le gros lot qui allait rebondir trop loin, hors de portée de ses deux mains tendues, puis il tomba à plat ventre sur la ligne des cinq yards et heurta violemment la pelouse.

On aurait presque pu l'entendre pleurer.

Le botteur affichait une moyenne de vingt-huit yards seulement à chacun de ses coups de pied, chiffre qu'il réussit à abaisser encore après en avoir tapé une vers les gradins de ses tifosi. Rick fit entrer son attaque en courant sur le terrain et, sans prendre le temps d'un regroupement, enchaîna trois jeux directs vers Fabrizio – une slant, un tracé tout droit du receveur, suivie d'un 45 degrés vers le milieu de terrain, pour un gain de douze yards, une curl avec retour du receveur sur le quarterback, pour onze yards, et une passe en avant, vers le centre du terrain, servant un Fabrizio lancé en pleine course pour un gain de trente-quatre yards, qui se conclut par le troisième touchdown des quatre premières minutes du match.

Bologne ne paniqua pas, n'abandonna pas son plan de jeu. Montrose héritait de la balle à chaque action et, sur chaque action, Sam lâchait au moins neuf défenseurs en blitz. Il en résulta une belle empoignade, l'attaque faisant méthodiquement avancer la balle dans le camp adverse à grand renfort de coups et de blocs, du jeu physique, opiniâtre, du jeu à l'ancienne. Quand Montrose marqua après une dernière course de trois yards, ce fut le terme du premier quart.

Le deuxième quart temps fut de la même facture. Rick et son attaque marquèrent aisément, alors que Montrose et la sienne peinaient de plus en plus avec leur jeu au sol. À la mi-temps, les Panthers menaient 38-13 ; Sam se décarcassait pour trouver un motif de récrimination. Montrose affichait deux touchdowns pour vingt et une courses balle à la main et presque deux cents yards de gain à lui tout seul, mais après ?

Sam leur fit la leçon habituelle, une mise en garde contre les passages à vide des secondes mi-temps, mais ce fut en vain. La vérité, c'était que Russo n'avait jamais vu un effectif, à aucun niveau, faire preuve d'une telle cohésion et d'une telle aisance après un début aussi calamiteux. C'était une certitude : son quarterback était sur un nuage, Fabrizio méritait son salaire mensuel de huit cents euros jusqu'au dernier centime. Et les Panthers venaient d'atteindre un nouveau palier. Franco et Giancarlo couraient avec autorité et audace. Nino, Paolo, l'ancien d'Aggie, et Giorgio distribuaient des balles aussi rapides que des fusées et manquaient rarement un bloc. Rick se faisait rarement sacker, et ne subissait même guère de pression. Et la défense, avec Pietro obstruant le milieu de terrain et Silvio multipliant les blitz avec une totale désinvolture, s'était transformée en un gang de plaqueurs déchaînés couvrant la balle comme une meute de chiens.

Les Panthers avaient puisé quelque part, sans doute dans la présence de leur quarterback, l'assurance insolente dont rêvent tous les entraîneurs. Désormais, ils avaient cet air-là : la saison était leur saison et ils ne perdraient plus.

Ils marquèrent dès l'ouverture de la seconde mi-temps, sans aucune passe. Giancarlo fonça écarté vers la gauche avant d'ouvrir vers la droite, tandis que Franco déboulait dans le tas. Cette possession de balle en attaque dévora six minutes de temps réglementaire et, avec un score de 45-13, Montrose et compagnie entrèrent sur le terrain dans un climat de défaite. Le quarterback ne baissa pas les bras, mais au bout de trente courses en possession de la balle, il perdit pied. À trente-cinq, il marqua son quatrième touchdown, mais ses Warriors étaient trop loin derrière. Le score final fut de 51-27.

28.

Aux petites heures du jour, lundi matin, Livvy sauta du lit, alluma une lampe et annonça :

– Nous allons à Venise.

– Non, telle fut la réponse qui s'échappa de sous l'oreiller.

– Si. Tu n'y es jamais allé. Venise est ma ville préférée.

– Comme Rome, et Florence, et Sienne.

– Lève-toi, *lover boy*. Je vais te montrer Venise.

– Non. J'ai mal partout.

– Quelle lavette. Moi, je vais à Venise. Me dégotter un homme, un vrai, un joueur de calcio.

– On se recouche et on dort.

– Nan. Je m'en vais. Je crois que je peux attraper un train.

– Envoie-moi une carte postale.

Elle lui flanqua une claque sur les fesses et se dirigea vers la douche. Une heure plus tard, la Fiat était chargée et Rick rapportait des cafés croissants de son bar voisin. Le coach Russo avait annulé les entraînements jusqu'à vendredi. Le Super Bowl italien réclamait deux semaines de préparation – comme sa pâle copie américaine…

Leur adversaire serait Bergame – cela ne surprenait personne.

Dès la sortie de la ville, Livvy aborda l'histoire de Venise – seuls quelques faits saillants des deux premiers millénaires, par chance. Rick écoutait une main posée sur les genoux de sa passagère, qui lui expliquait comment et pourquoi la ville avait été construite sur des bancs de boue, dans des zones recouvertes par les marées. De temps à autre, elle consultait ses guides, mais pour l'essentiel, elle se fiait à sa mémoire. Elle s'y était déjà rendue à deux reprises l'année précédente, pour des week-ends prolongés. La première fois avec une bande d'étudiants, ce qui lui avait donné l'envie d'y retourner seule.

– Et les rues sont des rivières ? lui fit-il répéter, plus qu'inquiet pour sa Fiat.

– Disons des canaux. Il n'y a pas de voitures, là-bas, uniquement des bateaux.

– Ah oui, des petits bateaux. Ça s'appelle comment, déjà ?

– Des gondoles.

– Des gondoles. J'ai vu un film une fois. Un couple partait faire un tour en gondole et le capitaine…

– Le gondolier.

– Peu importe, il n'arrêtait pas de chanter vraiment fort et le couple n'arrivait pas à le faire taire. Plutôt marrant, le film.

– Les gondoles, c'est un truc à touristes.

– J'en rêve.

– Venise est la plus belle ville du monde, Rick. J'ai envie que tu l'aimes.

– Oh, je suis sûr que je vais aimer. Me demande s'ils ont une équipe de foot, tiens.

– Les guides n'en mentionnent pas.

Rick savait que son portable était éteint, que ses parents la menaçaient, et que l'affaire allait plus loin que ce qu'elle avait bien voulu lui en divulguer. Livvy était capable de couper avec tout cela comme si elle actionnait un interrupteur et, quand elle s'enfouissait dans l'Histoire, l'art et la culture de l'Italie, elle n'était plus qu'une étudiante captivée par son sujet et désireuse de partager sa passion.

Ils s'arrêtèrent déjeuner à l'entrée de Padoue. Une heure plus tard, à Mestre, ils garaient la Fiat dans un parking longue durée. Leur aventure sur l'eau commençait. Le ferry tangua le temps qu'on le charge, puis fendit les eaux de la lagune. Livvy s'agrippa à Rick et ils longèrent ensemble le bastingage du pont supérieur, observant avec une impatience croissante les contours de Venise qui se profilaient à l'horizon, de plus en plus proches. Ils entrèrent dans le Grand Canal et là, il y avait des bateaux partout – des taxis, des péniches étroites chargées de produits alimentaires et autres denrées, un fourgon de carabiniers arborant leur insigne de la police, un vaporetto bondé de touristes, des bateaux de pêche, d'autres ferrys et, enfin, des gondoles par dizaines. Les eaux boueuses clapotaient sur les marches de palais élégants serrés les uns contre les autres. Le campanile de la place Saint-Marc se dressait très haut, en surplomb, au loin.

Rick ne put s'empêcher de noter le nombre important des coupoles d'églises avec la sensation oppressante qu'il n'échapperait à aucune d'elles.

Ils descendirent du ferry à un arrêt proche du Palais Gritti. Sur le débarcadère, elle lui dit :

– C'est le seul mauvais côté de la vie à Venise. Il va falloir rouler nos bagages jusqu'à l'hôtel.

Et ils les roulèrent, en effet, le long de rues surpeuplées, de ruelles obscures, par d'étroites passerelles de pierre. Elle l'avait prévenu de voyager léger, et pourtant, son sac était deux fois plus volumineux que le sien.

L'hôtel était une petite pension vieillotte et pittoresque située à l'écart des touristes. La propriétaire, la Signora Stella, était une femme alerte, qui devait avoir dans les soixante-dix ans et s'occupait de la réception, et elle fit semblant de se souvenir de Livvy. Elle les installa dans une chambre d'angle, exiguë mais avec une jolie vue sur les toits – d'églises, beaucoup – et une salle de bains avec baignoire, ce qui, lui précisa Livvy, n'était pas si fréquent dans ces minuscules hôtels italiens. Quand Rick s'étira, le lit grinça, ce qui le préoccupa un court instant. Mais la jeune femme n'était pas d'humeur, pas devant Venise, qui leur tendait les bras. Il ne parviendrait même pas à négocier une sieste.

Il réussit tout de même à négocier un pacte ; la limite serait de deux églises ou palais par jour. Au-delà, elle continuerait seule. Ils s'aventurèrent jusqu'à la place Saint-Marc, étape obligée de tous les visiteurs, et consacrèrent leur première heure à siroter quelques rafraîchissements à une terrasse en suivant du regard les vagues de touristes qui déferlaient sur le lieu. La place avait été dessinée quatre cents ans plus tôt, quand Venise était une ville-État riche et puissante, expliqua Livvy. Le palais des Doges en occupait un angle, imposante forteresse qui avait protégé la Sérénissime durant au moins sept siècles. L'église mitoyenne, une basilique, était vaste et attirait les foules les plus nombreuses.

Livvy partit acheter des billets, et Rick téléphona à Sam. L'entraîneur était en train de visionner la cassette du match entre Bergame et Milan, la corvée habituelle du lundi après-midi pour tout coach qui entame la préparation pour le Super Bowl.

– Où es-tu ? lui demanda Russo.

– À Venise.

– Avec cette gamine ?

– Elle a vingt et un ans, coach. Et, oui, elle n'est pas loin.

– Bergame a été impressionnante, pas de cafouillages, deux pénalités seulement. Ils ont gagné par trois touchdowns d'écart. Ils me paraissent bien meilleurs maintenant qu'ils n'ont plus sur le dos le poids de cette série de victoires à défendre.

– Et Maschi ?

– Brillant. Il a étendu le quarterback adverse dans le troisième quart temps.

– Je me suis déjà fait étendre comme ça. J'imagine qu'ils vont coller les deux Américains derrière Fabrizio et lui taper dedans. La journée risque d'être longue, pour ce garçon. Et voilà, tant pis pour le jeu de passe. Maschi est capable d'étouffer le jeu de courses.

– Dieu merci, il reste le jeu de coups de pied de dégagement, ricana Sam. Tu as un plan ?

– J'ai un plan.

– Ça t'ennuie de m'en toucher deux mots, que je réussisse à trouver le sommeil, ce soir ?

– Non, je n'ai pas encore fini. Encore deux jours à Venise et j'aurai dénoué tous les nœuds.

– Retrouvons-nous jeudi après-midi et travaillons dessus.

– OK, coach.

Rick et Livvy traversèrent la basilique San Marco d'un pas traînant, épaule contre épaule, en compagnie de quelques touristes hollandais menés par un guide surdoué, capable de changer de langue à volonté. Au bout d'une heure, Rick détala. Il sortit boire une bière dans le soleil déclinant et attendit patiemment Livvy.

Ils flânèrent dans le centre de Venise, franchirent le pont du Rialto sans avoir rien acheté. Pour la fille d'un médecin fortuné, elle se montrait économe. Hôtels minuscules, repas peu coûteux, trains, ferrys, et se souciant apparemment du prix des choses. Elle insistait pour partager moitié-moitié, du moins le proposait-elle. Rick lui répéta plus d'une fois qu'il n'était certainement pas très grassement payé, mais il refusait de se préoccuper d'argent. Et il refusait de la laisser trop payer.

Le lendemain, au petit déjeuner, après une nuit si mouvementée que le lit en avait dérivé jusqu'au milieu de la pièce, la Signora Stella vint chuchoter quelque chose à Livvy.

– Qu'est-ce qu'elle t'a dit ? lui demanda Rick après que Mme Stella se fut éclipsée.

Subitement écarlate, Livvy se pencha vers lui et traduisit :

– Nous avons fait trop de bruit, la nuit dernière. Il y a eu des plaintes.

– Qu'est-ce que tu as répondu ?

– Dommage. On ne peut pas se retenir.

– Bravo, fillette.

– En fait, elle n'a pas l'intention de nous retenir, dit-elle ; elle propose de nous loger dans une autre chambre, avec un lit plus solide.

– J'adore les défis.

À Venise, il n'y a pas de boulevards. Les rues sont étroites, elles sinuent et s'entrecroisent avec les canaux qu'elles traversent par toute une série de ponts – quatre cents, disent certains. Le mercredi en fin de journée, Rick fut convaincu de les avoir tous empruntés.

Il était alors sous un parasol, à une terrasse de café, devant un Campari sur glace, en train de tirer avec langueur sur un cigare cubain tandis que Livvy réglait son compte à l'église San Fantin. Il ne s'était pas lassé d'elle, bien au contraire. Son énergie et sa curiosité l'incitaient à se servir de sa cervelle. Elle était une compagne délicieuse, facile à satisfaire et toujours partante. Il avait beau guetter chez elle une quelconque réaction de gosse de riche ou de forte en thème, il n'avait encore rien trouvé à lui reprocher.

Et il ne s'était pas non plus lassé de Venise. En fait, il était enchanté de la ville, de son infinité de recoins, d'impasses et de piazzas cachées. Les poissons et les fruits de mer y étaient incroyables, et il prenait un profond plaisir à cette pause dans le régime pasta. En dépit des innombrables cathédrales, palais et musées, la Sérénissime avait su piquer son intérêt.

Il n'en restait pas moins que Rick était un footballeur et qu'un dernier match les attendait. C'était une rencontre qu'il lui fallait gagner pour justifier sa présence, son existence et son salaire, si modeste qu'en soit le montant. Les questions d'argent mises à part, il fallait affronter la réalité : s'il n'était pas capable de mettre sur pied une attaque, lui l'ancien de la FNL, pour une nouvelle victoire ici, en Italie, il serait temps de raccrocher les crampons.

Il avait déjà fait allusion à la nécessité de repartir le jeudi matin. Elle n'avait pas semblé en tenir compte. Au cours du dîner, au Fiore, il insista :

– Je dois être à Parme demain. Russo veut que l'on se voie dans l'après-midi.

– Je crois que je vais rester ici, répliqua-t-elle sans hésitation aucune.

Tout était prévu.

– Combien de temps ?

– Quelques jours de plus. Je vais me débrouiller.

Il n'en doutait pas. Ils avaient beau aimer rester collés l'un à l'autre, ils avaient l'un comme l'autre besoin d'espace, et ils étaient tous deux prompts à s'éclipser. Livvy était capable de faire le tour du monde seule, bien plus aisément que lui. Elle savait s'adapter sur-le-champ, en routard chevronné, et n'hésitait pas à user de son sourire pour obtenir ce qu'elle voulait.

– Tu seras de retour pour le Super Bowl? s'enquit-il.

– Je ne manquerais ça pour rien au monde, tu t'en doutes.

– Bêcheuse.

Ils dînèrent d'anguille, de mulet et de seiche et, quand ils furent gavés, ils marchèrent jusqu'au Harry's Bar, sur le Grand Canal, pour y prendre un dernier verre. Ils se blottirent dans un coin, observèrent une troupe d'Américains bruyants en se disant que leur pays ne leur manquait pas du tout.

– Quand la saison sera terminée, que feras-tu? demanda-t-elle.

Elle s'était lovée contre lui; de sa main droite, il lui caressait les genoux. Ils buvaient lentement, à petites gorgées, comme s'ils allaient rester là toute la nuit.

– Je ne sais pas trop. Et toi?

– Il faut que je rentre chez moi, mais je n'ai pas envie.

– Moi, il ne faut pas, et je n'ai pas envie non plus. Mais je n'ai pas encore tiré au clair ce que je suis censé fabriquer ici.

– Tu as envie de rester? fit-elle.

Elle avait trouvé le moyen de se rapprocher de lui encore un peu plus.

– Avec toi?

– Tu as quelqu'un d'autre en vue?

– Ce n'est pas ce que je voulais dire. Tu restes, toi ?

– Je pourrais me laisser convaincre.

Le lit plus solide se trouvait dans une chambre plus vaste, et cela résolut le problème des plaintes. Le jeudi, ils se levèrent tard, et échangèrent un au revoir pesant. Rick lui fit signe de la main ; le ferry poussa au large et s'engagea dans le Grand Canal.

29.

Le bruit lui était vaguement familier. Il l'avait déjà entendu, mais dans les profondeurs de son état comateux, il était incapable de se remémorer quand, et où. Il s'assit dans son lit, vit qu'il était trois heures du matin passées de quelques minutes, et finit par reprendre ses esprits. Quelqu'un sonnait à sa porte.

– J'arrive ! grogna-t-il.

L'intrus (l'intruse ?) retira son index du bouton de la sonnette. Rick enfila son short de sport et un T-shirt. Il actionna un interrupteur et se souvint subitement de l'inspecteur Romo et de ses non-arrestations, quelques mois plus tôt. Il repensa à Franco, son juge personnel rien qu'à lui, et en conclut qu'il n'avait rien à craindre.

– Qui est là ? lança-t-il à travers le panneau de la porte, la bouche tout près du verrou.

– J'aimerais vous parler.

Une voix grave et rauque, américaine. Un soupçon d'accent traînant du Sud.

– OK, on parle, là.

– Je cherche Rick Dockery.

– Vous l'avez trouvé. Et ensuite ?

– Je vous en prie. Il faut que je voie Livvy Galloway.

– Vous êtes flic ou quoi ?

Il songea soudain à ses voisins, et au vacarme qu'il provoquait en hurlant à travers la porte close.

– Non.

Il déverrouilla la porte et se retrouva face à un homme au torse puissant, vêtu d'un médiocre costume noir. Une grosse tête, la moustache épaisse, des cernes marqués autour des yeux. Sans doute une longue fréquentation de la bouteille. Il lui tendit une main vigoureuse.

– Je m'appelle Lee Bryson, je suis détective privé, à Atlanta.

– Un plaisir, fit Dockery sans lui serrer la main. Lui, qui est-ce ?

Derrière Bryson se tenait un Italien au visage sinistre, dans un costume sombre qui avait dû coûter quelques dollars de plus que celui de Bryson.

– Lorenzo. Il est de Milan.

– Cela clarifie vraiment les choses. Il est flic ?

– Non.

– Donc, ici, nous n'avons pas un seul flic, exact ?

– Non, nous sommes deux détectives privés. S'il vous plaît, si vous pouviez m'accorder dix minutes.

D'un geste, il les invita à entrer et referma la porte à clef derrière eux. Il les suivit dans le coin salon, où ils prirent gauchement place dans le sofa, côte à côte, genoux collés. Il se laissa choir sur une chaise, à l'autre bout de la pièce.

– Vous avez intérêt à m'apporter de bonnes nouvelles, les prévint-il.

– Je travaille pour des avocats d'Atlanta, monsieur Dockery. Puis-je vous appeler Rick ?

– Non.

– OK. Ces avocats sont chargés du divorce de M. et Mme Galloway, et ils m'ont envoyé ici, pour rencontrer Livvy.

– Elle n'est pas là.

Bryson balaya brièvement la pièce du regard, et ses yeux se figèrent sur une paire de hauts talons rouges, près de la télévision. Puis sur un sac marron posé sur la table basse au bout du canapé. Il ne manquait plus qu'un soutien-gorge suspendu à la lampe. À imprimé léopard. Lorenzo, lui, ne quittait pas Rick du regard, comme si son rôle était de s'occuper de la mise à mort, au cas où cela deviendrait nécessaire.

– Je crois que si, moi, rectifia Bryson.

– Je me moque de ce que vous pensez. Elle était là, mais elle n'y est plus.

– Ça vous ennuie si je jette un œil ?

– Pas du tout, montrez-moi juste un mandat de perquisition et vous pourrez inspecter le linge sale.

La tête massive de Bryson pivota de nouveau vers lui.

– C'est un petit appartement, poursuivit Rick. Trois pièces en tout. De là où vous êtes assis, vous pouvez voir les deux autres. Je vous promets que Livvy n'est pas dans la chambre.

– Où est-elle ?

– Pourquoi tenez-vous tant à le savoir ?

– On m'a envoyé ici pour la trouver. C'est mon boulot. Il y a des gens, en Amérique, qui sont très inquiets à son sujet.

– Peut-être qu'elle n'a aucune envie de rentrer. Peut-être qu'elle préfère éviter ces gens.

– Où est-elle ?

– Elle va bien. Elle aime voyager. Vous aurez du mal à la trouver.

Bryson tirailla sa moustache, avec une ébauche de sourire.

– Elle risque d'avoir du mal à voyager, ironisa-t-il. Son visa a expiré depuis trois jours.

Rick accusa le coup, mais sans se laisser fléchir.

– Ce n'est pas précisément un délit.

– Non, mais les choses pourraient tourner au vinaigre. Il faut qu'elle rentre chez elle.

– Cela se peut. Vous avez toute latitude de le lui expliquer, et quand vous le ferez, je suis certain qu'elle saura prendre la décision qui conviendra. C'est une grande fille, monsieur Bryson, tout à fait capable de mener sa propre existence. Elle n'a besoin ni de vous, ni de moi, ni de personne chez elle.

Sa descente nocturne ayant échoué, Bryson entama son repli. D'un geste brusque, il tira des papiers de la poche de son manteau, les jeta sur la table basse, puis déclara, sur un ton qui se voulait dramatique :

– Voilà notre offre. C'est un billet aller simple de Rome à Atlanta, pour ce dimanche. Si elle se présente à l'embarquement, personne ne lui posera de questions à propos de son visa. Ce petit problème a été réglé. Si elle ne se présente pas, alors son séjour deviendra illégal.

– Oh, c'est vraiment super, mais vous vous adressez à la mauvaise personne. Comme je viens de vous l'expliquer, Mlle Galloway prend ses décisions toute seule. Je lui fournis juste une chambre quand elle est de passage.

– Vous allez lui parler.

– Peut-être, mais il n'est pas garanti que je la revoie d'ici dimanche, ou d'ici le mois prochain, d'ailleurs. Elle aime se balader.

Bryson ne pouvait plus rien tenter d'autre. Il était payé pour trouver cette fille, formuler quelques menaces, la convaincre de rentrer en lui faisant peur, et lui remettre un billet d'avion. À part cela, il ne détenait aucune autorité. Ni sur le sol italien ni ailleurs.

Il se leva, suivi par Lorenzo. Rick resta sur son siège. À la porte, Bryson s'arrêta et lui dit :

– Je suis fana des Falcons. Vous n'avez pas fait un tour à Atlanta, il y a quelques années ?

– Si, lâcha-t-il sans s'étendre.

Bryson jeta encore un regard dans l'appartement. Troisième étage, sans ascenseur. Un immeuble ancien, dans une rue étroite, au cœur d'une vieille ville. Très loin des lumières de la NFL.

Rick retint son souffle en attente d'un coup bas. Pourquoi pas une réflexion du genre : « J'ai l'impression que vous avez fini par trouver votre point de chute. » Ou : « Belle évolution de carrière. »

Au lieu de quoi, ce fut lui qui dut meubler le silence.

– Comment m'avez-vous retrouvé ?

Bryson ouvrait la porte.

– Une de ses colocataires s'est souvenue de votre nom.

Il fallut attendre midi avant qu'elle ne décroche son téléphone. Elle déjeunait dehors, sur la place Saint-Marc, où elle nourrissait les pigeons. Il lui rejoua la scène avec Bryson.

Sa première réaction fut la colère – comment ses parents osaient-ils la faire suivre, s'introduire de force dans sa vie ? Colère contre ces avocats qui embauchaient des voyous venus faire irruption dans l'appartement de Rick à une heure pareille. Colère encore contre sa colocataire pour avoir vendu la mèche. Quand elle se fut calmée, la curiosité reprit le dessus, et elle s'interrogea : de sa mère ou de son père, qui était derrière l'initiative ? Il était impossible de les imaginer opérant de concert. Ensuite, elle se souvint que son père avait des avocats, à Atlanta, alors que celui de sa mère était de Savannah.

Quand elle lui demanda son opinion, Rick, qui n'avait pas réfléchi à grand-chose d'autre depuis plusieurs heures, lui répondit qu'elle devrait accepter ce billet d'avion et rentrer chez elle. Une fois là-bas, elle pourrait régler la question du visa et, avec un peu de chance, revenir dès que possible.

– Tu ne comprends pas, répéta-t-elle, et, en effet, il ne comprenait vraiment pas.

Elle lui expliqua, raisonnement plutôt déconcertant, que jamais elle n'utiliserait le billet expédié par son père, car il l'avait manipulée pendant vingt et un ans, et qu'elle en avait par-dessus la tête. Si elle retournait aux États-Unis, ce serait à ses conditions à elle. Jamais je ne me servirai de ce billet, et il le sait, insista-t-elle. Il se rembrunit, se gratta l'occiput, trop heureux, une fois de plus, d'avoir une famille simple, terne et sans histoires.

Il se posa aussi cette question – et ce n'était pas la première fois : cette fille ne serait-elle pas quelque peu traumatisée ?

Et ce visa qui avait expiré ? Eh bien, elle avait un plan – ô surprise. L'Italie étant l'Italie, il existait quantité de failles dans les lois sur l'immigration, et l'une d'elles s'intitulait le *permesso di soggiorno*, ou permis de séjour. Il était parfois accordé aux ressortissants étrangers dont le visa avait expiré, pour une durée de quatre-vingt-dix jours supplémentaires.

Elle se demandait si le juge Franco ne connaîtrait pas quelqu'un dans les services de l'immigration. Ou le Signor Bruncardo, pourquoi pas ? Et Tommy, le fonctionnaire de carrière, le défenseur qui ne savait pas cuisiner ? Il y aurait forcément quelqu'un, dans toute l'organisation des Panthers, qui serait capable de tirer certaines ficelles.

Une merveilleuse solution, songea-t-il. Et plus facilement réalisable encore si les Panthers remportaient le Super Bowl.

30.

Quelques démêlés de dernière minute avec la compagnie de télédiffusion par câble repoussèrent le coup d'envoi à vingt heures, le samedi soir. La retransmission du match en direct, même sur une chaîne secondaire, était importante pour la fédération, et apporterait des recettes plus importantes, des supporters plus nombreux. En fin d'après-midi, les aires de parking autour du stade étaient pleines de files de voitures collées pare-chocs contre pare-chocs. Des autocars arrivaient de Parme et de Bergame. On tendit des banderoles sur le pourtour du terrain, façon calcio. Une montgolfière miniature flottait au-dessus du stade. C'était le grand jour de l'année pour le *football americano*, et son contingent réduit mais loyal de supporters affluait à Milan pour l'ultime rencontre.

Le site était un stade superbement entretenu où évoluait la fédération de football locale. Pour l'occasion, on avait retiré les cages et leurs filets, appliqué un marquage méticuleux des lignes, jusqu'aux traits hachurés en bordure de la touche. L'une des deux zones d'en-but était peinte en noir et blanc, avec le nom « Parma » inscrit en son centre. À une centaine de yards de distance (très exactement), la zone d'en-but de Bergame était, elle, en or et noir.

Il y eut des discours d'avant match, prononcés par des responsables de la fédération, et la présentation de quelques anciens grands noms du championnat, un tirage solennel à pile ou face, remporté par les Lions, et une annonce interminable de la composition des deux équipes. Quand les deux formations se furent alignées pour le coup de pied initial, les deux lignes de touche, déjà à cran, sautillaient sur place, et la foule était déchaînée.

Même Rick, désormais réputé pour son calme, arpentait la touche en se flanquant des tapes sur ses épaulières et en poussant des cris pour se défouler de la rage qui le tenaillait. C'était le football, tel qu'il le concevait.

Bergame enchaîna trois actions de jeu et dégagea au pied. Les Panthers n'eurent pas la faculté de recourir une seconde fois à une tactique du style « À mort Maschi ». Maschi n'était pas si bête. En fait, plus Rick regardait les vidéos, plus il admirait ce linebacker de milieu de champ, et plus il le craignait. Maschi était capable de semer la dévastation, tout comme le grand L.T. Dès le premier down, Fabrizio fut marqué par deux Américains – McGregor et le Professeur. Cela ne surprenait ni Dockery ni Sam Russo. Une sage décision de la part de Bergame, et le début d'une rude journée pour le quarterback et la défense de Parme. Il appela un jeu latéral. Fabrizio s'empara de la balle et fut poussé en touche par le Professeur, puis cueilli dans le dos par McGregor. Mais il n'y eut pas de flag, aucun mouchoir de pénalité jeté sur la pelouse. Dockery sauta sur un arbitre pendant que Nino et Karl le Danois s'en prenaient à McGregor. Sam pénétra sur le terrain au pas de charge, en hurlant des jurons en italien, ce qui ne tarda pas à lui valoir une pénalité pour faute personnelle. Les juges réussirent à empêcher une bagarre, mais le tohu-bohu continua de longues minutes. Fabrizio, qui s'en était à peu près tiré, rejoignit le regroupement en boitant. Sur un deuxième down et vingt yards de gain, Rick lança écarté sur Giancarlo, et Maschi le plaqua par les chevilles pile sur la ligne. Entre les jeux, Rick continuait de vociférer contre l'arbitre, tandis que Sam engueulait le juge de champ arrière.

Sur un troisième down et une maigre progression, il décida de remettre la balle à Franco, pour peut-être survivre au cafouillage traditionnel du premier quart temps. En souvenir du bon vieux temps, Franco et Maschi entrèrent violemment en collision, et le jeu y gagna deux yards, sans changement dans la possession du ballon.

Les trente-cinq points qu'ils avaient engrangés face à Bergame le mois précédent leur semblaient subitement relever du miracle.

Les deux défenses dominaient, et les équipes échangèrent des dégagements au pied. Fabrizio était étouffé ; avec ses quatre-vingt-cinq kilos, il se faisait bousculer sur toutes les actions. Claudio laissa échapper deux passes courtes lancées beaucoup trop fort.

Le premier quart temps s'acheva sur un score nul, et la foule des spectateurs se prépara à un match ennuyeux. Ennuyeux à regarder, sans doute, mais le long de la ligne de scrimmage, la bataille était féroce. Chaque action se jouait comme s'il s'agissait de la dernière de la saison, et personne ne cédait un pouce de terrain. Sur un snap approximatif, Rick se rua sur le flanc droit, en cherchant la ligne de touche, afin d'arrêter l'horloge, quand Maschi surgit de nulle part et le cloua sur place, casque contre casque. Rick se redressa d'un bond, ce n'était pas grand-chose, mais sur la ligne de touche, il prit le temps de se masser les tempes, essayant de se remettre les idées en place.

– Ça va ? grommela Russo en passant derrière lui.

– Super.

– Alors sors-nous quelque chose.

– D'accord.

Mais rien ne marchait. Comme ils l'avaient craint, Fabrizio se laissait neutraliser, et avec lui tout leur jeu de passes. Et Maschi demeurait incontrôlable. Il était trop fort en milieu de terrain, trop rapide dans les sweeps. Il paraissait encore meilleur sur la pelouse qu'à l'écran. Chaque attaque parvenait à grignoter les premiers downs, mais aucune des deux équipes ne réussissait à s'approcher de la zone rouge. Et l'escouade d'attaque n'était pas fichue d'avancer ; le quarteron des botteurs se fatiguait.

Avec trente secondes à jouer avant la mi-temps, le kicker de Bergame inscrivit un coup de pied de quarante-deux yards entre les poteaux, et ce botté de placement assura aux Lions une avance de 3 points à zéro avant le retour aux vestiaires.

Charley Cray – a maigri de presque dix kilos, la mâchoire encore cousue de fil de fer, émacié, de la chair pendant du menton et des joues – s'était dissimulé dans la foule ; pendant la mi-temps, il tapa quelques notes sur son ordinateur portable :

– Pas mal, ce cadre, pour un match ; joli stade, bien décoré, foule enthousiaste de peut-être 5 000 spectateurs ;

– Dans sa tête, Dockery pourrait bien être fini, même ici, en Italie ; à la fin de la première mi-temps, il en était à 3 passes complétées sur 8 tentatives, pour seulement 22 yards de gain, et pas un point à la marque ;

– Je dois dire, toutefois, que c'est du vrai football. Les coups sont brutaux ; ça se bouscule et on sent un désir acharné de gagner ; ces types ne jouent pas pour l'argent, non, rien que pour l'orgueil, et c'est une motivation puissante ;

– Dockery est le seul Américain de l'équipe de Parme, et on peut se demander s'ils ne se porteraient pas mieux sans lui. Nous verrons.

Dans le vestiaire, il n'y eut pas de hurlements. Sam Russo félicita la défense pour son superbe travail. Continuez. On trouvera toujours un moyen de marquer.

Les entraîneurs sortirent et les joueurs causèrent. Nino, le premier, comme toujours, pour un éloge passionné des efforts héroïques de la défense, avant d'exhorter l'attaque à récolter quelques points. C'est notre heure, dit-il. Certains d'entre nous ne revivront jamais cet instant. Creusez profond. Prenez-les aux tripes. Quand il eut terminé, il essuya une larme.

Tommy se leva et fit une déclaration d'amour aux individus présents dans la pièce. C'était son dernier match, ajouta-t-il, il voulait absolument se retirer en champion.

Pietro vint à son tour occuper le devant de la scène. Ce n'était pas son dernier match, mais si sa carrière devait dépendre de ces gars de Bergame, il voulait bien finir en enfer. Il proclama haut et fort qu'en deuxième mi-temps, ces types-là ne marqueraient plus un seul point.

Alors que Franco était sur le point de clore le banc, Rick, à ses côtés, se mit debout et leva la main. Franco se chargea de la traduction.

– Que ce soit pour une victoire ou une défaite, je veux vous remercier de m'avoir permis de jouer au sein de votre équipe cette saison.

Un temps. Traduction. La pièce était immobile, silencieuse. Ses camarades étaient suspendus à chacune de ses paroles.

– Dans la victoire ou la défaite, je suis fier d'être un Panther, d'être l'un des vôtres. Merci de m'avoir accepté parmi vous.

Traduction.

– Dans la victoire ou la défaite, je vous considère tous non seulement comme mes amis, mais comme mes frères.

Traduction. Quelques joueurs étaient au bord des larmes.

– Je me suis plus marré ici que dans n'importe quel autre championnat NFL. Et nous n'allons pas le perdre, ce match.

Quand il eut fini, Franco le serra dans ses bras d'une étreinte d'ours, et l'équipe l'acclama avec chaleur. Ils applaudissaient et lui tapaient dans le dos.

Toujours aussi éloquent, Franco s'attarda sur l'historique. Jamais Parme n'avait remporté le Super Bowl, et l'heure qui allait suivre serait leur plus belle heure. Quatre semaines plus tôt, ils avaient étrillé Bergame, brisé le fil d'une série impressionnante, les renvoyant chez eux dans le déshonneur. Ils avaient certainement les moyens de les battre à nouveau.

Pour le coach Russo et son quarterback, la première mi-temps avait été parfaite. Le football de base – très loin des complexités des rencontres du circuit universitaire ou professionnel – se conçoit parfois comme une bataille à l'ancienne. Une offensive opiniâtre menée sur un front peut servir de mise en scène et réserver une surprise sur un autre. Les mêmes mouvements monotones ont fini par endormir l'adversaire. Ils avaient dû lui concéder le jeu de passe. Ils ne s'étaient pas montrés plus créatifs dans le jeu de course. Ayant su tout enrayer, Bergame avait acquis la conviction qu'il ne leur restait plus une arme dans le fourreau.

Dès la deuxième action de la seconde mi-temps, Rick feinta côté gauche vers Franco, sur un dive, une transmission directe au fullback pour une course en plein centre de la défense adverse, feinta une passe sur la gauche vers Giancarlo, son running back, puis sprinta côté droit sur un bootleg, pour se retrouver sans un seul bloqueur en face de lui, devant la défense toute nue de Bergame. Maschi, toujours rapide sur la balle, était décalé loin sur la gauche, et mal démarqué. Rick donna un coup de reins, courut sur vingt-deux yards et sortit en touche pour éviter McGregor.

Sam vint vers lui alors qu'il se dirigeait vers le regroupement au petit trot.

– Ça va marcher. Garde ça pour plus tard.

Trois jeux plus tard, les Panthers bottaient encore en dégagement. Pietro et Silvio sprintaient plein champ, en quête d'un adversaire à dérouiller. À trois reprises, ils étouffèrent les courses adverses, interdisant tout gain aux Bergamasques. Les minutes du troisième quart temps s'égrenaient, d'autres balles dégagées au pied sillonnèrent le ciel, et les deux équipes se cognaient dessus comme deux poids lourds titubant au centre du ring, encaissant les coups, martelant le cuir, sans jamais reculer.

Tôt dans le quatrième quart, les Lions progressèrent lentement avec la balle, jusqu'aux dix-neuf yards, leur plus importante pénétration de toute la partie et, sur un quatrième down et cinq yards à suivre pour conserver l'offensive, leur kicker logea un botté de placement facile.

Avec six points de retard et dix minutes à jouer, le banc de touche des Panthers atteignit un nouveau degré de frénésie et de peur panique. Leurs supporters les imitèrent, et l'atmosphère devint électrique.

– C'est parti, lança Rick à Sam, tandis qu'ils regardaient le coup de pied de remise en jeu.

– Ouais. Te prends pas de blessure.

– Tu veux rire ? Je me suis fait étendre par des types plus sérieux.

Au premier down, Dockery passa sur la gauche à Giancarlo, pour un gain de cinq yards. Sur le deuxième, il feinta la même passe, conserva la balle et fonça sur l'extérieur, en contournant le flanc droit, libre comme l'air sur vingt yards, avant que McGregor ne lui fonde dessus en bélier. Rick baissa la tête. Le choc fut affreux. Ils se relevèrent en quatrième vitesse ; pas le temps d'avoir les genoux ramollis.

Giancarlo partit en sweep vers l'extérieur de la ligne de scrimmage et se fit aplatir par Maschi. Rick enchaîna en bootleg sur la gauche et capitalisa quinze yards, avant que McGregor ne le percute. La seule stratégie susceptible de compenser la rapidité de l'adversaire, c'est de le désorienter ; l'attaque prit subitement un autre tour. Rick appela silencieusement les running backs à rompre la formation d'attaque au dernier moment, et indiqua un changement de position juste avant le snap, avec trois receveurs, deux tight ends, de nouveaux jeux, et des configurations inédites. Collé à son centre en formation wishbone, avec un fullback derrière lui et deux running backs légèrement décalés sur les flancs, Rick feinta une transmission directe à Franco, se retourna vers la profondeur du terrain à la recherche d'un receveur démarqué, puis virevolta vers Giancarlo pour lui remettre la balle juste à l'instant où Maschi le sackait à hauteur des jambes. Un choix parfait. Giancarlo sprinta sur onze yards. À partir d'une formation en shotgun, Rick courut directement en bootleg, sans même attendre la protection de sa ligne offensive, puis sortit en touche sur la ligne des 18 yards.

Désormais Maschi ne se contentait plus de réagir, il tâchait de deviner. Et il avait largement de quoi s'occuper l'esprit. McGregor et le Professeur avaient relâché Fabrizio d'un ou deux mètres, car ils se retrouvaient soudain sous pression pour arrêter ce quarterback qui n'arrêtait pas de détaler tous azimuts. Sept actions de jeu plutôt énergiques firent progresser la balle vers les 3 yards et, sur un quatrième down à moins de dix yards de l'en-but, Filippo tapa un botté de placement facile. Bergame menait encore 6-3, avec six minutes à jouer.

Avant le coup de pied de remise en jeu, Alex Olivetto se regroupa avec la défense. Il distribua des jurons et des claques sur les casques, ravi de donner un coup de fouet à ses troupes. Peut-être un peu trop. Sur un deuxième down, Pietro éperonna leur quarterback et dut céder quinze précieux yards suite à une pénalité pour faute personnelle. La montée des Panthers en possession de la balle cala en milieu de terrain, et un grand botté de dégagement acheva de rouler sur la ligne des 5 yards.

Quatre-vingt-cinq yards à couvrir en trois minutes. Quand il rentra sur le terrain à petites foulées, Rick évita Sam. Dans le regroupement, il vit de la peur, et il leur conseilla de se détendre : pas de cafouillages, pas de pénalités, juste taper fort, et ils arriveraient vite dans la zone d'en-but. Aucune traduction ne fut nécessaire.

Quand ils s'approchèrent de la ligne d'en-but, Maschi se mit à le narguer.

– Tu vas y arriver, l'Andouille. Fais-moi donc une passe.

À la place, Dockery l'adressa à Giancarlo, qui serra le ballon très fort contre lui et progressa par petits bonds sur cinq yards. Lors d'un deuxième down, il se tourna vers sa droite, chercha Fabrizio au milieu, vit trop de maillots dorés, et se cala le ballon sous le bras. Franco, ce brave Franco, sortit de la mêlée et bloqua méchamment Maschi. Rick engrangea quatorze yards et sortit en touche. Sur le premier down de la nouvelle série, il se tourna de nouveau vers la droite, cala le ballon, et sprinta vers sa partie du terrain. Toujours aussi inutile, comme depuis le début de ce match, Fabrizio lambina sur une curl et, cette fois, quand Rick dévala, il décolla, sprinta plein pot avec McGregor et le Professeur loin derrière lui. Rick s'arrêta juste à quelques centimètres de la ligne. Maschi arriva pour le démolir, prêt à la mise à mort.

C'est le moment où, dans chaque rencontre, le quarterback, vulnérable et sans protection, voit un receveur démarqué et dispose d'une fraction de seconde pour faire un choix. Exécuter sa passe et risquer un plaquage cuisant, douloureux ou se caler la balle sous le bras et se sauver en courant.

Rick se planta fermement sur ses deux pieds et lança la balle aussi loin qu'il put. Aussitôt après, le casque de Maschi lui atterrit sous le menton et faillit lui fracasser la mâchoire. La passe décrivit une chandelle très tendue, si haute et si longue que la foule incrédule en eut le souffle coupé. Elle plana très longtemps, aussi longtemps qu'une parfaite balle de dégagement, quelques longues secondes durant lesquelles le monde demeura comme figé.

Le monde, sauf Fabrizio, qui s'envola pour tenter de réceptionner cette balle. Au début, il fut impossible d'évaluer où elle risquait d'atterrir, mais ils avaient répété cette quête du saint Graal une centaine de fois.

– File sur la zone d'en-but, c'est tout, lui rabâchait toujours Dockery. La balle y sera.

Quand elle entama sa descente, Fabrizio s'aperçut qu'il fallait accélérer. Il actionna ses jambes plus vite, plus fort, ses pieds effleuraient à peine l'herbe. Sur la ligne des cinq yards, il quitta la terre, un peu comme un athlète de saut en longueur dans la fosse olympique, croisa dans les airs, les bras en extension, et agrippa la balle du bout des doigts. Il aplatit le cuir sur la ligne d'en-but, heurta violemment le sol, rebondit en l'air comme un acrobate, et agita le ballon pour que tout le monde le voie.

Et tout le monde le vit, sauf Rick, resté à quatre pattes, qui essayait de se rappeler où il était. Une puissante clameur éclata, Franco l'aida à se relever et le conduisit jusqu'à la ligne de touche, où ses coéquipiers l'entourèrent. Il réussit à rester sur ses pieds, mais pas sans aide.

Sam le crut mort, mais cette réception de Fabrizio l'avait trop stupéfié pour qu'il se soucie encore de son quarterback.

La fête déferla sur le terrain. Les arbitres rétablirent enfin l'ordre et placèrent le ballon aux quinze yards, puis Filippo enfonça le clou, avec un point supplémentaire sur un coup de pied qui aurait atteint son objectif même depuis le milieu de terrain.

Charley Cray écrirait ceci :

La balle a traversé les airs sur 76 yards sans le moindre soupçon de flottement, mais la grandeur de la passe proprement dite s'est trouvée éclipsée par la réception, à l'autre bout. J'ai assisté à de grands touchdowns, mais franchement, chers amis, vous tous, mordus de ce sport, celui-ci vient en tête de ma liste. Un Italien maigrichon, un certain Fabrizio Bonozzi, a sauvé Dockery d'une nouvelle défaite humiliante.

Filippo mit toute la surpuissance de son pied dans la remise en jeu, et la balle monta en flèche au-dessus de la zone d'en-but. Sur une troisième tentative et peu de progression, le vieux Tommy contourna le tackle flanc gauche et infligea un sack au quarterback bergamasque. Sa dernière action de jeu avec les Panthers fut aussi la plus belle.

Sur un quatrième down et encore moins de progression, le quarterback de Bergame relâcha un mauvais snap en shotgun et finit par s'écrouler sur la balle, à la ligne des cinq yards. La touche des Panthers explosa de nouveau, et leurs supporters réussirent à crier encore plus fort.

Avec cinquante secondes à la pendule, et Rick reniflant de l'ammoniaque sur le banc, Alberto prit la tête de l'attaque et se coucha sur la balle à deux reprises, en toute simplicité. Le temps réglementaire expira. Les Panthers de Parme tenaient leur premier trophée, leur premier Super Bowl.

31.

Ils se réunirent triomphalement chez Mario, une pizzeria du quartier nord du centre de Milan, à vingt minutes du stade. Le Signor Bruncardo avait loué la salle entière pour fêter cela, un choix coûteux qu'il aurait regretté en cas de défaite. Mais ils n'avaient pas perdu, certainement pas, et ils arrivèrent en cars et en taxis, et entrèrent en poussant des cris de joie. Vite entourés de leurs admirateurs – épouses, petites amies et supporters, les joueurs s'installèrent sur trois longues tables.

On inséra une cassette dans un magnétoscope, et la partie défila sur des écrans géants, pendant que les serveurs faisaient la chaîne avec des dizaines de pizzas et des litres de bière.

On prit des photos par milliers. Rick était la cible préférée, tout le monde l'embrassait, le serrait dans ses bras et lui malaxait les épaules au point qu'elles finirent par en être endolories. Fabrizio était lui aussi le centre de l'attention, surtout auprès des adolescentes. Cette Prise de Balle était déjà entrée dans la légende.

Rick avait la nuque, le menton, la mâchoire et le front parcourus d'élancements, les oreilles encore bourdonnantes. Matteo, le soigneur, lui donna des comprimés d'antalgique qu'il ne fallait pas associer à la prise d'alcool, donc il abandonna la bière. Et il n'avait aucun appétit.

La vidéo avait été expurgée des regroupements, des arrêts de jeu et de la mi-temps et, la fin de la rencontre approchant, le vacarme se réduisit considérablement. L'opérateur régla l'image sur le ralenti ; lorsque Rick pivota hors de la poche et feinta sa course, la pizzeria plongea dans le silence. Le choc avec Maschi était un moment d'anthologie. Aux États-Unis, les présentateurs des chaînes de télévision auraient été en extase. Les émissions câblées du lundi matin auraient repassé la scène en boucle toutes les dix minutes, en annonçant haut et fort « Le choc du jour ». Chez Mario, en revanche, il y eut une minute de silence, comme un hommage aux morts au champ d'honneur, devant le spectacle du quarterback qui faisait le sacrifice de son corps pour lancer sa bombe. Il y eut quelques grogne-ments étouffés lorsque Maschi le laissa sans connaissance – proprement, dans les règles, avec une brutalité ahurissante.

Mais à l'autre extrémité de la trajectoire, c'était la jubilation.

La Prise de Balle était superbement filmée, fixée sur la bande pour l'éternité ; la revoir une deuxième fois, et puis une troisième, était presque aussi euphori-sant que de suivre l'action en direct. Fabrizio, ce qui ne lui ressemblait guère, se conduisait comme si tout cela n'était pas grand-chose, une journée au boulot comme les autres. On lui en souhaitait beau-coup de semblables.

La pizza engloutie, la rencontre terminée, l'assis-tance s'installa pour suivre les quelques petites cérémonies d'usage. Après un long discours du Signor Bruncardo et un autre, très court, de Sam

Russo, les deux hommes posèrent avec le trophée du Super Bowl, le plus grand moment de l'histoire des Panthers. Quand les chansons à boire commencèrent, Dockery comprit qu'il était temps de prendre congé. Une longue soirée était sur le point de se prolonger bien plus encore. Il se faufila hors de la pizzeria, trouva un taxi, et rentra à son hôtel.

Deux jours plus tard, il retrouvait Sam à déjeuner chez les Sorelle Pichi, dans Strada Farini, son quartier. Ils avaient des affaires à discuter, mais d'abord ils revisitèrent le match. Comme le coach Russo ne travaillait pas, ils partagèrent une bouteille de Lambrusco avec leurs pâtes farcies.

– Quand rentres-tu aux États-Unis ? s'enquit l'entraîneur.

– Pas de projets pour l'instant. Je ne suis pas pressé.

– C'est inhabituel, ça. Normalement, les Américains réservent un vol le lendemain du dernier match. Tu n'as pas le mal du pays ?

– J'ai besoin de voir ma famille, mais je dois avouer que la notion de « foyer » est plutôt flou, ces temps-ci.

Sam mâcha lentement une bouchée de pâtes.

– Tu as réfléchi à l'année prochaine ?

– Pas vraiment.

– On peut en parler ?

– On peut parler de tout. C'est toi qui invites.

– C'est le Signor Bruncardo qui invite, et il est de très bonne humeur, ces jours-ci. Il adore gagner, il adore la presse, les photos, les trophées. Et il a envie de remettre ça l'an prochain.

– J'en suis convaincu.

Sam remplit leurs deux verres.

– Ton agent, c'est quoi, son nom ?

– Arnie.

– Arnie. Il est encore dans le circuit ?

– Non.

– Bon, alors on peut discuter affaires ?

– Bien sûr.

– Bruncardo te propose deux mille cinq cents euros par mois, sur douze mois, plus l'appartement et la voiture pour un an.

Rick but une longue gorgée de vin et examina la nappe à carreaux rouges.

Sam continua.

– Il préfère te verser cette somme à toi, au lieu de la dépenser en engageant d'autres Américains. Il m'a demandé si nous serions en mesure de gagner encore l'an prochain, avec la même équipe. J'ai répondu oui. Tu es d'accord ?

Rick acquiesça avec un sourire narquois.

– Donc il veut t'amadouer en améliorant ton contrat.

– Ce n'est pas une mauvaise offre, observa Dockery, pensant moins au salaire qu'à l'appartement, dont deux personnes auraient l'utilité, désormais. Il pensait aussi à Silvio, qui travaillait à la ferme familiale, et à Filippo, qui conduisait une bétonnière. Pour un tel contrat, ils auraient tué père et mère, et pourtant ils s'entraînaient et jouaient avec autant de cœur que Rick.

Mais ces deux-là n'étaient pas des quarterbacks, n'est-ce pas ?

Encore une gorgée de vin, et il songea aux 400 000 dollars que lui versait Buffalo quand il avait signé avec eux, six ans auparavant, et à Randall Framer, un coéquipier de Seattle à qui l'on avait versé 85 millions de dollars pour qu'il veuille bien encore servir quelques passes pendant sept années supplémentaires. Tout est relatif.

– Écoute, Sam, il y a six mois, à Cleveland, on m'a transporté hors du terrain. Vingt-quatre heures plus tard, je me suis réveillé à l'hôpital. Ma troisième commotion cérébrale. Le médecin m'a suggéré d'arrêter le football. Ma mère m'a supplié d'arrêter. Dimanche dernier, je ne me suis vraiment réveillé qu'au vestiaire. Je suis resté debout, je suis sorti du terrain sur mes pieds, et je crois avoir fêté ça avec tout le monde. Mais je n'en garde aucun souvenir, Sam. J'étais de nouveau dans les vapes. Pour la quatrième fois. Je ne sais pas combien de fois je vais survivre.

– Je comprends.

– J'ai pris quelques coups, cette saison. Cela reste du football, du vrai, et Maschi m'a cogné aussi fort que n'importe qui d'autre en championnat NFL.

– Tu raccroches ?

– Je n'en sais rien. Accorde-moi un délai de réflexion, le temps d'y voir clair. Je pars quelques semaines à la plage.

– Où ?

– Ma conseillère en voyages s'est décidée pour les Pouilles, tout en bas dans le Sud, le talon de la botte. Déjà fait un saut là-bas ?

– Non. Ce ne serait pas Livvy ?

– Si.

– Et l'histoire du visa ?

– Cela ne la préoccupe pas.

– Tu la kidnappes ?

– C'est un kidnapping mutuel.

Ils montèrent dans le train en avance et restèrent là, à attendre dans la chaleur, tandis que les passagers se pressaient sur le quai. Assise en face de lui,

Livvy s'était déjà débarrassée de ses chaussures, les pieds posés sur les genoux de Rick. Vernis corail. Jupe courte. Des jambes infinies.

Elle déplia un indicateur des chemins de fer du sud de l'Italie. Elle lui avait demandé son avis, ses réflexions, ses souhaits et avait été ravie qu'il n'ait pas grand-chose en tête. Ils passeraient une semaine dans les Pouilles avant d'embarquer pour la Sicile, où ils séjourneraient dix jours, pour ensuite attraper un bateau à destination de la Sardaigne. Le mois d'août approchant, ils se dirigeraient vers le nord, loin des vacanciers et de la chaleur, pour explorer les monts de Vénétie et du Frioul. Elle avait envie de voir Vérone, Vicence, Padoue. Elle avait envie de tout voir.

Ils descendraient dans des pensions et des hôtels bon marché, n'utilisant que son passeport à lui jusqu'à ce que le petit problème du visa soit résolu. Franco s'était attaqué au problème, et y consacrait toute son énergie.

Ils prendraient des trains et des ferrys, des taxis uniquement quand ce serait nécessaire. Elle avait échafaudé des plans, des plans alternatifs, et d'autres encore. La seule condition *sine qua non* posée par Rick n'avait pas changé : deux cathédrales par jour. Elle avait négocié, avant de céder.

Ils n'avaient aucun projet au-delà du mois d'août. Dès qu'elle pensait à sa famille, elle était saisie d'une peur bleue, alors elle essayait d'oublier tout ce gâchis, chez elle. Elle parlait de moins en moins avec ses parents, et de plus en plus de reporter sa dernière année universitaire.

Rick n'y voyait aucun inconvénient. Tout en lui massant les pieds, il se dit qu'il suivrait ces jambes-là n'importe où. Le train était à moitié plein. Des hommes l'admiraient au passage, l'air niais. Livvy était déjà ailleurs, là-bas, dans le sud de l'Italie, merveilleusement inconsciente de l'attention que lui valaient ses pieds nus et ses jambes bronzées.

L'Eurostar glissa le long du quai, Rick regarda par la fenêtre, et attendit. Ils ne tardèrent pas à passer devant le Stadio Lanfranchi, à moins de deux cents mètres de la zone d'en-but nord – il avait oublié le nom qu'on lui donnait dans le manuel des règles du rugby.

Il s'accorda un sourire de profond contentement.

Un mot de l'auteur

Voici quelques années, en menant des recherches sur un autre livre, j'ai découvert par hasard le football américain *made in Italy*. Il existe là-bas une vraie fédération NFL, avec de vraies équipes, des joueurs, et même un Super Bowl. Le cadre de ce roman est donc assez fidèle à la réalité, même si, comme toujours, je n'ai pas hésité à prendre quelques libertés dès que j'ai dû creuser un peu le sujet.

Les Parma Panthers sont tout à fait réels. Je les ai vus jouer face aux Ancona Dolphins sous la pluie, au Stadio Lanfranchi. Leur entraîneur, Andrew Papoccia (originaire de l'Illinois), m'a apporté une aide précieuse. Leur quarterback, Mike Souza (un autre citoyen de l'Illinois), leur receveur Craig McIntyre (État de Washington, côté est) et le coordinateur de leur défense, Dan Milsten (un ancien de l'université de l'État de Washington), ont été extrêmement efficaces. Quand il s'agissait de football, ces Américains ont répondu à toutes mes interrogations. Quand il s'agissait de vin et de cuisine, leur empressement était encore plus flagrant.

Le propriétaire des Panthers s'appelle Ivano Tira ; c'est un homme chaleureux qui s'est mis en quatre pour que mon bref séjour à Parme soit un vrai plaisir. David Montaresi a été mon guide lors de nos longues marches dans cette ville ravissante. Paolo Borchini et Ugo Bonvicini, deux anciens joueurs, contribuent à la gestion de cette organisation. Les Panthers forment une vraie bande de durs à cuire qui jouent pour l'amour du jeu – et pour la pizza qui suit. Un soir, ils m'ont invité chez Polipo après leur entraînement, et m'ont fait pleurer de rire.

Dans ces pages, toutefois, les personnages sont tous fictifs. Je me suis donné beaucoup de mal pour rester le plus loin possible des êtres réels. Toute similitude relèverait de la plus pure coïncidence.

Je veux aussi dire un grand merci à Bea Zambelloni, Luca Patouelli, Ed Pricolo, Llana Young Smith et Bryce Miller. Et je tiens à tout particulièrement remercier le maire de Parme, Elvio Ubaldi. Il m'a fait l'honneur de m'inviter dans sa loge et j'ai grandement apprécié cette représentation d'*Othello* au Teatro Regio.

John Grisham,
le 27 juin 2007

Remerciements

Johan-Frédérik Hel Guedj tient à exprimer ses remerciements à Ronan Pennec, vice-président du club des Kelted, équipe de football américain de Quimper, pour les éclaircissements qu'il lui a apportés sur ce sport, sa pratique et son langage – en version française. Il adresse aussi un *ossequo saluto* à Andrew Papoccia, entraîneur des Panthers de Parme.

Manipulations

(Pocket n° 10288)

Espérait-il faire disparaître impunément 90 millions de dollars de la poche de ses associés ? Pensait-il qu'il suffirait de simuler la mort pour qu'on le laisse tranquille ? Laningan, avocat en fuite au Brésil, est traqué, débusqué, torturé. Pour finir, repêché dans un sale état par le FBI et rapatrié aux États-Unis où l'attend un procès qui peut lui coûter la vie. Mais il semble que l'avocat avait tout prévu... ou presque.

Il y a toujours un Pocket à découvrir

Combat pour la justice

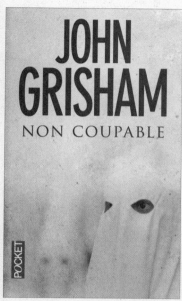

(Pocket n° 10043)

À Clanton, Mississippi, une fillette noire a été sauvagement violée et torturée par deux garçons blancs. Appelés à comparaître, ils arrivent assez confiants au tribunal, assurés du soutien de leurs camarades. Au beau milieu du procès, le père de la victime se lève et abat froidement les deux accusés. Bien que son sort de condamné à mort soit tout tracé, un jeune avocat blanc, courageux et ambitieux, accepte de le représenter. Ce choix surprenant fait aussitôt réagir le Ku Klux Klan…

Il y a toujours un Pocket à découvrir

Chantage à l'ombre

(Pocket n° 11706)

La prison Trumble abrite des voleurs et des escrocs de la haute finance. Mais trois détenus bénéficient d'un traitement de faveur. Sous aucune surveillance, ces trois anciens juges passent leur journée dans la bibliothèque à écrire des lettres. Leur but : faire chanter en dehors de la prison des hommes aux penchants homosexuels inavouables afin de gagner une petite fortune. Lorsque, à leur insu, ils menacent le candidat aux élections présidentielles choisi par la CIA, l'engrenage se mue en traque…

Il y a toujours un Pocket à découvrir

Imprimé en France par

MAURY-IMPRIMEUR
à Malesherbes (Loiret)
en septembre 2010

POCKET – 12, avenue d'Italie - 75627 Paris cedex 13

N° d'impression : 157932
Dépôt légal : septembre 2010
S19486/01